Sündenmeer

Von Cookie Ellerdahl

Imprint: Independently published
Herausgeber und Autor: Cookie Ellerdahl
Beekloh 8d, 22949 Ammersbek
Webseite: www.cookie-ellerdahl.de
E-Mail: post@cookie-ellerdahl.de
Instagram: @cookie.ellerdahl
Umschlaggestaltung: A. Mertel
Lektorat, Korrektorat: Anne Abdinghoff
E-Mail: tintenfeder@hotmail.com

Bibliografische Information der Deutschen Nationalbibliothek:
Die Deutsche Nationalbibliothek verzeichnet diese Publikation in der Deutschen Nationalbibliografie; detaillierte bibliografische Daten sind im Internet über http://dnb.d-nb.de abrufbar.

ISBN: 9798464164703

Prophezeiung

An einem Tag
– zwischen jetzt und später –
werde ich einen Atemzug nehmen
und meine Existenz wird sich
aus ihrem Fundament lösen.

Der mich hält,
wird mich fallen lassen.

Inhalt

Prolog

Dieser Tag ist aus Heldenblut gemacht. Er ist geboren aus Wut, schlaflosen Nächten und Kampfeswillen. Der Tag gehört nur uns beiden. Doch kaum, dass wir diese Tatsache begriffen haben, hat er sich mit dem Tod verbrüdert, uns alles Heldenhafte genommen. Unwiederbringlich.

»Verdammt, Karl, du bist schon abgeschossen? Wir haben was zu feiern, und du hängst nach zwei Drinks in den Seilen. Komm, wenigstens noch einen Absacker!« Er grinst mich mit glasigen Augen an.

»Du bist besoffen, Petter«, sage ich nicht minder hinüber und werfe ihm einen Untersetzer an den Kopf.

Er hebt die Hand und sagt mit schwerer Zunge: »Mein Kollege und ich nehmen einen Schlummertrunk, dann muss er nämlich die Chefin glücklich machen.« Er macht anzügliche Bewegungen mit der Hüfte, die ihn fast vom Sitz katapultieren.

»Verfluchter Sausack!« Ich grinse, proste ihm zu und klammere mich mit der anderen Hand am Eichentresen fest. Die Bar hat soeben angefangen, sich um mich zu drehen. Der rauchige Geschmack von Whiskey liegt auf meiner Zunge, aber mit jedem Schluck nimmt der Genuss ab.

Eternal Flame von den *Bangles* läuft in voller Lautstärke. Ruckartig springt Petter auf, greift meinen Arm, will mich vom Hocker ziehen. »Das ist mein Song! Thore, dreh lauter!«, ruft er dem jungen Barkeeper zu.

»Herrje, Petter, lass uns Feierabend machen. Ich kann kaum geradeaus gucken«, sage ich lachend, weil er Verrenkungen veranstaltet, die einen Tanz darstellen sollen.

»Nur noch drei Minuten.« Petter macht auf sterbenden Schwan und tänzelt über das blankpolierte Parkett. Er grölt mit, zerrt an meiner Hand und drückt sie theatralisch auf sein Herz. Ich liebe diesen Mistkerl. Was soll's, ich gebe mich geschlagen und singe, eine schwere Beleidigung für die Ohren. Die verbliebenen Gäste sehen zu uns rüber und fragen sich vermutlich, was mit uns nicht stimmt. Sie können es nicht wissen, wir haben heute einen komplizierten Fall abgeschlossen, an dem wir fast zwei Jahre gearbeitet haben. Das ist den Kater definitiv wert, der uns morgen den Schädel einschlagen wird.

Petter ruft uns ein Taxi, wir leeren die Gläser und taumeln aus der Bar. Die Osloer Nachtluft empfängt uns mit frühherbstlicher Kühle und pustet Frischluft in meinen benebelten Kopf.

Kaum sitzen wir im Wagen, verkündet mein Freund und Kollege: »Die Torte! Die hauen wir uns jetzt rein. Nora hat sie zur Feier des Tages für uns zubereitet und ich hab nicht mal dran gerochen. Schokoladencreme, darauf stehst du doch.«

»Petter, ich will nach Hause. Mir ist übel.«

»Halte bitte am Polizeipräsidium«, sagt er an den Fahrer gewandt und ich boxe ihm gegen die Schulter.

Der riesige Glaskasten ist bis auf die Nachtbesetzung leer. Gut, wenn uns niemand hier herumtaumeln sieht.

Wir fahren mit dem Fahrstuhl in den dritten Stock, oben biege ich zu den Toiletten ab, Petter wankt in die Küche. Ich hoffe, ihm wird schlecht von der Torte und ich kann endlich ins Bett.

Als ich zu ihm stoße, sitzt er auf dem Küchentisch und stopft sich riesige Stücke in den Mund.

»Göttlich! Wenigstens einen Bissen, Karl.« Er schmatzt genüsslich und leckt sich die Finger ab.

»Vielleicht morgen. Können wir jetzt los?« Ich gähne lautstark.

»Ja, du Spaßbremse. Ich hole nur meine Jacke aus dem Büro.«

Ich warte drei Minuten, aber er kommt nicht zurück. Dann werde ich ihn wohl raustragen müssen. Auf dem Weg zu unserem Dienstzimmer schwankt der Boden unter meinen Füßen, ich bin glücklich und geschafft wie lange nicht mehr. Endlich haben wir die Dreckskerle gefasst.

»Was haben wir denn da?« Höre ich, kurz bevor ich den Raum erreicht habe. Petter redet mit sich selbst, der besoffene Kopf.

Plötzlich geschieht alles gleichzeitig. Eine markerschütternde Explosion reißt mich von den Füßen, dunkler Qualm schiebt sich in den Flur, Papierschnipsel wirbeln wie Falter durch die Luft. Sofort bin ich nüchtern, springe auf, Adrenalin treibt meine Beine an, die letzten Meter renne ich und brülle nach Petter.

Das Büro ist rauchgeschwängert, Wasser sprudelt aus der Sprinkleranlage, Feueralarm heult durch das Gebäude und vermischt sich mit meinen Schreien. Der beißende Geruch nach verbranntem Fleisch nimmt mir die Luft.

Petter liegt auf dem Rücken, sein Gesicht ist von schwarzen Brandwunden überzogen, aus denen Blut quillt. Sein Shirt hängt zerfetzt über seiner aufgerissenen Brust. Er blickt mich an. Seine Augen sind leer.

1. Odd

Du hast immer eine Wahl, sagen sie. Doch deine Mutter kannst du dir nicht aussuchen! Wenn das Leben es gut mit dir meint, wirst du ihr blutverschmiert in die Arme gelegt und sie liebt dich. Für alle Zeiten.

Meine hat mich mit sechzehn Jahren bekommen, und obwohl sie es gewiss gewollt hat, hat sie nicht aufgehört, sich weiterhin Gift in die Adern zu pumpen. So bin ich im Kinderheim Ramberg gelandet. Ein zweijähriges Bündel Verwahrlosung.

Meine Mama hat ihren kleinen Odd so sehr vermisst, dass sie sich ein Jahr später ins Paradies geschossen hat. Ich habe nicht verstanden, was mit ihr passiert ist. Also haben sie mir ein Foto von Mama gezeigt. Wie sie in einem Sarg gelegen hat. Trotz der vornehmen Bluse, die man ihr angezogen hat, habe ich später gewusst: Sie ist nicht ins Himmelreich gekommen. Schmerz und Enttäuschung haben sich in ihr blasses Gesicht gegraben. Obwohl sie so jung gewesen ist, hat sie den Tod in sich getragen.

Nichts in ihrem Leben hat einen Sinn ergeben. Auch ich nicht.

Das Kinderheim ist kein guter Ort gewesen. Wir, die Ausgestoßenen und Verlassenen, haben miteinander um ein bisschen Wärme gerungen, die dort nie existiert hat. Eine dunkle Zeit ist das gewesen, bis zu meinem vierten Lebensjahr.

Dann bin ich zu neuem Leben erwacht, weil Halli, ein Neuankömmling, mein Freund geworden ist. Nur zwei Jahre älter als ich, hat er mich tagsüber vor den größeren Kindern beschützt, sich nachts in die Küche geschlichen und etwas Essbares für mich beiseitegeschafft. Tagelang hat er nicht sitzen können, weil Herr Kydland, der Kinderheimleiter, ihn mit dem Gürtel gezüchtigt hat. Halli hat sich davon nicht abschrecken lassen. Die Mahlzeiten sind zunehmend spärlicher ausgefallen und so hat er uns beide immerzu mit Äpfeln, Brot und manchmal sogar mit Schokolade versorgt.

Wir haben uns wie Geschwister geliebt. Er hat mich Lillebror – seinen kleinen Bruder – genannt, gleichwohl er selbst erst sechs Jahre alt gewesen ist. Seine Eltern sind bei einem Autounfall gestorben. Damals haben wir nicht verstanden, wie endgültig der Tod ist. Gewiss hat der liebe Gott mir Halli als Wiedergutmachung geschickt und mich ihm als Trost.

Manchmal haben wir uns zusammen in ein Bett gelegt, besonders, wenn es gewittert hat. Halli hat sich, genau wie ich, vor Blitzen gefürchtet, den Speeren Gottes, mit denen schlechte Menschen totgestochen werden.

Wir sind bei jedem Aufleuchten zusammengezuckt und haben uns die Decke über die Köpfe gezerrt, beide mit einem Schrei in der Kehle, den wir uns gegenseitig erstickt haben. Aus jeder Pore haben wir nach herber Angst gerochen.

Hosenscheißer hat die Nachtwächterin aus den Betten gezogen und vor die Haustür gestellt, bis das Gewitter abgezogen ist. Vor ihr haben wir uns fast wie vor dem Unwetter gefürchtet.

So haben wir in inniger Verbundenheit gelebt, uns Halt und Geborgenheit gegeben. Ein wahrer Bruder ist er für mich gewesen, ein Freund auf Leben und Tod.

Alle Kinder, besonders jene, die schon länger im Heim gelebt haben, haben davon geträumt, neue Eltern zu bekommen. Jeder hat sein eigenes Bild von ihnen entwickelt. Halli hat sich Vater und Mutter gewünscht, die wie seine verstorbenen Eltern sein sollten, und ich habe auf eine engelshaarige Mama gehofft. Einen Vater habe ich mir nicht vorstellen können, nur wie Herr Kydland hat er nicht sein dürfen.

Schließlich ist der Tag gekommen, an dem meine zukünftige Mutter Elin und mein Vater Leif mich zum ersten Mal im Heim besucht haben. Meine Mama hat genau so ausgeschaut, wie ich sie mir vorgestellt habe. Lange blonde Locken und ein gütiges Lächeln. Sofort habe ich bemerkt, dass sie Kummer hat. Ihre Augen haben wehmütig geschimmert, als habe sie eine Erinnerung gequält. Mein künftiger Vater Leif hat stattlich ausgesehen. Wie habe ich wissen sollen, wie ein Vater zu sein hat? Er hat wie ein feiner Herr gewirkt.

Sie haben mich einige Male besucht, mir vorgelesen und Fragen gestellt. Für alles, was ich zu sagen gehabt habe, haben sie sich interessiert gezeigt und mir das Gefühl gegeben, willkommen zu sein. Sogar mein zu kurzes Bein hat sie nicht abgeschreckt.

Meine Engelsmama hat mich auf den Schoß genommen und die Arme um mich gelegt. »Bald kannst du richtig herumtollen, kleiner Odd«, hat sie gesagt und versprochen, das Bein in Ordnung bringen zu lassen.

Sie hat nach Liebe geklungen. Noch heute habe ich

ihren Duft nach Vanille und Karamell in der Nase.

Das Glück hat mir gehört, doch nichts habe ich so sehr gewollt, wie es mit Halli zu teilen. Erst haben sie mit Unwillen reagiert, aber ich habe nicht lockergelassen. Sie haben uns beide mitnehmen sollen. Schließlich haben sie nachgegeben und Halli auf meinen Wunsch kennengelernt. Sofort habe ich etwas in den Augen meiner Mama gesehen, dass bei unseren Begegnungen gefehlt hat. Sie haben gestrahlt und der schmerzhafte Ausdruck hat nicht mehr existiert.

Sie haben sich für Halli entschieden.

Er ist an einem Donnerstag gegangen, meinem sechsten Geburtstag. Seine Beine haben sich so schnell bewegt, als habe er geschwebt. Wie ein Engel.

Er hat sich nicht verabschiedet.

2. Ein Ferrari

Hundegebell reißt mich aus dem Schlaf. Den Kopf ins Kissen gegraben versuche ich, den Krawallmacher zu überhören, aber mein Rücken hat die durchgelegene Matratze ohnehin satt. Dieses elende, nach Fisch stinkende Ferienhaus, das bar jeder Annehmlichkeit an die raue Küste von Gimsøya gezimmert worden ist, um Angler zu beherbergen. Seit einigen Wochen lebe ich hier. Unfreiwillig.

Es ist vier Uhr morgens, die verfluchte Töle dreht weiter auf. Ächzend reiße ich die Decke weg, koche Espresso und setze mich ans Fenster. Grüne und purpurfarbene Polarlichter veranstalten ein Feuerwerk über dem Fjord, während die Wogen des Meeres schwarz an den Strand branden.

Das Bellen wird lauter und ein weißes Zottelvieh rast durch den Schnee in mein Sichtfeld. Ich verfolge seinen Weg, der rechts vor dem Haus an der Küste endet. Vor einem Gegenstand, den das Meer ausgespuckt hat. Der bekloppte Hund winselt und kläfft ohne Pause.

Müde werfe ich mir eine Jacke über den Pyjama, schlüpfe in die Pantoffeln und schnappe die Taschenlampe. Mit Filzschuhen durch den Schnee zu rennen, ist eine dumme Idee, wie ich nach einigen Schritten bemerke. Egal, nun sind sie durchnässt und ich bald zurück im warmen Haus.

Der Vierbeiner veranstaltet einen Freudentanz, als er mich entdeckt. Ich schaue mich um, sehe niemanden, zu dem er gehört.

Eisiger Wind reißt an meiner Jacke. Mit klammen Fingern schließe ich sie und stapfe an den verwaisten Strand. Der gefrorene Schnee knarzt bei jedem Schritt und gerät kaltnass in die Pantoffeln. Warum bin ich aus dem warmen Haus gerannt? Wegen irgendeines Treibguts friere ich mir den Hintern ab.

Der Hund springt um mich herum, wedelt mit dem Schwanz und rennt voraus, als wolle er mich zu seinem Fund lotsen. Kurz erwäge ich, dem kleinen Kerl einen Unterschlupf anzubieten. Aber dann entdecke ich ein Halsband inmitten seines Zottelfelles.

Meine gefrorenen Finger können den winzigen Druckschalter der Taschenlampe kaum betätigen. Endlich gelingt es, im gleichen Augenblick formt sich aus dem vermeintlichen Treibgut eine menschliche Silhouette.

Der Impuls kehrtzumachen und die Decke über den Kopf zu ziehen, wird übermächtig. Nach drei Monaten ist das meine erste Begegnung mit einer Leiche. Jeden Tag habe ich mich gefragt, wie es sich anfühlen wird. Entweder kann ich mich entscheiden wegzurennen oder mich zu übergeben. Vielleicht beides. Aber noch bin ich hier, atme ein und aus, versuche, meine zitternden Knie unter Kontrolle zu bekommen. Tief drinnen weiß ich, dass ich es kann, es immer gekonnt habe.

Zögernd nähere ich mich dem Leichnam und bin erleichtert, diesen Moment nur mit dem Hund und der Nacht zu teilen. Es handelt sich um einen Mann mittleren Alters. Er liegt auf dem Bauch, sein Kopf ist seitlich in den Sand gebettet, als würde er nur kurz verschnaufen.

Plötzlich sehe ich Petter vor mir liegen und wende mich keuchend ab. Nichts passt zu den Erinnerungen und gleichzeitig alles. Das Leben ist fort, keine Reanimation kann ihn zurückbringen.

Ich versuche mich zu beruhigen und betrachte, was von seinem aufgetriebenen Gesicht übriggeblieben ist. Es sieht aus, wie mit einer groben Raspel bearbeitet. Treibspuren. Zügig leuchte ich über seinen zerschundenen Körper. Die Knochen seiner Hände, Knie und Zehen sind freigelegt, weitere Schleifspuren. Er ist nackt und scheint Bekanntschaft mit Felsen und einer Schiffsschraube gemacht zu haben. Vermutlich auch mit Bewohnern des Meeres. Seinem Rücken fehlen handtellergroße Stücke. Langsam richte ich die Lampe wieder auf seinen Kopf und halte die Luft an. Auf den ersten Blick hat nichts auf eine Gewalttat gedeutet, jetzt entdecke ich eine massive Verletzung an seinem Hinterkopf.

Eine Stunde später ist der Strand abgesperrt und die Spurensicherung hat ihre Arbeit aufgenommen. Die Gerichtsmedizinerin steigt aus dem Wagen, stemmt sich gegen den Nordwind und marschiert durch den hartgefrorenen Schnee zur Küste. Ihre Körpersprache verkündet eindeutig: Sie freut sich nicht, hier um diese gottverlassene Zeit aufkreuzen zu müssen. Kurz bin ich versucht, ins Haus zu gehen und ihr einen Kaffee anzubieten.

Doch dann plärrt sie: »Hast du etwas angefasst?«

Und ich frage mich, ob sich jemals irgendwer getraut hat, Svenika Nielsen anzufassen.

Fünf Tage später

»Warum schneidest du mir nicht gleich die Eier ab, Frida Hansen?«, brülle ich ungläubig und starre auf die E-Mail, die sie mir kommentarlos geschickt hat. Hauptkommissar Luca Ferrari – das soll mein neuer Partner sein? Klingt wie eine beschissene Pizza auf der Tageskarte von Luigi. Auf gar keinen Fall!

Meine Faust knallt auf den Schreibtisch und eine kaffeebraune Flut ergießt sich über die Anzeige wegen Schwarzfischerei, die ich eben verfasst habe. Emilie Dahl, unsere junge Empfangsdame, zuckt zusammen und sieht mich wieder einmal mit hochgezogenen Augenbrauen an. Entschuldigend schüttle ich den Kopf und blicke die Sauerei auf dem Tisch an. Dann bist du nochmal davongekommen, Bjorn Hagebak. Das tropfende Blatt landet im Papierkorb.

Dass die Polizeichefin mich aus ihrem Bett gejagt hat, nachdem ich … ach, lassen wir das, nein, das habe ich ihr nicht übelgenommen. Auch die Versetzung von Oslo auf die Lofoten-Inseln, wo Schwarzfischen und Hinterhof-Schnapsbrennerei die schlimmsten Delikte sind, habe ich akzeptiert. Wohlwollend hat Frida mir die »Leitung« über das Polizeirevier der Insel Leknes übertragen. Ein winziges Haus mit Stockflecken an den Wänden und neun launischen Mitarbeitern, die mir alle suspekt erscheinen. Ist das ihr Sanatorium für ramponierte Polizeibedienstete? Bis auf drei Kollegen stammt niemand von den Inseln. Gleich vier haben Disziplinarverfahren durchlaufen.

In der Erwartung, sie holt mich umgehend zurück auf meinen Posten in der Mordkommission und natürlich ebenfalls unter ihre Bettdecke, bin ich mit dem Inhalt eines Koffers in ein Rorbu, ein altes Fischerhaus, auf die einst von Mooren bedeckte Insel Gimsøya gezogen.

Aus *umgehend* sind zwei Monate geworden, in denen ich hier gehockt und Erscheinungen in den Stockflecken an den Wänden der Wache beobachtet habe. Bis vor fünf Tagen die Leiche vor meiner Unterkunft angetrieben worden ist und uns aus dem Dämmerschlaf gerissen hat. Wir sind soeben in die Ermittlungen eingestiegen, da ruft Frida an und hat beunruhigende Nachrichten für mich:

»Karl, ich kann dich nicht mehr allein auf die Menschheit loslassen. Was ich jetzt sage, ist nicht verhandelbar! Du akzeptierst die Unterstützung durch Luca und gehst zu Gunnar in Behandlung! Donnerstag um neun Uhr liegst du auf seiner Couch! Das ist überfällig. Wie es aussieht, hast du einen Mord in deinem Distrikt. Ich werde es nicht drauf ankommen lassen, dass du nochmal bizarre Lieder auf einer Beerdigung singst und die Trauergäste zum Tanz aufforderst! Die Versetzung hat dir Zeit zum Durchatmen geben sollen und jetzt sowas! Du musst es mir sagen: Fühlst du dich in der Lage, den Fall zu übernehmen?«

»Ja«, sage ich mit fester Stimme, weil ich mein Leben zurückwill. »Ich habe zwei Monate meditiert und aufs Wasser gestarrt. Es geht mir ausgezeichnet!«

»Sehr witzig, Karl.«

Ich sehe sie vor mir, wie sie sich durch die blonde Mähne fährt, ihr vornehm geschnittenes Gesicht verzieht und den Tisch mit der Faust traktiert. Sie hat mich immer an eine moderne Version von Grace Kelly erinnert.

»Bitte, lass es mich versuchen, Frida. Aber verschon mich mit einem neuen Partner. Dazu bin ich nicht bereit. Noch nicht.« Nie – ergänze ich in Gedanken.

»Du bekommst den Fall mit Luca oder gar nicht«, sagt sie in einem Ton, der keinen Widerspruch duldet.

Bei der Vorstellung an einen neuen Kollegen wird mir

hundeelend. Aber ich will ihr und mir selbst beweisen, dass ich wieder stabil bin, und ein Partner scheint unausweichlich.

»Gott, verdammt! Dann eben mit der Pizza!«

»Bitte lass es mich nicht bereuen.«

»Wirst du nicht, ich verspreche es.« Mich um Kopf und Kragen zu reden, ist meine Spezialität.

Weder Frida noch ich haben in diesem Moment eine Vorstellung von den Geschehnissen, die unserem Gespräch folgen sollen. Und der Mann, auf den sich alle verlassen, soll dabei zum Brandbeschleuniger werden.

Erneut starre ich auf den Lebenslauf meines neuen Kollegen. Ein Musterknabe, der wohl zeitlebens in Universitäten gehockt, Zusatzausbildungen absolviert hat und mit einunddreißig Hauptkommissar geworden ist? Ein Theoretiker der übelsten Sorte. Er wird die Insel verlassen, sobald der Fall aufgeklärt ist, dafür werde ich sorgen.

Ich kneife ein Auge zu, nehme Maß, werfe das Telefon mit Karacho los und treffe das letzte Blatt am Ficus Benjamini auf der hinteren Seite des Raumes. Es fällt hinunter zu den anderen toten Blättern. Diese Rumpelkammer von Wache. Was hat Frida sich dabei gedacht, mich hier abzustellen? Und dann will sie mich auch noch zu Gunnar Hansen schicken. Ihrem Ex, der Psychotherapeut auf der Nachbarinsel Flakstadøya ist. Er hasst mich. Beste Voraussetzungen.

Emilie schleicht schon wieder mit ihrem raschelnden Rock um mich herum und stellt einen Teller mit Pralinen auf den Besuchertisch. Sie hält inne und schaut mit großen grauen Augen durchs Büro, als suche sie Beschäftigung. Scheinbar beiläufig spaziert sie zum Ficus, sammelt das

Telefon ein und legt es galant zurück auf die Station.

Ich schwöre, ihr Mundwinkel hat kurz gezuckt, aber sie hat sich offenbar auf Regel Nummer eins besonnen: Auf der Wache wird nicht gelacht. Zwei Monate habe ich hier niemanden lachen hören, auch ich habe es nicht getan.

Auf dem Weg zum Institut für Rechtsmedizin fahre ich einen Umweg und halte am *Nordlandssykehuset*, dem zentral gelegenen Krankenhaus in Gravdal. Es schadet nicht, einen Blick in Catalina Andreassens Wagen zu werfen, den die OP-Schwester hier vor Dienstbeginn abgestellt hat.

Die Verrückte hält sich tatsächlich für so etwas wie einen Kautions-Cop. Viermal hat sie verirrte Touristen und Betrunkene in ihren Kofferraum katapultiert, sie nach Leknes zur Wache gefahren und Geld für sie kassieren wollen. Wahrscheinlich schaut sie zu viele idiotische Polizeiserien. Catalina weiß, beim nächsten Mal werde ich sie verhaften. Auf diese Mitteilung hat sie sich nicht beeindruckt, sondern mir den Mittelfinger gezeigt.

Am Krankenhaus angekommen, bleibe ich kurz im Auto sitzen. Die Wolken hängen so tief, als wollten sie die Inseln inhalieren, wieder fegt der arktische Wind Schneeregen über den Landstrich.

Obwohl es nichts helfen wird, klappe ich den Kragen meines Mantels hoch, springe hinaus und leuchte mit der Taschenlampe in den roten Golf. Heute ist der Kofferraum leer. Klatschnass hechte ich zurück in den Dienstwagen.

Es regnet, es schneit, es stürmt. Seit ich hier angekommen bin, haben die Tage zusehends an Licht verloren, eine scheiß endlose Dezembernacht ist das.

Ein grauer Landrover Defender parkt vor dem Institut. Ein Blick auf das Kennzeichen verrät, der Leihwagen stammt von Moskenesøya, einer südlich gelegenen Insel.

Festen Schrittes haste ich durch die hellerleuchteten Räume zum Sektionssaal. Nie habe ich die Rechtsmedizin gern betreten, drinnen ist es eiskalt und der scharfe Geruch von Desinfektionsmitteln kann das hartnäckige Aroma des Todes nicht verhüllen. Durch die zuständige Gerichtsärztin Svenika Nielsen hat diese Abneigung ein neues Ausmaß erreicht. Bei ihr stört mich sogar das in Norwegen übliche Duzen.

Sie beugt sich zusammen mit einer anderen Frau über den Leichnam, den wir bisher nicht identifizieren konnten. Die Ärztin produziert ein Geräusch, das wie ein Lachen klingt. Irritierend. Offenbar ist die Frau neben ihr die Ursache für das Kichern. Verwundert halte ich inne, beobachte die beiden, die mit dem Rücken zu mir stehen und erneut laut auflachen. Die Unbekannte trägt einen leuchtend roten Daunenmantel. Noch auffälliger sind die braunen Locken, die wie dunkle Schokolade über ihre Schultern fließen.

Wer ist das?

Die Nielsen wandert um den Tisch, greift ein Seziermesser und blickt auf. »Wenn man vom Teufel spricht. Tag, Karl«, sagt sie ebenso frostig, wie sie gerade lustig gewiehert hat. Ihre honigblonden, streng nach hinten gebundenen Haare betonen ihre hohen Wangenknochen und unterstreichen ihre Kühle.

»Hei, Svenika.«

In diesem Moment dreht sich der Daunenmantel, die Fremde sieht mich an. »Karl? Kommissar Karl Rasmussen?«, fragt sie, als würde sie mich kennen.

Was bedeutet die hochgezogene Augenbraue? Während sie sich federnden Schrittes auf mich zubewegt, die Einweghandschuhe schnalzend von den Fingern zieht, wohl, um mir die Hand zu schütteln, überfällt mich eine

Erkenntnis: Pizza! Nein, Ferrari. Fuck, Luca Ferrari. Mein neuer Partner … ist eine Sie. Sprachlos fahre ich mir mit den Fingern durch die durchnässten Haare.

Es ist die Hölle, in die Frida mich geworfen hat. Diese Frau könnte Fotomodell sein, eine frisch gekürte Miss mit Schärpe. Großgewachsen, langbeinig und bildschön.

Ein paarmal blinzele ich und will den Film vor meinen Augen anhalten. Keine Chance. Sie schwebt in Zeitlupe auf mich zu, flankiert von Trouble und Verderben, ihren zwei hungrigen Löwen, die mit ihr in die Arena marschieren und mich zerfleischen werden. Ich spüre die schwere Rüstung an mir kleben. Nutzloses Blech. Karl, der Gladiator.

Zögernd strecke ich ihr die Hand entgegen: »Luca Ferrari? Willkommen. Du willst sicher auf der Tribüne zusehen, wie die beiden mich auseinandernehmen?«

Sie umgreift meine Hand wie eine Schraubzwinge und runzelt die makellose Stirn. Kurz erwarte ich wildes Löwengrollen.

»Tribüne?« Sie blickt mich fragend an und die umtriebige Augenbraue hebt sich erneut.

Haben sich alle abgesprochen oder ist das ansteckend? »Sagt man hier so, die Tribüne des Verbrechens sozusagen.« Mein peinlicher Versuch, den Schwachsinn zu entschärfen, geht schief.

»Ach so, ja?« Ihre verwunderten Gedanken sind förmlich hörbar.

Was hat Frida ihr über mich erzählt? Alles? Wenigstens eine geschönte Version?

Seit Petters Tod kämpfe ich damit, Kontrolle über meine Betriebsstörung zu gewinnen. Mit Albträumen hat es seinen Anfang genommen und sich allmählich in die Realität gedrängt.

Luca blickt mich mit ihren Pralinenaugen an. Wie

viele Herzen sie wohl auf dem Gewissen hat? Während ich sie mustere, vermutlich penetrant anglotze, begreife ich, ihre Anmut ist nur die Verpackung eines hellwachen Verstandes, mit einem rosigen Mund, der scharfkantige Worte zu sprechen vermag. Ein rosenumranktes Inferno. Habe ich schon gesagt, sie muss verschwinden?!

Ich weiß nicht, was ich sagen soll, also wende ich mich dem Toten auf dem Obduktionstisch zu. »Gibt es neue Erkenntnisse, Svenika?«, murmle ich und drehe mich ruckartig von ihm weg, sein Anblick jagt meinen Puls in die Höhe.

»Hab dir doch schon alles geschickt«, sagt sie augenrollend. »Vielleicht erfahren wir noch irgendwas durch den Zahnabgleich.«

»Kannst du denn inzwischen etwas Genaueres zum Todeszeitpunkt sagen?«

»Was ist los, Karl? Hat die Demenz eingesetzt? Er ist ungefähr drei Wochen im Wasser gewesen, wie es im Bericht steht.«

Mir liegt so einiges auf der Zunge, doch sie schiebt sich demonstrativ die Kopfhörer, die um ihren Nacken gebaumelt haben, auf die Ohren. Was sie wohl hört? Death Metal?

Obwohl sie nichts mitbekommt, sage ich: »Halt uns auf dem Laufenden« und verlasse den Sektionssaal. Ich muss an die Luft und den Kopf für einen Moment im Schneeregen abkühlen.

Klack, klack, klack und Luca hat mich eingeholt. Wie sollte es auch sonst sein? Ein Ferrari ist schnell.

»Fahren wir zur Wache? Ich will die Kollegen kennenlernen!«, sagt sie schnittig, dann lächelt sie charmant und hält sich ihre teure Aktentasche über den Kopf, um nicht nass zu werden.

Diese Frau scheint es gewohnt zu sein, Menschen für

sich einzunehmen. Sie hat Svenika Nielsen zum Lachen gebracht, was bisher außerhalb meiner Vorstellungskraft gelegen hat. Mein Team wird sie lieben. Alle werden sie lieben. Sie geht mir jetzt schon auf den Sack.

»Fahr hinter mir her.« Ich zeige auf meinen Dienstwagen, einen VW Passat. Geradlinig, uneitel und zuverlässig. Wie ich. Nichts, was man liebt, aber zu schätzen weiß, wenn es drauf ankommt. Hoffentlich werde ich dieser Beschreibung irgendwann wieder gerecht.

Wir steigen in die Fahrzeuge und machen uns auf den Weg zur Wache nach Leknes. Ich kann mich kaum auf die Straße konzentrieren, ständig blicke ich in den Rückspiegel und fasse mein Schicksal nicht, das am Kofferraum meines Wagens klebt. Luca, die Pizza, wird alles verändern. Diese Erkenntnis erzeugt eine Mischung aus Anspannung und Weigerung, wie man sich auf eine Zahnoperation freut. Vielleicht ist sie verträglich und kompetent in ihrem Job, aber ich will sie auf keinen Fall an meiner Seite. Nicht weil sie attraktiv oder eine Frau ist. Ich will weder Zuneigung noch Sorge für einen neuen Partner empfinden.

Vor der Wache parken sechs Wagen, einer gehört nicht den Kollegen. Es ist der rote Golf der vermeintlichen Kautionseintreiberin. Schon von draußen ist lautes Geschrei zu vernehmen. Was zum Teufel ist da drinnen los?

Luca sieht mich befremdet an, während ich zur Tür rase und sie aufreiße. Mein erster Blick fällt auf Emilie, die mich mit hochrotem Kopf anblickt. Ihr zartes Gesicht ist mit einer Zornesfalte gespickt, sie zittert und scheint dabei ihre dunkle Haarmähne elektrisch aufzuladen.

»Endlich bist du da, Karl!«, sagt sie schrill und drückt meine Hand.

Sie wirkt erleichtert und zugleich habe ich den Eindruck, sie eskaliert jeden Augenblick. Die gesamte Mannschaft hat sich in den Empfangsraum gedrängt. Gespanntes Knistern liegt in der Luft.

»Was ist hier los?«, poltere ich wenig originell.

Anni Lund, unsere feenhafte Phantombildzeichnerin schaut durch die blonden Fransen in den Laptop auf dem Besuchertisch und erzeugt Runzeln im Gesicht, die sie eigentlich noch nicht besitzt. Ihr gegenüber sitzt die durchgeknallte OP-Schwester und Dauergast der Wache: Catalina Andreassen. Wie immer ist sie in Lila und Gelb gekleidet. Der verächtliche Blick, den sie mir aus dunklen Augen unter der tiefsitzenden Mütze zuwirft, hat es in sich. Vorhin hat ihr Wagen noch vor dem Krankenhaus geparkt, aber heute will sie scheinbar keine Kaution für einen Touristen kassieren.

»Ich bin dann fertig.« Anni schaut mich verlegen an. Je länger sie mich ansieht, desto tiefer röten sich ihre Wangen, als wollte sie sich für das, was nun kommt, entschuldigen. Umständlich dreht sie den Laptop um, bis wir alle das von ihr erstellte Phantombild betrachten können.

»Ja, genau so sieht er aus, mein Gedächtnis vergisst kein Detail. Nie. Er hat diesen armen Mann im Fjord ertränkt«, ruft Catalina und nickt wie ein Wackeldackel.

Stille. Alle halten den Atem an. Emilie bricht in Tränen aus und einen Augenblick später registriere ich, wie sich der Becher in ihrer Hand auf die Reise macht, einen Salto in der Luft vollführt und gegen Annis Notebook prallt. Trotz des heruntertropfenden Kaffees erkenne ich eine jüngere Version eines mir bekannten Mannes. Braune Augen, dunkle Haare, Vollbart. Es ist der, den ich jeden Morgen im Spiegel anblicke.

Luca schaut ungläubig in die Runde, als sei ihr gerade klar geworden, in welchem Irrenhaus sie gelandet ist. Dann bleibt sie mit ihren betörenden Augen an mir hängen und bricht die erste Regel der Wache. Sie lacht.

3. Die Kammer

Halli ist gegangen und hat alles Vertraute, die Hoffnung und mein Herz mitgenommen. Auf mein jämmerliches Dasein zurückgeworfen bin ich bei den anderen Kindern verblieben, die immer roher geworden sind und sich gegenseitig Schmerz zugefügt haben. Dabei haben sie sich, wie ich, nur nach Geborgenheit, einem guten Wort und einer Hand, die ihre hält, gesehnt.

All das habe ich ertragen, weil mein Bruder nie gänzlich von mir gegangen ist. Er hat mir körperlos wie ein himmlischer Gefährte zur Seite gestanden. Wenn Blitze über den Himmel gezuckt sind, habe ich mich in seine haltlosen Arme geflüchtet. Wenn mich Hunger gequält hat, habe ich mich an die Leckereien erinnert, die er auf seinen nächtlichen Raubzügen aus der Küche gestohlen hat, wie Fantasiegebilde habe ich sie verschlungen.

Halli hat all seine Sachen hiergelassen. Obwohl er größer als ich gewesen ist, bin ich in seine Kleidung geschlüpft, die nach der vertrauten Zeit nach ihm gerochen hat. Alle haben mich gehasst, den furchtsamen und verkrüppelten Troll. Und ich habe mich nicht minder verachtet.

Kurz nachdem ich Halli und das Luftschloss neuer

Eltern verloren hatte, hat Herr Kydland Pflegeeltern für mich gefunden. Aufrechte Menschen, die versprochen haben, eine gute Seele aus mir zu machen. Sie haben kein Geheimnis daraus gemacht, dass das ein schwerer Weg werden würde.

Ruth und Isaak Fatland haben mich auf die kleine Felseninsel Mosken mitgenommen, auf der außer 208 Schafen und unzähligen Seevögel niemand gelebt hat. Die Insel liegt am tückischen Moskenstraumen, einer der stärksten Meeresströmungen der Erde. Umgeben von über 300 Meter hohen Felsen hat sich ihr morsches Rorbu unauffällig in die Landschaft eingefügt. Früher haben hier Menschen von der Schafzucht gelebt und Vater Isaak hat diese Tradition wiederaufleben lassen. Er hat ihre Wolle verkauft und, wenn das Geld zu knapp geworden ist, auch einige Schafe.

Sie haben mir einen neuen Namen gegeben. Mikael, wie der Erzengel aus der Bibel. Mikael, der den Teufel in Gestalt eines Drachen besiegt hat. Stolz hat mich erfüllt, diesen Namen bekommen zu haben und den kläglichen Odd wie einen schmutzigen Mantel ablegen zu können.

Im Dach ihres windschiefen Hauses habe ich ein Zimmer erhalten. Klein und bescheiden. Jesus hat an einem Kreuz über meinem Bett gehangen und eine Bibel auf meinem Kissen gelegen.

»Jeden Abend und ebenso am Morgen liest du das Wort Gottes, Mikael«, hat Mutter Ruth zu mir gesagt. »Der Ewige muss einen Plan für dich haben, er hat dich bewahrt und seine Hand über dich gehalten. Sonst wärst du wie die abscheuliche Frau, die dich geboren hat, in die Hölle gefahren. Doch deine Seele ist unrein und voller Sünde. Ich sehe es in deinen gottlosen Augen. Du musst dagegen ankämpfen, Mikael. Das Böse breitet sich wie die Pest in dir aus, Junge.«

Mit meinen damaligen sechs Jahren habe ich nicht lesen können und nicht verstanden, was Sünde bedeutet. Den Gesichtsausdruck, mit dem sie dieses Wort gesprochen und ihren Mund verzogen hat, werde ich nie vergessen. Als würde sie etwas Verdorbenes ausspucken.

Fehlerhaft. So habe ich mich gefühlt und für meine tote Mama geschämt. Nichts habe ich mehr gewollt, als von Mutter Ruth geliebt zu werden. Auch, wenn sie keine Ähnlichkeit mit meiner Fastmama Elin gezeigt hat. Welche Wahl habe ich gehabt? Das Loch in meiner Seele ist jeden Tag gewachsen, ich habe nach der Liebe gedürstet, die ich für eine unvergessliche Zeit bei Halli gefunden habe.

Mutter Ruth ist grau gewesen. Ihre Kleidung, Haut und Haare, wie ein verhangener Himmel. Immer hat sie Röcke getragen, auf denen Blumenmuster gewesen sind. Doch vom vielen Waschen in den Jahren haben sie ihre einst bunten Töne verloren und das Gewebe ist spröde geworden. Auch Vater Isaak hat trotz seiner Arbeit im Freien angemutet, als sei er immun gegen das Sonnenlicht. Knorrig wie ein alter Baum hat er ausgesehen, mit ellenlangen, hageren Armen und einem von Falten zerfurchten Gesicht. Der Blick aus seinen hellblauen Augen hat gewirkt, als sei er zu erhaben, um mich wirklich zu bemerken. Beide haben wie Menschen auf antiquierten Fotos ausgeschaut, ohne Farbe. Nie habe ich sie lachen gehört oder glücklich gesehen. Sie haben sich kein einziges Mal unterhalten und ihre Körper sind gebückt gewesen, als würden sie sich vor etwas ängstigen.

Nun weiß ich, wovor sie sich gefürchtet haben. Mit dieser Angst haben sie mich geimpft, bis ich an nichts anderes mehr gedacht habe.

Schon wenige Wochen nachdem ich eingeschult worden bin, habe ich zu lesen gelernt. Die Bibel habe ich eingepaukt, bis ich meinen Eltern die korrekten Textstellen habe aufsagen können, wenn sie mich abgefragt haben.

Die Heilige Schrift hat mich zur gleichen Zeit fasziniert wie geängstigt. Gott hat die Menschen getötet, wenn sie gesündigt haben. Auge um Auge hat er ganze Städte dem Erdboden gleichgemacht und sie in die ewige Verdammnis geschickt. Vieles habe ich damals nicht verstanden, doch Mutter Ruth hat fortwährend gesagt, dass ich schwer zu retten sei, manche Menschen seien zu schmutzig.

Tag für Tag und bei jedem Wetter hat Vater Isaak mich mit dem Boot auf die Nachbarinsel gebracht und nach der Schule wieder abgeholt. Jahrelang. An diese Zeit erinnere ich mich nicht gern. Ich bin der hinkende Junge gewesen, der selbstgenähte Hosen und altes Zeug getragen hat. Ein willkommenes Ziel für alle, die sich haben stark fühlen wollen. Neben mir ist das niemandem schwergefallen.

Doch nicht alles in der Schule ist schlecht gewesen. Meine Lehrerin Tobi Ragnarsdóttir hat mich nicht nur Lesen und Schreiben gelehrt, oft hat sie ein gutes Wort für mich gehabt und manchmal haben ihre Augen in Tränen geschwommen, wenn sie zu mir gesagt hat, ich sei ein anständiger Junge.

Auch wenn ich ihr kein Wort habe glauben können, für diese Schwindelei habe ich sie geliebt. Ihre kupferroten Haare haben wie glühendes Gold ausgesehen, wie ein himmlisches Wesen hat sie geleuchtet. Manchmal habe ich mir vorgestellt, sie würde mich zu sich nehmen, weg von meinen Pflegeeltern, die mich nie adoptiert haben.

Einmal hat unser Mathelehrer Herr Gudbrand sie vor der Schulklasse angeherrscht, weil sie uns, in ihrer grenzenlosen Liebe zu Worten, beigebracht hat, alle Zahlen auszuschreiben. Die Tränen habe ich ihr getrocknet, wie sie es oft für mich getan hat. Sie hat die Arme um mich gelegt und geweint.

Nach Halli ist sie der zweite Mensch, für den ich etwas empfunden habe, sie hat eine Saite berührt, die klangvoll gewesen ist. Wie einen Engel habe ich sie geliebt.

Eines Tages, ich bin gerade sieben Jahre alt geworden, habe ich mich nach der Schule verspätet. Vater Isaak hat mich wie immer am Anleger erwartet, aber ich habe mich in die Backstube in Sørvågen geschlichen, wo mir die freundliche Bäckerin Freydis Sjokoladebomber zugesteckt hat. Sie ist so gutherzig gewesen und die Schokolade hat verführerisch geschmeckt. Nur wenige Minuten bin ich zu spät gekommen.

»Es tut mir leid, Vater Isaak«, habe ich fortwährend gestammelt. Er hat mich nicht angesehen. Ohne ein Wort zu sprechen, hat er das Boot zu unserer Insel gesteuert und mich mit seinen riesigen Händen vor Mutters Füße geworfen, wie vor einen tobsüchtigen Löwen.

»Du verkommene und undankbare Brut, Mikael. Wie oft soll Gottes Sohn gekreuzigt werden und sein Blut für einen wie dich vergießen? In der Hölle wirst du brennen, für immer. Der Herr hasst Menschen wie dich. Bete, Junge. Deine arme Seele, sie ist verloren.«

Mutter Ruth hat mich angebrüllt. Ohrenbetäubend wie ein Donner. Sie hat mir einen Stoß versetzt, mich in die zugige Kammer in der Küche gesperrt und die Tür verriegelt.

Ab diesem Tag habe ich mehr Zeit in dem kleinen Verschlag verbracht als an irgendeinem anderen Ort.

Nichts habe ich mehr richtig machen können. Jedes falsche Wort, jedes kurze Zögern bei meinen Aufgaben, die seltenen Momente, in denen ich Wünsche angedeutet habe, und bisweilen nur ein Atemzug haben Mutter

Ruth in Rage versetzt und mich sofort in die Kammer.

Ich habe mich zurück ins Heim gewünscht, in Hallis schützende Arme, und den Tod habe ich herbeigesehnt. Doch ich habe nicht Hand an mich selbst legen dürfen. Das Leben ist ein Geschenk Gottes und ich habe nicht undankbar sein wollen.

»Du verkommen*e Brut. In der Hölle wirst du schmoren. Tue Buße!*«

Meine Schuld ist immer zu groß gewesen. Höher als die Berge der Fjorde, bis zum Mond, ins All und tief wie die Gräben im Meer. Und Schwarz. Wie hat Gott mir jemals vergeben sollen?

Die Kammer ist mein Schattenreich gewesen. In endlosen Stunden habe ich gebetet, Gott angefleht Gnade mit meiner Seele zu haben, doch zur gleichen Zeit habe ich Rache an Halli nehmen wollen, weil er mich im Stich gelassen hat. Bald haben mich die Erinnerungen an ihn nicht mehr getröstet. Sie haben mich verbittert. Immer öfter habe ich mir vorgestellt, er würde an meiner statt im Verschlag Buße tun und ich von seiner Engelsmama mit Liebe überschüttet.

Ein Teufelskreis hat seinen Anfang genommen. Sich Vergeltung zu wünschen, ist Sünde. Aber das Tor in den Abgrund ist schon zu weit geöffnet gewesen und immer tiefer bin ich hinabgefallen. So habe ich in der Kammer gesessen, die nach Urin, Tränen und Hoffnungslosigkeit gerochen hat. Für meine Notdurft hat es einen Blecheimer gegeben, den Mutter Ruth erst geleert hat, wenn er halbvoll gewesen ist. Sie hat es gemocht, mich zu demütigen.

Wenn es gewittert hat, habe ich mir immer wieder vorgestellt, wie sie vom Blitz totgestochen wird, während sie Wäsche vor dem Regen gerettet hat.

Es hat keine Wärme gegeben, keine Arme, die mich gehalten haben. Und so habe ich den aufkeimenden Hass mir selbst angelastet, und mich immer tiefer in der Ausweglosigkeit befunden.

Einzig die Schafe sind meine Gefährten gewesen. Jeden Tag habe ich sie mit Rüben und Kartoffelschalen gefüttert, gestreichelt, mit ihnen gekuschelt und gehofft, sie mögen mich. Nicht weil ich ihren Hunger gestillt habe, sondern um meinetwillen.

Jahre sind dahingegangen und die Dunkelheit in mir hat mich den Großteil meines jungen Lebens in der Kammer fristen lassen. Zermürbt vom Verlangen nach Gottes Liebe und der Unerfüllbarkeit dieses Sehnens, habe ich gebetet und gefleht. Je mehr ich es getan habe, umso stärker sind die finsteren Vorstellungen gewachsen.

Als ich vierzehn Jahre alt geworden bin, haben meine Eltern entschieden, ich solle nicht mehr zur Schule gehen. Das Benzin für die Fahrten mit dem Boot sei zu teuer, und was ich gelernt habe, reiche für jemanden wie mich. Wichtig sei nur Gott und die Welt draußen kein guter Ort für einen Jungen wie mich.

»Du bist zu verführbar und gefährdet«, hat Mutter Ruth gesagt. »Überall wirst du auf Niedertracht stoßen und dem Widersacher ein willkommenes Opfer sein. Zudem braucht dein Vater dich oder hast du übersehen, wie ihm die harte Arbeit zusetzt?«

So habe ich meine letzte Verbindung zu Menschen wie meiner Lehrerin Tobi und der Bäckerin Freydis verloren. Sie sind die Einzigen gewesen, die etwas Anderes als Schmutz und Verderben in mir gesehen haben. Jeden Tag habe ich an sie gedacht.

Mein Protest gegen den Beschluss hat damit geendet,

dass ich eine ganze Woche in der Kammer gelandet bin. Endlose Stunden in der eisigen Kälte meiner Verlorenheit. So lange am Stück haben sie mich nie eingesperrt. Ohne irgendetwas, dass mich gewärmt oder getröstet hat. Nur der scharfkantig abgebrochene Walfischzahn, an dem Halli sich damals verletzt hat und den ich seit Jahren zwischen den Ritzen im Holz versteckt habe, hat mir Trost gespendet. Die Bruchkante ist rasiermesserscharf gewesen, sodass es leicht gegangen ist, die Haut meiner Finger damit einzuritzen, bis Blut hervorgetreten ist. So rot und eindrucksvoll, viele Male habe ich nicht geglaubt, dass es aus jemandem wie mir gekommen ist.

Und während ich einen weiteren Tropfen wie einen Stempel gegen den vergilbten Anstrich des Verschlages gedrückt habe, ist eine göttliche Eingebung in mich gefahren. Wie ein einzelner greller Sonnenstrahl durch eine schwarze Wolkenwand bricht, hat sie sich in mein Gehirn gebohrt und alles erhellt.

Einzig Blut kann Sünden vergelten.

4. Irre-Führung

»Ist diese Catalina eine zuverlässige Zeugin?«, fragt Luca, nachdem ich den Tumult beendet, Emilie beruhigt und alle an die frische Luft gesetzt habe.

»Sie hat ein Rad ab.«

»Dachte ich mir. Offenbar hat sie eine gute Vorlage gehabt.« Sie deutet auf das Foto hinter dem Besuchertisch. Es zeigt mich mit der *BT-Spezialeinheit*. Eine alte Aufnahme, die Emilie aufgehängt hat, wie auch Bilder von allen Kollegen, um das Gemeinschaftsgefühl zu stärken.

»Die Frau erscheint in der Wache und beschreibt dich anhand des Fotos an der Wand?« Luca schüttelt den Kopf.

»Sie ist nicht gut auf mich zu sprechen, schätze ich.«

»Kann es sein, dass sie mehr als eine dezente Abneigung gegen dich hegt?« Sie blickt mich belustigt an. Genießt sie das?

»Da befindet sie sich in guter Gesellschaft«, knurre ich.

Nun demontiert sie Regel Nummer eins endgültig. Sie lacht schon wieder. »Der Ruf eilt dir voraus. Aber ich bilde mir gern meine eigene Meinung.«

»Dann bin ich in gespannter Erwartung, zu welchem Urteil du kommen wirst.« Ehrlich gesagt hoffe ich, unsere

Zusammenarbeit wird deutlich vorher beendet sein.

Luca sieht sich um. »Das also soll die Wache sein? Hab ich mir anders vorgestellt.« Sie schaut wie ein mauliger Teenager. Sicher ist sie einen anderen Standard gewohnt, schon ihr äußeres Erscheinungsbild offenbart ihren Hang zum Luxus.

»Es bricht mir das Herz, das Ritz ist leider ausgebucht gewesen«, erwidere ich und wische mir eine imaginäre Träne von der Wange.

Sie dreht sich demonstrativ zur Seite und flucht leise. Ich glaube, sie hat mich oder die Inseln verwünscht. Wahrscheinlich Ersteres und ich kann mir nicht verkneifen zu grinsen.

Beim ersten Schritt in die Wache vor zwei Monaten bin ich ebenfalls nicht in Begeisterungsstürme ausgebrochen. Bis heute fasziniert mich die stockige Tapete, in der ich laufend neue Gesichter entdecke. Das mit einer Nikotinschicht überzogene Mobiliar ist ein sinnbetäubendes Relikt aus der Ära Aschenbecher im Büro. Was mir aber die Tränen in die Augen treibt, sind die ausgemusterten Rechner, die wir von der Polizeistation Bodø geerbt haben, als sie neu ausgerüstet worden sind.

»Wie bekommt ihr denn überhaupt die verschiedenen Abteilungen unter?« Luca sieht mich an, als sei es mein Vergehen, dass sie hier gelandet ist.

»Indem wir effizient sind und auf jeden Schnickschnack verzichten.« Was rede ich, wir haben Däumchen gedreht. Nur werde ich ihr das nicht auf die Nase binden. »Wenn wir das zu deiner Zufriedenheit geklärt haben, möchtest du ein Update über den Ermittlungsstand?«

»Ich freue mich unbändig darauf.« Sie klatscht in die Hände und verdreht die Augen.

Kann sie sich bitte umgehend in Luft auflösen? »Der unbekannte Tote ist vor fünf Tagen auf Gimsøya, direkt vor meiner Unterkunft, angespült worden. Todesursache ist die Verletzung am Hinterkopf. Laut Bericht ist er schon tot gewesen, als er im Wasser gelandet ist. Der Gesamtzustand und die Treibspuren an Stirn, Händen, Knien und Füßen lassen vermuten, dass er maximal drei Wochen im Meer gewesen ist. Außerdem scheint seine linke Hand Berührung mit einer Schiffsschraube gehabt zu haben. Hast du nicht mit Svenika Nielsen gesprochen und dir den Toten vorhin angesehen?«

»Sicher habe ich das und sie hat mir alles erzählt. Es ist trotzdem sehr unterhaltsam, es aus deinem Mund zu hören.«

Ich glaube, ein unterdrücktes Grinsen in ihrem Gesicht zu erkennen. Kopfschüttelnd reiche ich ihr die Aufnahmen des Leichnams.

»Gibt es eine digitale Version der Bilder?«

»Ja, liegt vor.« Wir gehen in mein Büro und ich öffne die Datei mit den Obduktionsbildern.

Luca nimmt auf meinem Bürostuhl Platz, zieht aus ihrer kostspieligen Aktentasche ein Etui hervor und setzt sich eine Lesebrille auf. Konzentriert scrollt sie durch die Bilder, bei drei von ihnen hält sie inne und zieht die Aufnahmen größer.

»Ich muss gestehen, Leichen zu inspizieren, gehört nicht zu meinen Vorlieben. Aber in der Vergrößerung ist das auffällig. Siehst du die Verletzung im rechten Handteller? Ich glaube nicht, dass sie vom Schleifen über den Grund rührt. Sieht untypisch aus.«

»Du bist ja ein regelrechter Sherlock mit Adleraugen!« Kaum fünf Minuten in der Wache und schon Entdeckerin eines neuen Kontinents.

»Kann ich den Autopsiebericht sehen?« Sie blickt mich ungerührt über die Brille hinweg an und lässt mein peinliches Gefasel in Nichtbeachtung ersticken. Die Akte liegt oben auf dem Stapel, ich reiche sie ihr. Sie liest und vergrößert parallel die eindeutigste Aufnahme.

»Das muss ich mir noch einmal vor Ort ansehen.«

»Na, dann fahren wir heute Nachmittag ein weiteres Mal zum Institut«, schlage ich vor und fühle unbändige Vorfreude Svenika erneut zu begegnen.

Luca erhebt sich und sieht aus dem Fenster auf den Fjord. Der Schneeregen hat sich in dicke Flocken verwandelt und die schroffen Berge haben eine neue Schicht Zuckerwatte erhalten. Ein paar Angler lassen ihre Boote mit der Strömung auf dem kabbeligen Wasser treiben und halten ihre Ruten, ungeachtet des kühlen Wetters, oberhalb des fischreichen Sandplateaus vor der Insel.

Was soll's, ich gebe mir einen Ruck und versuche, etwas mehr über die Pizza herauszufinden. »Wie passt der Name Luca Ferrari nach Norwegen? In deinem Lebenslauf steht, du arbeitest als Kriminalkommissarin in Bergen.« Womöglich ist das die erste Frage, die ihr jeder Volltrottel stellt. Ich will sie nur in irgendeiner Schublade unterbringen und gleichzeitig scheine ich mich selbst in die Unterste einzusortieren.

Sie sieht mich mitleidig an. Vermutlich hat sie mehr erwartet als etwas so Profanes?

»Meine Mutter war Italienerin. Mein Vater ist Norweger, er lebt in Bergen. Und ich werde dich in erster Linie als Fallanalytikerin unterstützen.«

»Du bist Profilerin?«, frage ich ent- und begeistert zugleich. Sie ist nicht meine neue Partnerin, sondern … »eine Psychotante?«

»Sehr amüsant, Karl«, sagt sie schneidend.

Habe ich das laut ausgesprochen? Aber ich kann mein Glück nicht fassen und reite noch ein wenig auf dieser Erkenntnis herum. »Du bist also Fährtenleserin kranker Hirnwindungen?«

»Sieht so aus, als gäbe es hier viel zu tun.«

Autsch.

Bevor sie sich abwendet, sehe ich ihre Pralinenaugen wütend glitzern und finde es plötzlich gar nicht mehr lustig. Sie ist Menschenleserin. Eine, die hinter die Stirn blickt.

»Ich bin hier, um dich bei der Aufklärung des Falles zu unterstützen, und das werde ich mit meiner ganzen Fachkompetenz tun.«

Wie sie *Fachkompetenz* ausspricht, nervt gewaltig.

»Na, Glückwunsch! Dein Dienstzimmer in Bergen ist sicher mit Diplomen zugepflastert.« Sie strapaziert mich. Das ist erfreulich, dann ist kein Abschiedsschmerz zu erwarten, wenn sie sich bald vom Acker macht. Aber ich scheine ihr ein Stichwort geliefert zu haben.

»Wo ist mein Büro?«, fragt sie schnippisch.

Keine Ahnung, womit sie gerechnet hat. Wir sind zehn Kollegen, die sich in dieses winzige Haus mit fünf mickrigen Büros quetschen und, da Frida es nicht für nötig gehalten hat mich früher zu informieren, habe ich keine Idee, wo ich sie unterbringen soll. »Tut mir leid, dass der rote Teppich nicht ausgerollt ist, ich habe erst heute von deiner Ankunft erfahren!«

Sie reißt sich die Brille vom Gesicht. »Weißt du was? Wenn du dich von mir gestört fühlst, gib mir einen Platz, an dem wir uns nicht in die Quere kommen. Ich bin nicht hergekommen, um mich mit dir herumzubalgen. Und meine Anwesenheit erfolgt weder freiwillig noch gern.«

»Hier kann man sich nicht aus dem Weg gehen, werte Kollegin. Wenn im hinteren Büro jemand einen fahren lässt, wirst du es hören.«

Sie wendet sich kopfschüttelnd ab und sieht auf die Stockflecken an den Wänden. Ob sie auch Gesichter in ihnen erkennt?

Was kann ich ihr anbieten? Mein Blick fällt auf den Verhörraum, der nicht größer als eine Besenkammer ist und kein Fenster besitzt. Dahin möchte ich sie am liebsten verfrachten und die Tür abschließen. Weder soll sie sich wohlfühlen noch will ich mich an sie gewöhnen. Trotzdem tue ich einen Moment später etwas, dass ich nicht geplant habe.

»Sekunde.« Ohne zu überlegen, betrete ich das Büro der Rechercheabteilung. Die kurz vor der Pensionierung stehende Ingvill und der ehemalige Schwergewichtsboxer Mats kümmern sich theoretisch um Zeugenaussagen, kommunizieren mit Behörden, suchen Verbindungen zu anderen Fällen und sollen auf der Lauer liegen, um Verdächtige zu beobachten. Aber meist hocken sie hier und Ingvill erzählt aus ihrem bewegten Leben von vor 100 Jahren, während Mats mit Beschreibungen diverser Knochenbrüche, die er seinen Gegnern beigebracht hat, kontert.

Bis vor fünf Tagen ist das so gewesen. Nun haben sie sich begeistert wie Kinder, die einen Bastelauftrag bekommen haben, in die Arbeit gestürzt. Die Wände haben sie mit Landkarten beklebt und die Fundstelle der Leiche mit dicken roten Einkreisungen markiert. Nicht besonders viele Fakten, aber genug, damit sie sich davor setzen und herumspinnen, bis mir die Ohren bluten.

Gut, dass sie schon im *Kafe Ragnar*ök sind, denn jetzt würden sie auf die Barrikaden gehen. Ungerührt verteile ich den Müll vom dritten Schreibtisch auf ihre beiden, ziehe den schweren Holzsekretär knarrend in mein Dienstzimmer und stelle ihn mit der Rückseite gegen meinen. So werden die Ferrari und ich uns gegenübersitzen, wo ich sie im Blick haben werde.

Luca hat mir schweigend zugeschaut. »Ernsthaft?«

»Ich hoffe, du wirst dich hier wohlfühlen.« Das gefällt

ihr nicht. Der erste Punkt für ihre baldige Abreise geht auf mein Konto. Ich kann nicht aufhören zu grinsen.

»Wenn du ein Problem mit mir hast, klären wir das am besten sofort«, sagt sie seelenruhig und holt sich den Punkt zurück.

»Wie wäre es mit einem Kaffee?«, frage ich betont freundlich. »Im *Kafe Ragnarök* gibt es den besten und eine warme Mahlzeit bekommen wir da auch.«

Durch dichtes Schneegestöber laufen wir den kurzen Weg rüber zum *Kafe* und klopfen uns die schweren Flocken vor der Tür ab.

Die ganze Mannschaft sitzt bereits am *Oksebord*, einem abgeschiedenen Tisch, den Ragna, die Wirtin, in der Woche für uns freihält.

Wer sich dranzusetzen wagt, wird erschossen, sagt sie zu jedem, der sich dorthin verirrt. Der Spruch wirkt nur bei Touristen, die wenigsten von ihnen wissen, dass die norwegische Polizei unbewaffnet ist. Wir bewahren unsere Pistolen in einem Tresor im Dienstwagen auf. Bis wir damit herumfuchteln, vergeht also einige Zeit und Tischräuber können in aller Ruhe türmen.

Seit ich hier bin, ist es zur Gewohnheit geworden, dass wir uns jeden Mittag bei Ragna treffen, über die Arbeit sprechen, und um zu essen. Ernstzunehmende Aufgaben haben wir bisher nicht gehabt und so habe ich häufig von den Fällen der Mordkommission in Oslo erzählt. Die zwanglose Atmosphäre hat mich manchmal dazu verleitet, die Ereignisse auszuschmücken. Nicht, weil sie uninteressant gewesen sind, doch keiner hat es eilig gehabt, in die Wache zu kommen. Diese Zeit ist vorbei. Wir haben Arbeit.

Das *Kafe* ist ein Sammelsurium an Kuriositäten. Antike Sofas und Sessel stehen an rustikalen Holztischen, auf denen sich abgegriffene Bücher stapeln. Ragna ist in ihrem ersten Leben Bibliothekarin gewesen. Obendrein hat sie die Wände mit Schnappschüssen von Autoren wie Stephen King, Patricia Highsmith und Jo Nesbø zugehängt. Dazu finden sich zahlreiche bekannte Filmplakate. Mein absoluter Favorit ist eine Szene aus *Shining*, in der Jack Nicholson seinen wahnsinnigen Blick direkt in die Kamera richtet. Gelegentlich zwinkern wir uns zu. Neben all die Abbildungen hat sie Lichterketten und nun noch Weihnachtsflitterkram gehängt. Des Weiteren finden sich in jeder Nische Skulpturen von Fabelwesen, die der Barmann und Bildhauer James Lumi gefertigt hat.

Emilie springt auf. »Bist du Luca aus Bergen? Komm, hier ist noch ein Platz frei.« Ohne auf eine Antwort zu warten, zieht sie Luca am Arm, die sich Emilies Übergriff nicht erwehren kann.

»Danke!« Sie setzt sich, nimmt die Mütze vom Kopf und legt ihre üppigen Locken frei, in denen sich Schneeflocken verfangen haben, die nun gemächlich zu Tröpfchen schmelzen.

Alle, inklusive der Gäste, inspizieren sie, scheinen darauf zu warten, dass sie ihren dicken Daunenmantel ablegt. Es wird still, nur Ragna hantiert unbeeindruckt an der Espressomaschine herum.

Der Mantel landet auf der Sessellehne. Es muss eindrücklich sein, was darunter zu entdecken ist. Ohne selbst hinzusehen, bemerke ich es an Mats verklärtem Blick. Emilie wirkt unvermittelt reserviert, Ingvill grinst die Kollegen reihum an und stößt einen Pfiff aus. Wie zu erwarten, ist der ewig flirtende James so verzaubert, dass er einen Berg Zucker in den Milchkaffee schüttet.

Nicht zu fassen! Luca sieht wie eine Frau aus. Wollen wir applaudieren? »Jetzt habt ihr sie alle gesehen«, sage ich mit erhobener Stimme. So viel offenes Begehren ist mir peinlich. Ja, auch ich habe sie angestarrt. Aber nicht auf diese brünstige Art.

»Darf ich vorstellen? Das ist Luca Ferrari aus Bergen. Sie wird uns als Fallanalytikerin unterstützen.«

»Hallo miteinander«, sagt sie einnehmend und lächelt in jedes Gesicht. »Was isst man hier, wenn man halb verhungert ist?«

Ein Wetteifern der besten Empfehlungen bricht über sie herein, jeder versucht, ihr seinen Vorschlag schmackhaft zu machen.

Ragna nimmt die Bestellungen auf und Luca wendet sich nacheinander den Kollegen zu, erkundigt sich nach den Aufgaben innerhalb der Wache und verknüpft das geschickt mit Fragen nach persönlichen Themen. Sie macht das dermaßen charmant und interessiert, leider muss ich ihr zähneknirschend einen weiteren Punkt für ihr Bleiben geben. In den zwanzig Minuten, bis das Essen serviert wird, hat sie mehr über die Mannschaft erfahren, als ich in zwei Monaten.

»Gibt es etwas zu berichten?«, frage ich, als wir beim Kaffee angekommen sind.

Unsere beiden Streifenpolizisten Linus und Anouk schütteln gleichzeitig den Kopf.

Ingvill nickt. »Die Gerichtsmedizinerin hat angerufen, es hat einen Treffer bei den Zähnen gegeben. Die Röntgenaufnahmen passen zu einem Lasse Hallgrim.«

»Ist er vermisst gemeldet gewesen?«, frage ich.

»Japp.« Ingvill wirft Mats einen finsteren Blick zu und fährt sich durch die rotblonden Haare, deren Enden schwarz gefärbt sind, was mich unwillkürlich an einen Löwen erinnert.

»Ihr habt das nicht überprüft? Was treibt ihr eigentlich den ganzen Tag? Seit wann ist er verschwunden und wer hat das angezeigt?«, frage ich entnervt.

»Eine Alice Storstrand, sie ist Kassiererin bei Bunnpris. Der Eintrag ist drei Wochen alt«, sagt Mats kleinlaut.

Diese Zurückhaltung will nicht zum muskelbepackten Hünen passen. Er kratzt sich mit der riesigen Hand am Kopf und schaut mich ratlos an.

»Dieser Mann wird seit Längerem vermisst und die Beamten der Wache Leknes ignorieren das?« Klirrend stelle ich die Kaffeetasse ab, stehe auf und rufe in das Lokal: »Wem sagt der Name Lasse Hallgrim etwas?« Etwa 35 Köpfe drehen sich zu mir.

Luca schaut mich entgeistert an. Beschwichtigend lege ich einen Finger auf meine Lippen. Nur 24.000 Einwohner leben auf den Inseln, wie ein Spinnennetz sind die Menschen miteinander verwoben, ob durch Kindertage, Jobs oder Liebschaften. Und die Antwort befindet sich vielleicht genau hier.

»Das ist doch der Typ, den Alice sucht«, schallt es zu mir herüber. Wie erfreulich, Bjorn Hagebak, mein schwarzfischender Freund hat mir das zugerufen. Der hat Nerven.

»Geht es genauer, Bjorn?«

Er steht auf, schlendert Smørrebrød kauend an unseren Tisch und zerrt sich die schmuddelige Fischermütze vom Kopf. Darunter bekommen wir zerzauste graue Haare zu sehen. »Sie sucht ihn schon seit Wochen. Ich glaube, er hat nicht von ihr gefunden werden wollen. Hab ihn ein paarmal auf dem Fjord getroffen.« Er betont jede Silbe überdeutlich und beißt wieder von seinem Brot ab. Der muss halb verhungert sein.

»Wann hast du ihn zuletzt gesehen?«

Er schluckt den Bissen herunter. »Das liegt schon länger zurück, etwa zwei Monate.«

»Danke. Wenn du dich an weitere Details erinnerst,

komm zur Wache.« Das wird er nicht, da bin ich sicher. Er hat irgendwas an sich, das mich stutzig macht. Etwas, das ich mir genauer ansehen muss.

In der Polizeistation stürzen wir uns unverzüglich in die Nachforschungen über Lasse Hallgrim. Seinen Lebensunterhalt hat er als Bootsbauer verdient und ist seit mehreren Jahren Frührentner gewesen. Seine Akte ist unberührt, nur gegen Alice Storstrand liegen einige Unterlassungsverfügungen wegen Stalking vor, die er in den vergangenen Jahren beantragt hat. Was für ein Mensch ist er gewesen? Und wie passt Alice Storstrand zu ihm?

Luca und ich steigen in meinen Dienstwagen und wollen rüber zum Bunnpris fahren, dem riesigen Supermarkt in Leknes. Vor uns tuckert ein Räumfahrzeug, türmt den Schnee am Straßenrand auf und wir brauchen ewig für den kurzen Weg. Die Stille im Auto wird nach einigen Minuten unangenehm. Über das Wetter will ich nicht reden, ist kein Geheimnis, wir haben Dezember und es schneit zum xten Mal.

Auf dem Parkplatz befinden sich nur wenige Fahrzeuge. In einem weihnachtlich dekorierten Foodtruck neben dem Laden werden Goro, norwegische Adventswaffeln, gebacken. Der Duft nach Kardamom weht einladend in meine Nase. Zwei junge Männer schieben das Weiß von den Wegen, bewerfen sich nebenbei mit Schneebällen und lachen. Einer trifft Luca am Stiefel. Sie bückt sich, formt eine feste Kugel und trifft den Größeren, der verdutzt aus der Wäsche schaut. Sie lächelt den beiden zu, dann betreten wir den Laden.

Trotz der überschaubaren Kundschaft sind fünf Kassen besetzt. Drei männliche Kassierer und zwei weibliche Kassiererinnen. Eine davon sieht wie eine Schülerin aus, also bewegen wir uns zur dritten Ladenkasse, an der eine schwarzhaarige Frau sitzt und Waren über das Band schiebt. Sie trägt einen Sonnenhut, an dem welke Narzissen befestigt sind. Komische Aufmachung. Nachdem der letzte Kunde bezahlt hat, entdeckt sie uns.

»Guten Tag, Kriminalpolizei Leknes, mein Name ist Karl Rasmussen und das ist meine Kollegin Luca Ferrari. Bist du Alice Storstrand?«

Sie nickt und irgendwas ist mit ihrem Gesicht los. Die weichen Züge verschwinden und sie blickt uns mit einer Mischung aus Erschrecken und Wut an.

»Können wir an einen ruhigeren Ort gehen?«, fragt Luca.

Die Kollegen sehen neugierig zu uns herüber. Alice schließt die Kasse mit zitternden Händen ab.

»Kommt mit«, sagt sie gepresst und führt uns in den Pausenraum, in dem sich niemand aufhält. »Was wollt ihr?«, fragt sie schroff.

»Wann hast du Lasse Hallgrim das letzte Mal gesehen?«, frage ich direkt.

Ihr Gesicht verdunkelt sich um einige Nuancen. »Gar nicht, er ist anscheinend unsichtbar geworden. Das ist Wochen her, ich habe ihn vermisst gemeldet. Ist ihm etwas passiert?«

Luca wirft mir einen Blick zu, den Alice sofort begreift.

»Ist er tot?« Sie schluchzt und ihr schmaler Körper bebt. Entweder ist sie eine gute Schauspielerin oder wirklich erschüttert.

»Alice, ich fürchte, das ist wahr. Er muss noch identifiziert werden.« Luca legt ihr die Hand tröstend auf die Schulter und reicht ihr ein Taschentuch.

»Bitte lasst mich das tun. Ich möchte ihn noch einmal sehen. All die Jahre habe ich das nicht gedurft. Ich muss mich doch von ihm verabschieden«, sagt sie händeringend.

»Das überlegen wir uns«, sage ich. »Alice, hat er mal Ärger mit jemandem gehabt?«

Sie schüttelt den Kopf. »Lasse? Nein, er ist ein sanftmütiger Mensch, der niemandem Leid zufügt.« Sie schnieft ausgiebig in das Taschentuch.

»Aber mit dir hat er offenbar einige Querelen gehabt. Es liegen zwölf Kontaktverbote gegen dich vor, an die du dich übrigens nicht gehalten hast.« Ich beobachte jede ihrer Regungen.

»Querelen? Gott, ich habe ihn doch nur geliebt. Ist das eine Sünde?« Sie schaut uns mit der ganzen Verzweiflung ihrer verlorenen Liebe an und ihre Augen zerfließen in Tränen.

»Nur, wenn man jemanden verfolgt, der diese Gefühle nicht erwidert«, antworte ich ruhig.

»Versteht doch, es hat nie einen anderen Mann für mich gegeben.« Sie knüllt das Taschentuch zusammen und schluchzt laut auf, wahrscheinlich weil ihr klar wird, dass es nun keine Hoffnung mehr gibt.

»Glaubst du ihr?«, frage ich Luca, als wir wieder im Wagen sitzen und zum Institut für Rechtsmedizin unterwegs sind. Meine Augen bleiben an den üppigen Schneeflocken hängen, die knisternd gegen die Windschutzscheibe fliegen und vom Wischer fortgeschoben werden.

»Das ist schwer einzuschätzen. Ihre Gefühle sind zurückgewiesen worden, das ist sehr kränkend. Verletzte Menschen können intensive Rachefantasien entwickeln. Ob das in ihrem Fall zutrifft?« Sie zuckt mit den Schultern. »Wir brauchen mehr.«

»Dann soll sie seinen Leichnam identifizieren«, schlage ich vor.

»Wirklich, Karl? Er sieht sehr entstellt aus. Besitzt du

eigentlich ein Herz?«, fragt sie mit hochgezogenen Augenbrauen.

Ob ich ein Herz besitze?

Da höre ich Petters Song wieder und mein nicht vorhandenes Herz brennt.

5. Das Lamm

Hoffnung hat mich wie eine warme Decke eingehüllt, da ich gewusst habe, wie ich der Verzweiflung entkommen kann. Gott hat Blut gewollt und ich habe es ihm geben wollen.

Sobald Vater Isaak mich aus der Kammer gelassen hat, bin ich hinaus an den Fjord. Mein Herz hat so freudig geschlagen, weil ich endlich verstanden habe: Ich muss nicht mehr verloren sein.

Zugleich habe ich begriffen: Dafür muss ich töten. Und die Freude hat sich in Schrecken gewandelt. Über wen oder was habe ich das Todesurteil vollstrecken sollen?

Angsterfüllt bin ich am Wasser umhergelaufen, habe Gott angefleht, mir zu helfen. Mein Blick ist auf das Bootshaus gefallen, ich bin hingestürzt, habe eine Angel rausgeholt, eine Handvoll Würmer ausgegraben und bin zur Nordseite der Insel gerannt, zum gefährlichen Strudel. Dort habe ich die Rute ins Wasser gehalten. Kaum hat der Köder drin gelegen, hat ein Köhler angebissen. Nie vorher habe ich das erlebt. Meist habe ich nichts gefangen, während Vater Isaak einen Fisch nach dem anderen gelandet hat. Gott ist mit mir, habe ich gejubelt.

Vorsichtig habe ich den Fisch aus dem Wasser gezogen,

ihn auf einen Felsen gelegt und seinen zuckenden Leib betrachtet. Ohne nachzudenken, habe ich ihm den Walfischzahn ins Herz gestoßen und sein Blut ist rotglänzend über den Stein geflossen.

»Bitte, Gott, nimm dieses Opfer an. Vergib mir meine Sünden. Bitte.«

In mir hat sich eine neue Tür geöffnet, durch die Licht hineingeströmt ist. Meine Hände haben nach Fischblut gerochen und meine Seele hat geleuchtet. Ich bin der Hölle entkommen und Gottes Vergebung hat mich mit reiner Freude umhüllt.

Doch als ich zurück ins Rorbu gekommen bin, hat Mutter Ruth meine nassen Ärmel bemerkt und begriffen, dass ich alleine am Wasser gewesen bin.

»Du bist unzähmbar und verstockt, Mikael. Hast du denn gar nichts verstanden, als du eine Woche in der Kammer gebüßt hast? Der Teufel flüstert dir ständig seine widerwärtigen Verführungen ins Ohr. Wie soll Gott dich lieben, wenn du auf der Seite des Versuchers stehst?«

»Aber ich habe ihm ein Opfer gebracht und er hat mir vergeben«, habe ich vorsichtig hoffnungsvoll entgegnet.

»Ein Opfer? Was hast du getan, Junge?« Die Augen sind ihr fast aus den Höhlen gesprungen. Sie hat meine Hand genommen, an ihre kalte Nase gehalten und mir eine Ohrfeige verpasst, dass ich gegen den Küchentisch getaumelt bin.

»Einen Fisch hast du getötet und denkst, deine Sünden sind dir vergeben? Warum hat Gott uns mit einem so törichten Jungen gestraft? Deine Mutter hat dich in Sünde empfangen und eine finstere Frucht hat ihren Leib verlassen. Wir haben es als unsere Aufgabe gesehen, einer verlorenen Seele den Weg zu weisen, Mikael. Aber sieh dich an, eine Schande bist du, eine Brut der Hölle.«

Sie hat sich von mir abgewendet und hässlich gelacht,

als würde der Teufel selbst in ihrem Mund stecken.

Eine weitere Woche in der Kammer ist dem gefolgt.

Die ganze Zeit habe ich nach dem erlösenden Gefühl gesucht, das mir das Töten des Fisches geschenkt hat. Sieben Tage habe ich den Allmächtigen angefleht, mich nicht zu verdammen, und nachts geträumt, wie Flammen an meinen Beinen emporwachsen, bis ich lichterloh gebrannt habe.

Nachdem ich aus dem Albtraum erwacht bin, hat mir Schweiß auf der Stirn gestanden und Fieber meinen Körper geschüttelt. Doch sie haben mich nicht entlassen. Mutter Ruth hat vor dem Verschlag gehockt und gehorcht. Als sie meinen schweren Atem vernommen hat, habe ich ihr ungehaltenes Schnaufen gehört.

»Bete, Junge. Tue Buße.«

Wofür, wenn ich eh verloren bin? Das Beten ist mir immer schwerer gefallen. Was habe ich Gott noch zu sagen gehabt? Alle Worte habe ich aufgeboten, mich in den Staub geworfen. Niedriger habe ich nicht vor ihm liegen können. Mutter Ruth hat immer wieder zu mir gesagt, Gott könne mir nicht vergeben, weil meine Seele zu schmutzig sei. Das Blut des gekreuzigten Jesus sei nicht genug für mich.

Weitere Jahre haben sich meinen ersten vierzehn angeschlossen. Wie von Sinnen habe ich nach einem Ausweg aus der Bedrängnis gesucht. Jede Nacht habe ich von der ewigen Verdammnis geträumt, bis ich immer kleiner geworden bin, meine Stimme leiser und meine Hoffnung auf ein Entkommen nicht mehr existent gewesen ist. Gleichzeitig ist etwas Dunkles in mir gewachsen, es ist Hass gewesen. Ein beunruhigendes Wort und noch viel schrecklicheres Gefühl, da ich gewusst habe, damit die Distanz zu Gott weiter zu vergrößern.

Die Isolation in der Kammer hat mich zur gleichen

Zeit abgestumpft wie meinen Blick geschärft. Ich habe die Bibel studiert, nicht als der kleine Junge, der ich anfangs gewesen bin. Das Alte Testament ist voll von barbarischen Szenarien und einem Gott, der keine Gnade gekannt hat. Die Menschen haben Tiere geopfert, um sich mit ihm zu versöhnen. Der Herr hat Blut gewollt. Im Neuen Testament hat sich daran insofern etwas geändert, als das er seinen Sohn auf diese Welt gesendet hat, um sich mit der Menschheit zu versöhnen.

„Denn Gott hat die Welt so sehr geliebt, dass er seinen einzigen Sohn hingab, damit jeder, der an ihn glaubt, nicht verloren geht, sondern ewiges Leben hat.“

Diesen Vers im Kapitel des Johannes habe ich immer wieder gelesen. Jesus ist das Opferlamm gewesen, das die Sünden der Menschen auf sich genommen hat.

Das Lamm.

Ich bin hinaus und habe die frischgeborenen Lämmer auf der Insel betrachtet. Rein und unschuldig. Sie haben niemandem ein Leid getan, wie zarte Schneeflocken sind sie über die grünbewachsenen Felsen gewirbelt. Sie sind das Gegenteil von mir, der von Geburt an schmutzig und erbärmlich gewesen ist. Ungeliebt und von Gott verstoßen.

Warum ich von seiner Vergebung ausgeschlossen bin, wie Mutter Ruth es pausenlos beteuert hat, habe ich nicht verstanden. Hingenommen habe ich es, weil ich ihr habe glauben müssen. Es hat keine andere Instanz gegeben als sie. Also habe ich nach einem eigenen Weg gesucht der ewigen Hölle, den Albträumen und der Lieblosigkeit zu entkommen.

Der Orcazahn in meiner Hand hat Spuren von vier

Geschöpfen getragen, die ich ihm nie habe abwaschen können, zu bedeutungsvoll sind sie für mich gewesen. Die Erste gehört dem Wal, in dessen riesigem Kiefer er gewachsen ist. Die zweite Spur führt zu Halli, der sich beim Herausbrechen des elf Zentimeter langen Beißers in die Wange geschnitten hat. Das dritte Vermächtnis stammt vom Köhler, den ich mit vierzehn Jahren aus dem Strudel gezogen habe, und die allermeisten Spuren habe ich dem Walfischzahn selbst verabreicht. Mit meinem Blut. Doch es hat etwas anderes gebraucht. Unschuldiges, reines Blut, um Gott mit mir zu versöhnen.

Um niemanden ansehen zu müssen, bin ich zum ersten Mal freiwillig in die stinkige Kammer gekrochen, die im Laufe der Zeit zu eng für meine langen Beine geworden ist. Mutter Ruth hat sich gewundert, doch sie hat es als ein gutes Zeichen gewürdigt und mir eine Suppe vor die Tür gestellt.

Sie hat nicht geahnt, welcher Kampf in mir stattgefunden hat. Nie bin ich in all den Jahren zu Mikael, dem Bezwinger des Teufels, geworden. Ich bin Odd geblieben, der jämmerliche Junge, der verkrüppelt geboren wurde, den sein bester Freund und die Engelsmama verschmäht haben.

Zwei Tage später bin ich hinausgelaufen und habe mir ein Lämmchen gegriffen. Es ist nicht glücklich in meinen Armen gewesen und hat mit zarter Stimme nach seiner Mutter geblökt. Meine Tränen sind auf sein blütenweißes Fell geflossen, weil ich es geängstigt habe. Ich selbst bin das Lamm gewesen, auch ich habe nach meiner Mama geschrien.

Das Herz des Tieres hat so schnell geklopft, meine Hand hat jeden einzelnen Schlag gespürt. Das Mutterschaf hat mich von hinten angerempelt. Ihr Junges hat immer lauter nach ihr gerufen und ich habe nicht aufhören können zu weinen. Ewig habe ich dagestanden, mit dem jungen Leben in meinem Arm, und habe gehadert. Die Schafe haben mich umringt, angestupst und gewollt, dass ich es freigebe.

Aber das habe ich nicht.

6. Chef? Was sonst!

Wir haben Alice nicht zu Lasse Hallgrim mitgenommen. Stattdessen habe ich Bjorn Hagebak ins Institut bestellt. Eigentlich benötigen wir ihn nicht zur Identifizierung. Ich möchte ihn nur umfassender kennenlernen und wo geht das besser, als in der Atmosphäre eines Instituts für Rechtsmedizin?

Bis er eintrifft, wollen wir uns die Leiche genauer ansehen, die Svenika liebenswürdigerweise noch einmal mit dem Hubwagen aus dem Kühlraum holt.

Sie knallt die Tür hinter sich zu. Während sie seinen Leichnam vor sich herschiebt, wettert sie: »Ich hoffe, er kann danach endlich abgeholt werden. Die Untersuchungen sind abgeschlossen und er löst sich allmählich auf.«

Zwischen dem Verwesungsgeruch glaube ich, ihr Parfum wahrzunehmen, dass den Tod mit einem Spritzer Maiglöckchen einzulullen versucht. Mir wird davon übel. »Im Bericht steht nichts von dieser Auffälligkeit in der Hand, Svenika. Wir sind offensichtlich nicht fertig.« Ich ziehe mir Einweghandschuhe an. Sie zischt irgendetwas, stellt sich demonstrativ neben uns und ich atme durch den Mund, um meine Riechnerven zu schonen.

Erleichtert, weil ich mich allmählich an den Anblick

von Lasse Hallgrims Leiche gewöhne, begutachten wir seine Hände unter größter Vorsicht, da die Haut kaum mehr Verbindung mit dem darunterliegenden Gewebe hat. Die Linke ist übel zugerichtet, auch Svenika ist sicher, sie hat Kontakt mit einer Schiffsschraube gehabt. Doch die Rechte weist ein atypisches Merkmal auf, das nur bei gründlicher Betrachtung ins Auge fällt. Auf der Außenseite hat sie die üblichen Treibspuren, die Haut ist bis auf die Knochen abgeschürft, aber auf der Innenseite befindet sich eine Vertiefung und bei genauerem Hinsehen ist ein Loch im Handteller erkennbar.

»Ist feststellbar, ob die Verletzung vor oder nach seinem Tod entstanden ist?«, will Luca wissen.

»Verzeihung, ich bin Gerichtsmedizinerin, keine Hellseherin. Wenn eine Leiche so lange im Wasser gelegen hat, ist das kaum zu spezifizieren«, antwortet Svenika kopfschüttelnd.

»Eine Hellseherin würde hier gute Dienste leisten«, sage ich und blicke Luca an. Sie scheint genug von Lasse und seinem traurigen Anblick zu haben, nimmt einige Fotos mit ihrer Kamera auf und verlässt den Sektionssaal. Diesmal renne ich hinter ihr her.

Wir warten eine halbe Stunde in der eisigen Kälte vor dem Gebäude, aber Bjorn taucht nicht auf.

»Wo bist du untergekommen?«, frage ich Luca, die hin und her läuft, um nicht anzufrieren.

»Im Thon-Hotel in Svolvær.«

»Der Glaskasten mit dem großartigen Ausblick?«

»Keine Ahnung, ich bin noch nicht dagewesen«, sagt sie bibbernd.

»Dann fahren wir jetzt nach Leknes und du machst Schluss für heute. Morgen komme ich später in die Wache. Du weißt ja, wo dein Schreibtisch steht.«

Sie nickt. »Wie könnte ich das vergessen?«

Vor der Wache lasse ich sie aussteigen und mache mich auf den Weg zum Hafen, wo die Edna, Bjorns Angelboot, liegen dürfte.

Es ist stockfinster, als ich mit der Taschenlampe über den verschneiten Pier leuchte. Das Boot befindet sich am Liegeplatz, von Bjorn keine Spur. Ein günstiger Zeitpunkt, um den Kahn zu besichtigen. Ein circa neun Meter langes Holzangelboot mit Kajüte und Steuerstand.

Erfreut stelle ich fest, dass die Kabine nicht abgeschlossen ist. Dieses Vertrauen in die Menschheit besitzen hier viele Bootseigner. Wer nicht abschließt, hat vermutlich nichts zu verbergen. Aber wonach ich genau suche, kann ich nicht sagen. Bisher ist Bjorn mir aus dem Weg gegangen. Seltsam ist, dass er heute im *Kafe* über Lasse gesprochen hat. Er wirkt wie jemand, der sich lieber die Zunge abbeißt, als zu reden, und schon gar nicht über einen Vermissten. Besonders, wo er gerade Ärger mit mir gehabt hat, weil seine Fischereilizenz abgelaufen ist.

Die Kajüte ist penibel aufgeräumt. Köder sind in Boxen geordnet, die Angelschnüre gereinigt und bereit aufgespult zu werden. Kescher in unterschiedlichen Größen hängen ausgespült für den nächsten Fang am Haken und zwei Filetiermesser liegen geputzt in einem schwarzen Kunststoffkasten. Nicht ein Tropfen Fischblut findet sich an Deck. Bjorn scheint Wert auf Sauberkeit zu legen.

Zuletzt leuchte ich in die graue Backskiste, die sich am Heck befindet. Klamotten und Schwimmwesten kommen zum Vorschein, und ich kann es nicht glauben: Auf einer steht mit dicker schwarzer Schrift Lasse Hallgrim. Das soll er mir mal erklären.

Ganz unten liegen zwei Dosen Bier und ein Fischtöter mit angeschraubter Klinge. Angler benutzen ihn, um den Fisch mit einem Schlag auf den Kopf zu betäuben und anschließend mit der Klinge ins Herz zu stechen.

Vorsichtig ziehe ich das unterarmlange, gewichtige Objekt aus der Kiste und beleuchte es von allen Seiten. Im Gegensatz zur Reinlichkeit überall klebt Blut an der Klinge und am Schlagholz.

Das vertraute Kribbeln im Magen setzt ein. Haben wir einen Volltreffer?

Nachdem es endlos lange geklingelt hat, höre ich Mats Stimme im Handy. Er ist außer Atem, im Hintergrund lacht jemand. Luca?

»Ja, Chef?«, fragt er überrascht.

»Mats, fahr mit Ingvill zu Bjorn Hagebak und bring ihn zur Wache. Sofort«, sage ich in einem Ton, der seine kleine Party sprengt. »Und schick Anouk und Linus los, sie sollen das Boot von Lasse Hallgrim suchen.«

»Wird gemacht, Chef.« Höre ich ihn kleinlaut sagen.

Chef? Was sonst?!

Tatsächlich sitzt Bjorn bereits im Verhörraum vor einer Tasse Kaffee, als ich zurück in der Wache bin. Dort lasse ich ihn erstmal schwitzen.

Was ist hier eigentlich los? Üblicherweise ist das Haus um 16 Uhr verlassen. Niemand ist gegangen, auch Luca hat es nicht eilig gehabt in ihr schickes Hotel zu kommen. Sie sitzt in meinem Büro und tippt etwas in den Laptop.

»Noch keine Lust auf den Whirlpool?«

Sie sieht mich wie eine Katze an, die eine fette Ratte gefangen hat. »Wusstest du, dass in den letzten 20 Jahren mehr als 30 Wasserleichen im Umkreis von 200 Kilometern aufgetaucht sind, von denen nur 24 identifiziert und die Todesumstände aufgeklärt worden sind?«

»Habe ich nicht gewusst. Ich bin erst seit zwei Monaten hier.« Und sie seit fünf Minuten. Neuer Punkt für Luca.

»Vorher bist du in Oslo in der Mordkommission gewesen, ich weiß«, sagt sie mit gelangweiltem Unterton.

»Da bist du wohl der Hulk gewesen, was?« Sie grinst. »Wir sollten uns die ungeklärten Todesfälle genauer ansehen, findest du nicht?«

Sie ist mehr als eine Fallanalytikerin, sie ist obendrein Hauptkommissarin und ungemein arbeitsfreudig. Vermutlich will sie nur schnell zurück nach Bergen und das Stockfleckenhaus hinter sich lassen. Das ist auch ganz in meinem Sinn.

Aber Hulk? Echt jetzt?

»Sehr lobenswert, Luca. Wir werden den Fall zeitnah abschließen. Mit dir wird das ein Spaziergang«, sage ich salbungsvoll.

Ihre Pralinenaugen funkeln. »Wir verstehen uns. Den Schreibtisch werde ich eigenhändig aus deinem Büro entfernen, wenn es so weit ist.«

»Kann es nicht erwarten.« Ich halte inne, warte auf ihren giftigen Blick. Er kommt und ich beende den Satz: »bis wir die Akte geschlossen haben.« Unterhaltsam.

»Selten bin ich so motiviert gewesen, Kollege«, sagt sie mit Nachdruck, steht auf und klopft mir auf die Schulter.

In Wahrheit hat sie mich vermöbeln wollen, ich wette. »Dann spürst du jetzt sicher grenzenloses Verlangen, Bjorn Hagebak zu befragen? Der wartet nämlich im Verhörraum auf uns.«

»Auf jeden Fall spannender als ein Jacuzzi.«

»Weißt du, was ich auf seinem Boot gefunden habe?«, frage ich mit geschwelter Brust.

»Die Erleuchtung?« Sie lacht offen über mich und was mache ich? Zum ersten Mal Regel Nummer eins der Wache brechen.

»Guten Abend, Bjorn.« Wir betreten den kleinen Raum, der nach Schweiß riecht, und setzen uns an den Tisch.

»Mein Auto ist nicht angesprungen, deshalb habe ich

es nicht zum Institut geschafft.« Sein Blick sucht nach Verständnis.

»Ah, es ist ja auch mordskalt, da kann eine Batterie bisweilen versagen«, sage ich gedehnt.

Er nickt, er schwitzt, er dreht die Tasse in seinen Händen.

»Seit wann lebst du hier, Bjorn? Was hat dich her verschlagen?«, setze ich nach.

»Was ist eigentlich das Problem? Warum werde ich von der Polizei mitgenommen und in diesen Raum gebracht?« Er schaut sich um, als würde er sich bereits in einer Zelle befinden.

»Wir wollen dich besser kennenlernen und alles, was du über Lasse Hallgrim weißt, erfahren.«

»Möchtest du ein Glas Wasser?«, fragt Luca, die ihn stumm beobachtet hat.

»Ich will hier nur raus«, winkt er ab und vergräbt die Hände in den Hosentaschen.

»Dann erzähl uns alles«, sage ich energisch.

»Auf die Lofoten bin ich vor sechs Jahren gekommen, nachdem ich lange in Finnland gelebt habe. Ich habe einen Tapetenwechsel gebraucht.«

»Tapetenwechsel? Das ist natürlich ein triftiger Grund, das Land zu verlassen. Warum bist du eigentlich so nervös, Bjorn?«

»Ich hasse enge Räume.« Er zieht den Kopf ein, als würden die Wände näher rücken.

»Hast du schonmal längere Zeit in einem beengten Raum verbracht? Einem mit Gittern?«

Mein Ton scheint ihm nicht zu gefallen. Er wirft mir einen wütenden Blick zu. »Du bist verrückt geworden, das muss ich mir nicht anhören.« Er macht Anstalten aufzustehen.

»Bleib sitzen, Bjorn, wir sind noch nicht fertig!«, sage

ich mit Nachdruck. »Ich habe etwas, das du dir ansehen sollst.«

Ohne Eile verlasse ich den Raum und hole, was ich auf der Edna entdeckt habe.

Sein Blick flackert, als er die Schwimmweste erkennt.

»Fürs Protokoll, diese Rettungsweste habe ich auf der Edna, deinem Boot gefunden, sie hat in der Backskiste gelegen. Interessant, hier steht Lasse Hallgrim drauf.« Ich halte ihm die Weste vor die Nase.

Luca sieht mich überrascht an.

»Kannst du erklären, wie sie auf dein Boot gekommen ist?« Ich werfe die Weste auf den Tisch und warte.

»Wie sie auf mein Boot gekommen ist? Woher soll ich das wissen?« Sein Mund zuckt und sein Blick wandert immer wieder zur Tür, er scheint seinem Lügengebäude entkommen zu wollen. Sein gesamtes Verhalten, der missbilligende Gesichtsausdruck, die eingefallene Körperhaltung und das Wiederholen von Fragen, all das habe ich zig mal bei Verhören beobachtet. Er lügt.

»Bjorn, erzähl uns sofort, wieso die Rettungsweste in deiner Backskiste gelegen hat. Wir können es uns hier auch die ganze Nacht gemütlich machen.« Ich nehme ihm gegenüber Platz, lehne mich zurück und verschränke die Arme hinter dem Kopf.

Er schweigt.

Luca mustert ihn mit hochgezogenen Augenbrauen, als habe sie wenig Lust, hier noch länger auszuharren.

Sein Blick wandert zwischen uns hin und her, dann hebt er die Hände, als habe er nichts zu verbergen. »Ja, ich habe sie aus dem Fjord gefischt, das liegt schon Wochen zurück, da habe ich nicht gewusst, dass Lasse vermisst wird.«

»Wie schön, die Erinnerung setzt wieder ein. Du hast also eine Schwimmweste gefunden, auf der unübersehbar

Lasse Hallgrim steht. Hast du dich nicht gewundert, warum sie ohne Inhalt im Meer treibt? Wäre es nicht normal, sich zu sorgen?« Unglaublich, was er uns aufzutischen versucht, eine Beleidigung für den Verstand.

»Das habe ich und wollte nachsehen, ob alles okay mit ihm ist, aber dann habe ich sie in der Kiste vergessen.«

Luca schnaubt. Anscheinend glaubt sie ihm ebenso wenig wie ich.

»Wirklich? Einfach so vergessen? Bjorn, erzähl uns keinen Scheiß!« Langsam verliere ich die Geduld.

»Tut mir leid, so ist es gewesen.« Er stiert auf die Tasse, als sei sie besonders interessant und dreht sie erneut in den Händen.

»Wir wissen, dass Lasse nicht einfach vom Boot gefallen und ertrunken ist. Und weißt du woher? Weil er eine Verletzung hat, die uns eine andere Geschichte erzählt.« Vorsichtig ziehe ich den Fischtöter aus der Folie. »Kommt der dir bekannt vor? Den habe ich ebenfalls aus deiner Kiste.«

Bjorn schüttelt den Kopf. »Karl, ich habe keine Ahnung, worauf du hinauswillst. Soll ich Lasse mit dem Fischtöter erstochen haben oder was?« Seine Hände zittern, es ist eine Frage der Zeit, bis die Tasse runterfällt.

Plötzlich springt er auf und brüllt: »Ich will hier raus! Lasst mich endlich gehen! Ich habe nichts damit zu tun!«

»Bjorn, setz dich«, sage ich in vollendeter Ermittlermanier, rau und drohend. »Du machst es schlimmer.«

Tatsächlich landet sein Hintern wieder auf dem Stuhl, auf dem er zusammensackt. Gleich habe ich ihn!

»Wohin hast du gestochen? In die Hand? Den Hals? Nachdem er wochenlang durchs Meer getrieben ist, kann man das nicht erkennen, weil er nur noch aus wachsartigem Gewebe besteht, das kaum an einen Menschen erinnert.«

Wieder schüttelt er den Kopf.

»Mit dem schweren Ding kann man noch einiges mehr, oder? Zum Beispiel den Schädel einschlagen, nicht wahr?« Schwungvoll knalle ich einen Haufen Fotos von Lasse und seiner Verletzung am Hinterkopf auf den Tisch.

Seine Augen weiten sich. »Lieber Gott«, flüstert er und hält sich die Hand vor den Mund.

»Der hat ihm leider nicht beigestanden. Wenn das Blut auf der Klinge Lasse gehört, hast du ein Problem, Bjorn.« Mit aufreizender Gelassenheit wickle ich den Fischtöter wieder in die Folie ein.

Er verfolgt meine Bewegungen, dann holt er Luft. »So etwas Lächerliches. Danke für die eindrückliche Show, Karl. Du kannst mir vorwerfen, die beschissene Angellizenz nicht verlängert zu haben, aber keinen Mord.« Er lehnt sich zurück und stiert uns an. Seine Nervosität hat eine weitere Komponente bekommen. Wut.

»Du tischst uns eine Lüge nach der anderen auf, fang endlich an, die Wahrheit zu erzählen!« Meine Faust knallt auf den Tisch und das chronische Gequassel der Kollegen im Hintergrund verstummt.

»Du verdächtigst den Falschen.« Er blickt hilfesuchend zu Luca, die sich demonstrativ zurücklehnt.

»Den Falschen sagst du? Was finde ich über dich heraus, wenn ich deine Vergangenheit durchforste? Vielleicht, dass du aus Finnland abgehauen bist, weil du keine andere Wahl gehabt hast? Bjorn, dieser Mann ist ermordet worden«, poltere ich und deute auf die Fotos von Lasse, die noch immer auf dem Tisch liegen. »Ich habe seine Schwimmweste und den blutigen Fischtöter auf der Edna gefunden, du bist nicht im Institut erschienen und lügst uns offensichtlich an. Überlege gut, was du jetzt sagst, du bist in einem Mordfall verdächtig.«

»Das ist verrückt, weißt du das?« Er vergräbt sein Gesicht in den Händen und atmet tief ein.

Ich lehne mich vor und stiere ihn an. »Da bin ich absolut deiner Meinung. Es ist idiotisch, uns anzulügen und zu glauben, du kommst damit durch.«

Er winkt ab. »Du begreifst es nicht, ich will nur meine Ruhe. Muss ich deshalb ein Mörder sein?« Nacheinander blickt er uns an und sagt schließlich: »Also gut, bevor ich gelyncht werde. Mein Name ist Erkki Järvinen, ich bin Chemiker in Finnland gewesen.«

Luca und ich sehen uns entgeistert an. Was ist das denn für eine absonderliche Geschichte? Der Name ist mir bekannt, aber ich nehme ihm nicht ab, was er uns aufzutischen versucht. Erkki Järvinen, der ein bahnbrechendes Verfahren zur Herstellung von künstlichem Wasser entwickelt hat und dem der Nobelpreis verliehen wurde? Schwachsinn. Das kann ich sofort überprüfen.

Kopfschüttelnd ziehe ich das Handy aus der Tasche und tippe seinen Namen in die Suchmaschine. Die Aufnahmen, die von ihm gezeigt werden, liegen einige Jahre zurück, doch ich kann nicht glauben: Er ist es. Der graue Bart, den er sich stehen gelassen hat, verändert ihn, aber die eisblauen Augen mit den buschigen Brauen und die tiefe Stirnfalte zeigen Bjorn. Ich drehe das Handy und präsentiere Luca die Bilder.

»Ist das wahr?«, fragt sie erstaunt. »Warum hast du das nicht sofort erzählt? Wofür die Tarnung und der Umzug nach Norwegen?«

Endlich stellt er die Tasse auf dem Tisch ab und blickt uns offen an. »Ihr habt keine Vorstellung, wie mein Leben nach der Verleihung verlaufen ist. Von einem Termin zum nächsten, überall in den Gazetten, Talkshows, keinen privaten Moment mehr. Ich bin für so etwas nicht gemacht. Deshalb bin ich hierhergeflüchtet. Nicht, weil ich Leichen in Finnland zurückgelassen habe.«

Er schüttelt den Kopf entschuldigend und ich will aus

der Haut fahren, verflucht. Wir sitzen hier ernsthaft mit Erkki Järvinen, den ich als kauzigen Bjorn Hagebak kennengelernt habe, der die Schwimmweste von Lasse und einen blutigen Totschlägerauf seinem Boot gehabt hat.

Bevor die einzige Spur sich vor unseren Augen in Wohlgefallen auflöst, soll er uns genau erklären, wie es dazu gekommen ist. »Verdammt, Erkki, warum hast du damit zurückgehalten? Wir sind die Polizei! So etwas kannst du uns nicht verschweigen«, sage ich angefressen und sammle die Fotos vom Tisch.

»Bisher habe ich niemandem davon erzählt. Es ist nicht nötig gewesen. Tut mir wirklich leid.« Seine Nervosität ist mit einem Mal wie weggeblasen.

»Hier ist es nötig und zwar von der ersten Sekunde an. Wir spielen kein Halma mit dir.«

Luca sieht mich beschwichtigend an und wendet sich Erkki zu. »Elegant ist das nicht gewesen. Während wir dich befragen, verlieren wir kostbare Zeit.«

Er schluckt verlegen. »Falls es ein nächstes Mal geben sollte, mein Ehrenwort darauf. Ich kann nicht erklären, warum ich während der Befragung durchgedreht bin.«

»Besser es gibt kein nächstes Mal. Du lügst furchtbar, Erkki«, sagt Luca.

»Das hat meine Mutter auch immer zu mir gesagt.« Er schmunzelt. »Eine Bitte: Können wir bei Bjorn Hagebak bleiben?«

»Können wir. Aber jetzt wollen wir alles über Lasse erfahren. Was weißt du über ihn?«, frage ich.

Er holt Luft und beginnt zu sprechen: »Lasse und ich sind uns häufiger auf dem Fjord begegnet. Vor rund einem Jahr zum ersten Mal. Ein korrekter Kerl, der keine Fragen gestellt hat, höchstens über meine Fänge. Ständig ist er auf dem Wasser unterwegs gewesen. Die rheumatische Erkrankung hat ihn früh aus dem Job als Bootsbauer katapultiert. Vor einigen Wochen haben wir ein Bier getrunken. Er ist auf die Edna gekommen, hat seine Schwimmweste ausgezogen, und als er gegangen ist, hat er vergessen, sie mitzunehmen. Über Alice Storstrand hat er erzählt, dass sie ihn geliebt hat, aber er sich nicht bereit für ein Leben mit einer Frau gefühlt hat. Er hat sie gemocht, das hat er ein paarmal erwähnt. Sogar sein Boot hat er nach ihrem zweiten Vornamen benannt. Ist nicht seine beste Idee gewesen, glaube ich.«

Wir starren ihn an, seine Worte wirken aufrichtig.

»Hat Lasse geangelt?«, fragt Luca und stützt die Arme auf den Tisch.

»Manchmal. Vor allem ist er nach Mosken getuckert, sicher jede Woche, und hat sich um die verwilderten Schafe gekümmert, ihnen die Wolle gekürzt, sie entwurmt und solche Sachen.«

»Mosken? Da lebt doch niemand, oder?«, frage ich.

»Ja, genau deshalb. Die Schafe sind Überbleibsel aus der Zucht von früher. Er hat sich für sie verantwortlich gefühlt. Ein gutes Herz hat er gehabt.«

»Danke, Bjorn. Wenn dir noch etwas einfällt, du weißt ja, wo du uns findest. Und zu deiner Information: Den Fischtöter werden wir trotzdem untersuchen lassen.«

Er rutscht auf dem Stuhl umher und sieht sehnsüchtig auf den Ausgang. »Macht das, ich habe nichts mehr zu verbergen.«

»Und wenn ich dich nochmal ohne Lizenz beim Angeln erwische, geht das übel aus.« Ich erhebe mich und öffne die Tür.

»Steht ganz oben auf der Liste, Karl.«

Wir verlassen das Verhörzimmer und Mats bringt den heimlichen Nobelpreisträger zurück zu seinem Haus.

Und wir stehen wieder bei null.

7. Wo ist dein Vater?

Vater Isaak ist auf mich zugestürmt. Wut hat in jeder seiner kantigen Bewegungen gesteckt. Ich habe gewusst, was ihn so aufgebracht hat. Niemals ist ihm ein Schaf entwischt, er ist ein guter Hirte gewesen.

»Eines der frischgeborenen Lämmer ist verschwunden! Warum hast du nicht aufgepasst, Mikael?«, hat er mich angeherrscht.

»Vielleicht hat es ein Seeadler fortgeholt?«, habe ich eine Spur zu forsch gesagt, den Blick in den Himmel gehoben und Gott selbst in mir gespürt.

Er hat die Lippen fest zusammengepresst, als habe er versucht, die zornigen Worte in seinem Mund einzusperren. Ohne Erfolg. »Du schiebst deine Nachlässigkeit auf einen Raubvogel? Du hast die Verantwortung für die Tiere gehabt! Bist du auch zum Schafehüten zu schwach? Ich hätte es wissen müssen. Du bist und bleibst ein Nichtsnutz!«

Nie hat er auf diese Weise mit mir gesprochen. Er hat immer zu allem geschwiegen und Mutter Ruth das Reden überlassen. Ich habe versucht, in der Ruhe zu bleiben, die vor zwei Stunden in mein Herz gezogen ist. Vielleicht bin ich zu selbstverständlich davon ausgegangen, alles ist gut, wenn ich Gott versöhnt habe. Auf ein Zerwürfnis mit Vater Isaak bin ich nicht vorbereitet gewesen. Plötzlich habe ich eisige Angst gefühlt, dass ich wieder Sünden begehe und die Last erneut auf meinen Schultern spüre. Vorsichtig habe ich nach Worten gesucht, die ihn nicht aufbringen. »Ich bin nicht schwach, Vater Isaak. Gott ist bei mir«, habe ich aus dem Herzen gesprochen, aus meinem törichten, dummen Herzen.

Er hat sich groß vor mir aufgebaut und gepoltert: »Wie kannst du es wagen, den Herrn zu beleidigen? Haben wir dir nicht alles gegeben, dich aus der Gosse gezogen und dir ein liebendes Heim geschenkt? Was hast du getan? Respektlos bist du gewesen, hast dir den Bauch vollgeschlagen und herumgelegen. Nicht einmal zum Schafehüten taugst du. Deine Mutter Ruth ist zu mild, an dir ist alles Gute verschwendet.«

Seine Worte haben wie Hiebe geschmerzt. Nach all der Zeit hat er offenbart, was er von mir gehalten hat. Jahre, in denen ich gedacht habe, er fühlt Zuneigung für mich. Seine fortgesetzte Schweigsamkeit habe ich falsch gedeutet, immer schon hat er mich abgelehnt.

Ohne mich anzusehen, ist er davon gestapft und ich bin auf die Knie gefallen. Wenn er erst das tote Lamm gefunden hat, dann ist es aus mit mir, habe ich gedacht und abgewogen, ob ich beten soll, er möge es nicht finden oder tot umfallen. Je länger ich darüber gegrübelt habe, desto willkommener ist mir sein Tod gewesen.

Es ist dunkel geworden und Mutter Ruth hat uns zum Abendbrot gerufen. Angsterfüllt bin ich zum Haus geschlichen. Der Frieden ist nur ein kurzer Gast in meinem Herzen gewesen. Wenn sie herausfinden, was ich getan habe, werden sie mich für alle Zeit in die Kammer sperren.

»Wo ist dein Vater?«, hat Mutter Ruth mich gefragt.

Ich habe mich nicht daran erinnern können, dass er sich

jemals verspätet hat. »Weiß ich nicht«, habe ich mit eingezogenem Kopf geantwortet. Ein schreckliches Gefühl ist in mir hochgekrochen.

Sie hat mich eingehend betrachtet und am Kragen der Jacke gepackt. Mutter Ruth ist bestimmt schon siebzig Jahre alt gewesen, aber sie hat Kraft gehabt.

»Du lügst. Ich sehe es dir an, Mikael. Wo ist dein Vater?«, hat sie gebrüllt und ich habe wieder die Angst in ihren Augen gesehen. Ihre unstillbare Furcht vor der Verlassenheit.

»Er ist nicht mein Vater«, habe ich geschrien, mich von ihrem Griff losgerissen und bin in die Richtung gerannt, in die er verschwunden ist.

Wir haben gewusst, dass etwas Schreckliches passiert sein muss. Sie hat laut gejammert und Gott angefleht, ihrem Mann möge nichts geschehen sein. Das Letzte, was ich beim Wegrennen vernommen habe, ist ihr Flehen, dass ich ihn unversehrt finde, der Herr meine blinden Augen mit Licht erhellt und zu Isaak führen möge.

Stundenlang bin ich über das felsenreiche Gelände durch die Schwärze geirrt. Die Schafe haben aus allen Richtungen geblökt, ein paarmal habe ich mir eingebildet, seine Stimme dazwischen rufen zu hören, aber er hat geschwiegen. Jeden Grashalm und jede Erhebung der Insel habe ich gekannt, alle Winkel, in denen man sich verstecken kann. Nirgends ist er gewesen. Doch einer Stelle bin ich ferngeblieben.

Beklommen habe ich mich dem steinigen Areal genähert, in dem ich das Lamm zurückgelassen habe. Es ist finster gewesen und so habe ich das viele Blut des Tieres ausblenden können. Nur den anklagenden Geruch nicht.

Einen Moment später habe ich Isaak gefunden. Er hat nur ein Stück vom Lamm entfernt gelegen. Seine Gliedmaßen haben in alle Richtungen gezeigt, als habe er den hohen Felsen über dem Gelände bestiegen und den Halt verloren. Weil er das tote Tier von dort oben entdeckt hat? Ich habe ihn nicht berühren müssen, um zu erkennen, dass kein Leben in ihm gewesen ist.

8. Hei Gott

Donnerstag, neun Uhr, die beste Stunde des Tages erwartet mich gleich am Morgen. Wie ich das, was nun kommen wird, hasse. Es gibt nur eine Frau, die genügend Macht und Unverfrorenheit besitzt, ihren Ex-Liebhaber zu ihrem Ex-Mann in Therapie zu schicken. Frida, das königinnengleiche Miststück aus Oslo. Was soll ich sagen? Gunnar und ich sind uns vor Jahren begegnet, als ich auf ihr gelegen habe, unbekleidet versteht sich. Er hat mich schlagen wollen, dabei ist er hässlich zu Fall gekommen und ich bin entkommen. Randbemerkung: Ich bin sicher, Frida ist auch gekommen.

Zugegeben, an seiner Stelle wäre ich ebenfalls nicht gut auf mich zu sprechen und wette, er ist von Fridas Idee mich zu therapieren, begeistert. Warum es direkt 80 Sitzungen sein müssen, will mir nicht einleuchten. Mein Finger ist draufgängerischer als der Rest von mir. Er drückt nicht nur einmal, nein, gleich fünfmal hintereinander auf die Klingel.

»Wer ist da?«, fragt eine sonore Stimme aus der Gegensprechanlage.

»Ich.« Er weiß genau, wer unten steht. Tatsächlich

höre ich den Summer und werfe mich gegen die Tür, wie bei einer unangekündigten Hausdurchsuchung.

Die Praxis befindet sich im ersten Stock eines betagten Holzhauses. An den Wänden im Treppenaufgang hängen meditative Landschaftsaufnahmen gepaart mit Bibelzitaten. Vor einem Spruch bleibe ich stehen:

Denn so hat Gott die Welt geliebt, dass er seinen einzigen Sohn gab, damit jeder, der an ihn glaubt, nicht verloren geht, sondern ewiges Leben hat.

Aus dem Evangelium nach Johannes.

Was für eine Therapie soll das werden? Widerwillig erklimme ich die Stufen, spüre einen Nervenkitzel, als würde ich gleich vor Gottes Gericht schuldig gesprochen. Die Tür ins Jenseits ist angelehnt. Wachsam drücke ich sie auf und da thront er, in ein weißes Gewand gehüllt, Licht fließt aus seinen blonden Locken, er lächelt gütig.

»Willkommen, Karl«, sagt eine klangvolle Stimme.

»Hei Gott, äh Gunnar.« Schweiß bricht mir aus, ich blinzele und das Bild löst sich auf. Ein imposanter Mann in den 50ern steht vor mir und streckt die Hand aus. Kurze graue Haare, gepflegter Silberbart, scharf geschnittene Gesichtszüge. Irgendetwas ist merkwürdig an ihm, aber ich kann nicht sagen, was es ist. Geistesabwesend ergreife ich seine Hand und drücke sie fest.

»Karl, du kannst jetzt loslassen.«

»Entschuldigung.« Ohne Einladung setze ich mich auf sein braunes Cordsofa.

Er schnappt sich ein Notizbuch, in das er beflissen Eintragungen produziert. Vermutlich freut er sich, weil ich ihn Gott genannt habe. Es ist nicht so, dass ich diese Halluzinationen nicht bewusst miterlebe, ich kann sie nur nicht verhindern, bin darin eingesperrt wie in einem

Film, der sich nicht anhalten lässt. Darüber will er alles erfahren, um mir anschließend einen Strick daraus zu knüpfen. Zwischen meinem Job und dem Nichts steht Gunnar. Ausgerechnet.

»Kaffee?«, fragt er höflich.

»Ein Wasser bitte.« Hier steht nirgends eine Karaffe oder Flasche, er muss es aus einem anderen Raum herbringen und ich kann mich sammeln. Natürlich passiert das bei ihm. Wenn ich unter Druck stehe, geschieht es häufiger.

Er kommt mit einer Kanne zurück und ich bemühe mich um ein Lächeln. Die Situation ist so unerträglich wie Zähneziehen ohne Betäubung und, wie es aussieht, wird er mich zahnlos zurücklassen, bis auf die Unterhose ausziehen, analysieren und Frida alles haarklein aufs Tablett pfeffern.

»Also, Karl, wie geht es dir heute?« Er sieht mich nicht an und beginnt erneut in sein Buch zu kritzeln.

»Großartig.«

Das scheint ihn zu verwirren, er blickt mich forschend an und jetzt bemerke ich die Besonderheit in seinem Gesicht. Seine Augen. Eins ist blau und das andere braun. Für einen Polizisten mag das vorteilhaft sein, um bei Verhören für Verunsicherung zu sorgen: Das blaue Auge ist der böse Cop und das Braune der gute. Bei einem Psychoonkel schafft es Konfusion. Geht es nicht um Vertrauen, darum sich zu öffnen? Bei diesen Augen ist das unmöglich. Also konzentriere ich mich auf das Rehauge. Einen Moment versuche ich mir Frida mit ihm vorzustellen. Funktioniert nicht.

»Okay, Karl. Eines vorweg, ich möchte dir helfen. Ich bin dir gegenüber objektiv, die Vergangenheit steht mir nicht im Weg. Wenn du dich auch davon löst, werden wir sicher Erfolge erzielen.«

»Deine Nase ist sehr gut verheilt, wie ich sehe. Ist

ein verdammt übler Sturz gewesen damals.«

»Hast du Gesprächsbedarf darüber?«

Seine Stimme klingt etwas angepisst. Was für ein Blabla, die Vergangenheit wird ihm nicht im Weg stehen. Objektiv will er sein? Kleinholz wird er aus mir machen.

»Definitiv nicht«, sage ich und sehe in sein blaues Auge, das wie frisch vom Eisberg geschnitten funkelt.

»Gut, dann haben wir das geklärt. Wir haben zwei Möglichkeiten zu starten: Entweder du erzählst über dich und deine Anwandlungen oder ich ziehe dir alles aus der Nase. Dabei bevorzuge ich die erste Variante.« Er lehnt sich zurück und schlägt eine rotkarierte Wolldecke um seine Beine.

Dem ist nichts peinlich, grundsätzlich eine Eigenschaft, die ich mag. Bedauerlicherweise ist Solidarität mit Frosthansen ausgeschlossen. Was ich ihm angetan habe, ist unverzeihlich. Eine Frau wie Frida vergisst man nicht, schon gar nicht, nachdem man mit ihr verheiratet gewesen ist. Er weiß sicher, dass noch Funken zwischen uns fliegen, obwohl sie mich an den Arsch der Welt geschickt hat. Wenn ich mich kooperativ zeige, ist das hier hoffentlich bald ausgestanden. Also gebe ich mir Mühe.

»Es sind akustische und visuelle Halluzinationen. Eben, als ich hereingekommen bin, habe ich Gott gesehen.« Das klingt schon in meinen Ohren bizarr.

»Ich bin dir als göttliche Erscheinung begegnet?« Er lächelt, als fühle er sich geschmeichelt.

»Das Mindeste, was ich für dich empfinden kann.«

Wir lachen gezwungen, bevor er wieder Notizen macht. Für diese Lektüre würde ich morden.

»Bist du gläubig?«, fragt er interessiert.

»Nicht ja und nicht nein. Womöglich haben die Bibelzitate im Treppenaufgang etwas in mir ausgelöst.«

»Welche Halluzinationen hast du zuletzt durchlebt?«

»Löwen und eine Arena, ich als Gladiator«, gebe ich kleinlaut zu.

Er lächelt mich süffisant an. »Hast du herausgefunden, wann es vermehrt zu diesen Phänomenen kommt?«

Das blaue Auge scheint mich auszulachen, das braune schaut mitleidig, gleich wird eine Träne heraustropfen und ich werde darin ertrinken.

»Wenn ich unter Stress stehe. Deshalb hat Frida mich in diese gottverlassene Gegend geschickt. Für eine Auszeit.«

»Hat sie das? Kann es sein, dass sie genug von dir gehabt hat?«, sagt er spöttisch.

Wie hat er das geschafft? Der braune Cop sieht plötzlich ebenfalls finster aus. Der Mann benötigt auch eine Therapie. Sobald Fridas Name fällt, will er mich um die Ecke bringen. So, wie es aussieht, hat er in diese sinnlose Behandlung eingewilligt, weil er wissen will, mit was für einem Typen sie ihn betrogen hat. Wenn er mich gründlich erforscht und als abgedrehten Schwachkopf beurteilt, wird ihn das erleichtern?

»Ich will offen sein, Karl. Deine mentale Gesundheit ist elementar für deine berufliche Tätigkeit. Dein Partner ist vor drei Monaten ums Leben gekommen und du bist unmittelbar dabei gewesen, nicht wahr?«

Er wartet keine Antwort ab und in mir wächst ein ätzender Klumpen Zorn. Er hat keine Ahnung, doch die Worte aus seinem schlauen Doktorenmund fließen wie eine Kaskade Dilettantismus in meine Ohren. Er ist ein selbstgefälliger Arsch, der sich an der Situation berauscht.

»Du hast Verantwortung, leitest die Wache, jeder verlässt sich auf dich und deine Geistesgegenwart. Es gibt einen neuen Fall, wie ich gehört habe. Ein Mann wurde ermordet? Wir müssen sicherstellen, dass du dem gewachsen bist.«

Er starrt mich an und ich ihn. Endlich kommt er raus

mit der Drohung. Darauf habe ich gewartet.

»Du willst meine Kompetenz anzweifeln? Über 25 Jahre arbeite ich in diesem verantwortungsvollen Job, einige davon in der *BT-Spezialeinheit*, die für die nationale Sicherheit Norwegens sorgt. Ich habe Geiseln befreit, bin spezialisiert auf die Abwehr von Terror und auf hochriskante Festnahmen. Von der Königin persönlich bin ich gewürdigt worden und habe eine Aufklärungsquote, die ihresgleichen sucht. Tu mir und allen Opfern von Gewaltverbrechen, deren Angehörigen und Bürgern einen Gefallen, droh mir nicht!«

Wir stieren uns weiter an. Die Stille wird nur durch das Ticken der Wanduhr unterbrochen.

»Und seit wann erlebst du diese Episoden?«, fragt er unbeeindruckt.

»Lange genug, um beurteilen zu können, dass ich einsatzfähig bin.«

Kaum habe ich das ausgesprochen, sehe ich, wie sich das Notizbuch in seiner Hand in einen Hammer verwandelt, mit dem er ohrenbetäubend auf den Tisch hämmert und brüllt: »Ruhe im Gerichtssaal! Hat der Angeklagte etwas vorzubringen, bevor ich das Urteil verkünde?«

Verdammte Scheiße!

9. Resonanz

Wie habe ich Mutter Ruth die Wahrheit sagen können? Auf welche Weise man Spuren verwischt, habe ich nicht gewusst und vor Gott hat es keine Deckung gegeben. Er hat in mein Innerstes geblickt und jeden meiner niederträchtigen Gedanken vernommen. Es hat mir behagt, Vater Isaak tot darniederliegen zu sehen. Nie mehr hat er den Mund öffnen und mich mit herzlosen Worten verwunden können. Ich habe nicht verstanden, weshalb er gestorben ist, warum ausgerechnet dieses abscheuliche Gebet Zustimmung gefunden hat. Ein Zufall? Meine Pflegemutter hat oft zu mir gesagt, es gebe keine Zufälle, alles sei durch den Himmelvater gelenkt.

Zurück am Haus bin ich zu Mutter Ruth auf die Veranda vor dem Rorbu gehuscht und habe sie zum ersten Mal bewusst belogen. »Er ist nirgends zu finden, vielleicht ist er müde geworden und hat sich einen Platz zum Ausruhen gesucht, Mutter Ruth.« Ihre kalten Finger habe ich genommen und an meine Wange gedrückt.

Sie hat ihre Hand weggerissen und mich angesehen, als habe sie alles gewusst. »Er ist tot, ich fühle es. Isaak liegt da draußen. Du hast ihn umgebracht, Mikael!« Tränen sind ihr aus den Augen gequollen. Sie hat heftig geatmet und ich habe gespürt, gleich geschieht etwas, das alles verändern wird.

Sie hat sich aufgebäumt, mit Fäusten hat sie meine Brust, den Kopf, jeden Flecken, den sie gefunden hat, traktiert. Mit all ihrer Kraft und Verzweiflung hat sie mich geschlagen und getreten.

»Lieber Gott, was soll ohne Isaak werden? Du hast mich mit der Ausgeburt der Hölle alleingelassen, Herr«, hat sie gewütet.

Jäh ist sie verstummt, wie eine Marionette, deren Fäden abgeschnitten worden sind, in sich zusammengesackt, und vor meine Füße geglitten. Ihr Körper hat gezuckt, als habe er unter Strom gestanden.

Ängstlich habe ich sie angestarrt und nicht verstanden, was ihr fehlt. Alle Kraft ist von ihr gewichen, bis sie nur dagelegen und mich mit aufgerissenen Augen beobachtet hat. Bebend habe ich die Arme unter ihren hageren Leib geschoben, sie ins Haus getragen und ins Ehebett gelegt.

Ausgeburt der Hölle …

Eine geraume Weile nach ihrem Zusammenbruch hat sie nicht sprechen können. Ihr Mund hat merkwürdig schief ausgesehen und ihre Arme haben kraftlos neben ihr gelegen. Sie hat unter sich gemacht und ich habe sie gesäubert, umgezogen, gefüttert und ihr aus der Bibel vorgelesen. Die ganze Zeit hat sie mich belauert, als habe der Leibhaftige selbst auf der Bettkante gesessen. Es ist aufreibend geworden ihrem Hass zu trotzen, den sie mir offen entgegengebracht hat.

Eine Woche nach seinem Tod habe ich Vater Isaak hinter dem Haus beerdigt. Nicht, ohne vorher das Bett, in dem Mutter Ruth gelegen hat, vor das Fenster zu schieben, damit sie am Begräbnis hat teilnehmen können. Bestimmt hat sie ihn noch einmal ansehen wollen. Daher habe ich seinen Leichnam so platziert, dass es so ausgesehen hat, als habe er sie angeschaut. Er hat nicht erbaulich angemutet, Vögel und andere Tiere haben sich am gefundenen Aas satt gefressen. All die gebrochenen Knochen haben den Eindruck erweckt, als habe er nie ein Rückgrat besessen.

Es hat endlos gedauert und ist schweißtreibend gewesen, ein ausreichend großes Loch in den felsigen Untergrund zu hacken. Ich habe mich nicht beeilt und Mutter Ruth dann und wann zugewunken. Vater Isaaks Verrat hat in mir nachgehallt, trotz der Anstrengung habe ich gefroren. Nachdem das Loch tief genug gewesen ist, habe ich ihm einen Tritt verpasst und ihn in das Grab befördert.

»Wir werden uns in der Hölle wiedersehen«, habe ich ihm versprochen und mich schuldig gefühlt.

Was hat ein Lamm für mich ausrichten können? Kaum bin ich von Sünden gereinigt gewesen, habe ich mir neue aufgeladen. Nie habe ich meine Gedanken zähmen können, sie sind das Einfallstor des Bösen gewesen. Also habe ich sie in Blut getaucht. Jeden Tag bin ich hinaus, und habe ein Lamm getötet. Ihre Schreie sind nicht mehr in mein Herz gedrungen. Doch sobald ich mich bei Mutter Ruth im Haus befunden habe, ist der Frieden vergangen.

Allmählich hat sie ihre Sprache wiedergefunden. Jedes Wort, das sie hervorgebracht hat, ist langgezogen und unterbrochen gewesen. »Miiiiikkael, duuu haast deeiinen Vaater getöötet.«

Du sollst Vater und Mutter ehren.

Nun habe ich die Verantwortung für sie und mich allein getragen. Ich habe die Wäsche gewaschen, mich um das Haus gekümmert, die Schafe bewacht. Sie ist nie dankbar für meine Bemühungen gewesen. Die Mahlzeiten, die ich zubereitet habe, haben ihr nicht geschmeckt. Wenn ich sie gesäubert habe, hat sie die Augen fest geschlossen und am ganzen Leib gezittert, weil ich sie berührt und in ihrer Nacktheit beschämt habe.

Es hat mich traurig gestimmt, dass ich nirgendwo in der Bibel gefunden habe, man soll seine Kinder ehren.

Als uns die Vorräte ausgegangen sind und ich genug davon gehabt habe, jeden Tag Fisch zu essen und Schafsmilch zu trinken, habe ich Mutter Ruth gefragt, wo sie das Geld aufbewahrt. Sie hat es mir nicht verraten wollen. In einem Einmachglas habe ich es schließlich gefunden. Es ist nicht viel gewesen und bald habe ich mir Gedanken machen müssen, wie ich uns ernähre, wenn es ausgegeben ist.

Mein erster Einkauf hat in Sørvågen auf der Nachbarinsel Moskenesøya stattgefunden, wo ich bis zu meinem 14. Lebensjahr zur Schule gegangen bin. Das Fischerdorf ist auf mehreren Hügeln gelegen und beherbergt einige Läden, in denen ich die Einkäufe erledigt habe. Menschen bin ich nicht mehr gewohnt gewesen und habe das Gefühl gehabt, alle sehen mir meine Sünden an, als haben sie mir auf der Stirn gestanden.

Nachdem ich alles im Boot verstaut habe, hat mich mein nächster Weg in das hellblau angestrichene Bäckereihaus von Freydis geführt. Ich habe mich gefreut, dass es das Geschäft noch gegeben hat und viel mehr, als ich sie hinter der Theke erkannt habe. Sie ist ein paar Jahre älter gewesen als in meiner Erinnerung, aber sie hat noch immer so herzerwärmend gelächelt, wie ich sie gekannt habe. Mit einer ganzen Tüte voll Karamellpralinen habe ich ihren Laden verlassen und mir vorgenommen, sie wieder zu besuchen und mich ihr zu erkennen zu geben.

Zwei Dinge sind an diesem Tag geschehen, die meinen Blick verändert haben. Die erste Begebenheit hat mein Herz zerrissen. Eine junge Mutter ist mit ihrem kleinen Sohn an mir vorbeigelaufen, als er mit einem Mal über seine eigenen Füße gestolpert ist. Erwartet habe ich, sie scheltet ihn dafür, doch sie hat ihn auf den Arm gehoben und getröstet. Ich bin stehengeblieben und habe nicht anders gekonnt, als diese Szene zu beobachten, jedes Wort zu hören. Sie hat auf sein Knie gepustet, seinen blonden Kopf mit Küssen übersät, bis er gelacht hat.

Über die zweite Begebenheit fällt es mir schwer nachzudenken. Noch habe ich nicht zurückgewollt und bin durch die Straßen der Insel gewandert, vorbei an einigen Schaufenstern, und habe bestaunt, was mir fremd gewesen ist. Am Ende der Straße habe ich vor einer Bücherei Halt gemacht und die vielen Druckwerke betrachtet, die von Dingen gehandelt haben, die ich nicht habe begreifen können.

Im Geschäft hat eine junge Frau gestanden und ich habe sie durch die großen Scheiben beobachtet. Ihre schwarzen Haare sind zu einem unordentlichen Knoten zusammengesteckt gewesen, eine auffällige Brille hat ihr Gesicht beherrscht. Sie ist hübsch gewesen, nicht wie ein Engel, eher wie ich mir die Sünderin Maria Magdalena vorgestellt habe. Meine Augen sind ein Stück tiefer gewandert, sie hat ein weites Shirt getragen, unter dem ich ihre Brüste habe erahnen können. Unerwartet hat sie mich angesehen und eine seltsame Hitze hat sich in meinem Körper ausgebreitet. Schnell habe ich den Blick gesenkt und so getan, als müsste ich meinen Schuh binden.

Sie ist aus dem Laden gekommen, hat sich an die

geöffnete Tür gelehnt und mich angelächelt. »Warum kommst du nicht rein? Ich zeige dir die Werke meiner Lieblingsschriftsteller.«

Ein Teil von mir hat das gewollt, aber sonderbare Dinge sind in mir vorgegangen. Nichts Gutes. Schnell habe ich meine Einkäufe gegriffen und bin vor ihr geflüchtet.

»Ragna« hat auf ihrem Namensschild gestanden. Sie ist der Inbegriff von Sehnsucht nach etwas geworden, das ich nie gefühlt habe.

10. Versau mir nicht den Tag

»Mit dem falschen Fuß aufgestanden?«, fragt Ragna mich im *Kafe*, in das ich mich nach der Sitzung mit Gunnar geflüchtet habe.

»So ist es«, knurre ich.

Sie nickt und gießt mir den Becher randvoll mit Kaffee. »Kann ja nur besser werden, Karl.«

Daraus wird wohl nichts werden.

»Habt ihr etwas über Hallgrims Boot in Erfahrung gebracht?«, frage ich Anouk am Telefon.

»Das Bootshaus in Reine ist leer.«

»Wussten die Nachbarn, seit wann es weg ist?«

»Sein Rorbu liegt abseits von den anderen Häusern, niemand hat etwas mitbekommen«, sagt sie frustriert.

»Okay Anouk, wir sehen uns später.«

Eilig leere ich den Becher, lege 40 Kronen auf den Tresen und fahre die knapp 60 Kilometer nach Reine, auf die Insel Moskenesøya, bevor es wieder finster wird.

Auf den Lofoteninseln herrschen Extreme. Entweder ist es stockdunkel oder die Sonne macht mich blind. Im Dezember geht sie gar nicht mehr auf. Die Leute sind unauffällig oder vollkommen neben der Spur. Es ist längere Zeit zu ruhig gewesen und ich kann nicht erklären, warum. Aber die Ahnung, Lasse ist nur der Anfang gewesen, hält sich hartnäckig.

Der Weg nach Reine führt über eine Reihe schneebedeckter Inseln und zig Brücken, welche die Eilande aneinanderbinden. Die Farbe der Fjorde wechselt vom geheimnisvollen Blauschwarz bis zu hellen türkisgrünen Flecken in der flacheren Ufernähe und über den Sandbänken. Tiefgraues Wolkendickicht haftet an den Bergen und verschluckt die gezackten Gipfel.

Hallgrims rotes Stelzenhaus befindet sich am südlichsten Punkt der Insel. Die nächsten Hütten sind gut 50 Meter entfernt, zum Teil gehören sie zu einem Hotel, das den Touristen uriges Wohnen mit Blick auf den von majestätischen Bergen gesäumten Fjord bietet.

Einige Minuten bleibe ich vor der Haustür stehen und meine Augen an der Aussicht hängen. Die zerklüfteten Felsen thronen wie kantige Kolosse im Fjord, als wollten sie die Bewohner der Eilande vor allzu turbulenten Stürmen schützen.

Warum hadere ich mit den Inseln? Fehlt mir der gewohnte Geräuschpegel von Oslo, der Hochbetrieb in der Mordkommission? Oder ist es Fridas Abwesenheit? Es ist schon einige Zeit her, dass wir zusammen gewesen sind, und ich vermisse, was wir gehabt haben. Vielleicht hat Gunnar recht und sie hat genug. Sie hat mir Luca vor die Nase gesetzt, diese übertrieben attraktive Fallanalytikerin. Absicht?

Ich krame in der Manteltasche nach dem Schlüssel und schließe die Tür auf. Die Spurensicherung hat bereits alles untersucht, keine Auffälligkeiten oder Hinweise. Dennoch schaue ich mich genauer um, ich will verstehen, was für ein Mann er gewesen ist.

Das Wohnzimmer ist einfach eingerichtet mit einem Holztisch vor der weitläufigen Fensterfront. An der rückwärtigen Wand befindet sich eine Küchenzeile mit Kaffeemaschine, Toaster und einem offenbar nie benutzten Herd. In der Mitte des Raumes steht eine beige Couch, ein paar Bücher übers Fliegenfischen liegen auf dem Tisch davor. An den rohen Holzwänden hängen nur zwei Fotos. Lasse mit einem Riesendorsch im Arm, auf dem anderen eine junge schwarzhaarige Frau, die scheu in die Kamera lächelt. Ich glaube, es ist Alice Storstrand mit ungefähr 18 Jahren.

Links neben dem Sofa steht eine Kommode mit Schubladen, die ich nacheinander aufziehe und den Inhalt überfliege. Die ersten drei Fächer sind vollgestopft mit Briefen von Alice. Vorsichtig ziehe ich einen aus dem Umschlag, in dem sie Lasse ihre Liebe offenbart, Entschuldigungen vorbringt und ihn um ein Treffen bittet. Einzelne Wörter sind verschwommen, als habe die Verfasserin oder der Empfänger Tränen auf das Papier vergossen. Eine bedauerliche Geschichte.

In den unteren Schubladen finde ich Rechnungen. Eine ist neueren Datums und auf den 19. November datiert, was vermutlich kurz vor seinem Tod gewesen ist. Er hat im *Marinesenter Sørvågen* einen Ersatz-Propeller für einen Außenborder gekauft. Die Rechnung stecke ich ein.

Im benachbarten Zimmer werfe ich einen Blick in den Kleiderschrank. Dicke Pullover, abgetragene Jeans und eine Arbeitsjacke, die voll mit Schafsflusen ist. Daneben ein Bett, in dem nur eine Person Platz gehabt hat. Was hat Lasse hier zuletzt getan, was gedacht?

Unvermittelt erinnere ich mich an meinen Besuch in Petters Haus, etwa eine Woche nach seinem Tod. Seine Frau Marit hat die Tür geöffnet, mich wortlos angestarrt und den kläglichen Versuch einer Entschuldigung nicht hören wollen. Sie hat die Schallplatten, die ich ihm zu etlichen Gelegenheiten geschenkt habe, aus dem Haus geholt, aus den Hüllen gezogen und sie mir einzeln vor die Füße geschmissen, bis sie alle zerbrochen im Vorgarten gelegen haben. Geweint hat sie, mich angeschrien zu gehen und nie wiederzukommen. Stunden habe ich auf den Stufen vor dem Haus gesessen und gehofft, Marit würde erscheinen, mich schlagen, und mich ihren Schmerz körperlich spüren lassen.

Die Platte von den Bangles ist direkt vor meinen Füßen gelandet. In drei Stücke zerbrochen. Wie oft haben wir über diesen Song gelacht, den Petter geliebt hat. Seit seinem Tod steckt er in meinem Kopf und ich höre ihn in den unpassendsten Momenten, als würde er das Lied plötzlich aufdrehen, um zu tanzen. Auf seiner Beerdigung habe ich einen schrecklichen Aussetzer gehabt. Den ersten von vielen.

Draußen schaue ich mich im frisch angestrichenen Bootshaus um. Wie Anouk berichtet hat, ist Lasses Boot fort. Ein halbvoller Benzinkanister steht hier, ein paar tiefseetaugliche Angeln, ein ausgemusterter Anker. Mehr ist nicht zu finden.

Auf dem Weg zurück zum Wagen entdecke ich einen jungen Mann, der mit einem Rucksack bepackt eine der Ferienwohnungen verlässt.

»Hei, warte bitte«, rufe ich ihm von weitem zu.

Er bleibt stehen, sieht mich an und sagt: »Hei.«

Sein Alter schätze ich auf maximal 30 Jahre, es sieht aus, als wolle er abreisen.

»Hast du länger hier gewohnt?«, frage ich, als ich vor ihm stehe.

Er hebt die Hände entschuldigend. »Tut mir leid, ich bin nur auf der Durchreise zu meinem nächsten Job.«

»Hast du vielleicht in dem letzten Rorbu dahinten

jemanden gesehen?«, setze ich freundlich nach.

»Leider nicht, ich glaube, das Licht hat nicht einmal gebrannt, seit ich hier gewesen bin.«

Hier ist nichts mehr zu holen. Ich verabschiede mich und gehe zum Wagen. Bevor ich den Motor starte, wähle ich Fridas Nummer. Die Mailbox springt an und ich lege auf. Ein paar Minuten verharre ich und denke nach. Wir müssen auf die Insel, auf der sich Lasse laut Bjorn regelmäßig aufgehalten hat.

Auf der E10 Richtung Leknes entdecke ich den Mann mit dem Rucksack wieder, er sucht eine Mitfahrgelegenheit und ich wünsche mir Zerstreuung. Im Schritttempo fahre ich ein Stück neben ihm her. »Wohin willst du?«

»Nach Leknes zu meinem neuen Job.«

»Steig ein.«

Er schmeißt sein Gepäck auf die Rückbank und sieht mich neugierig an.

»Hei, ich bin Karl«, stelle ich mich vor.

»Collin Brook.« Er lächelt offen.

»Woher kommst du, Collin?«

»Cobham, nur eine halbe Stunde von London entfernt«, sagt er freundlich.

»Und was machst du auf den Lofoten-Inseln?«

»Arbeiten, Menschen kennenlernen, Kopf lüften.«

Kopf lüften, gefällt mir. Ein smarter Typ.

Das Handy klingelt. Frida.

»Karl, du hast angerufen?«, fragt sie geschäftsmäßig.

»Wir müssen reden. Jetzt geht es nicht. Ich melde mich später«, sage ich mit Blick auf meinen Beifahrer.

»Ich hoffe, es ist nichts Schlimmes. Bitte versau mir nicht den Tag, okay?«, sagt sie ungnädig und legt auf.

Stehe ich nun dafür, ihre Tage zu ruinieren?

Collin blickt mich an. »Deine Frau?«

»Ex-Freundin«, sage ich und schüttle den Kopf.

»Das tut mir leid«, sagt er mitfühlend und setzt einen Blick auf, der ausdrückt, dass das Leben nicht unbeschwert für ihn verlaufen ist.

»Mir auch.«

Und dann erzähle ich ihm von ihr. Völlig spontan, einfach weil es gut ist, über sie zu reden und dabei in Gedanken zu sehen.

Wir lachen, als ich ihm offenbare, dass Frida mich auf die Inseln geschickt hat, damit ich meinen Kopf lüfte. Ich vermisse sie.

Kurz bevor wir Leknes erreichen, verrät Collin, dass er vor Jahren längere Zeit in Oslo verbracht hat und nun bei Ragna im *Kafe* als Beikoch anfangen wird. Das wird den weiblichen Gästen sicher gefallen, er ist wohl das, was man einen Hingucker nennt mit seinen leuchtenden Augen und dem verschmitzten Grinsen.

Die Mannschaft hat sich bereits am *Oksebord* versammelt, als wir das *Ragnarök* betreten. Die Frauen blicken Collin interessiert hinterher und danach mich an.

»Er ist der neue Beikoch und kommt aus England, mehr weiß ich nicht«, winke ich neugierige Fragen ab.

Anni und Emilie schauen ertappt.

Luca beachtet ihn nicht und genießt die dampfende Fischsuppe. Was ist schon ein schöner Mann gegen eine gute Bouillabaisse? Sie isst mit so viel Appetit, da ist er absolut chancenlos.

»Kommst du morgen mit nach Mosken?«, frage ich sie.

Luca sieht mich nicht an, nimmt den letzten Löffel Suppe und tupft sich in aller Ruhe den Mund ab. Endlich blickt sie mich an, etwas genervt, würde ich meinen.

»Störst du mich beim Essen, Karl? Alles kann ich verzeihen, aber nicht, wenn mir jemand in diesen Moment quasselt. Davon bekomme ich Magengeschwüre.« Ihre

Augen funkeln und ich weiß nicht, ob sie mich veralbert oder ob ihr die Mahlzeiten tatsächlich heilig sind.

Perplex nicke ich.

Sie grinst zufrieden. »Ob ich auf die Insel der verwilderten Schafe möchte? Auf jeden Fall.«

»Zieh feste Schuhe und warme Sachen an. Wir nehmen das Boot. Um neun Uhr legen wir ab«, versuche ich streng zu klingen.

»Aye-Aye, Captain! So früh schon? Striktes Regiment in Leknes.«

»Sei pünktlich, Komikerin.«

11. Mutterliebe

Bald habe ich keine Lämmer mehr gehabt, doch dringend welche gebraucht. Die kurze Begegnung mit Ragna hat mich nicht losgelassen und unreine Fantasien hervorgerufen. Immer häufiger habe ich mich in die Kammer gezwängt und versucht, auf diese Weise Frieden mit Gott zu finden. Die Albträume des Feuers haben mehr denn je zu meinen nächtlichen Schrecken gehört.

Der wahre Stachel in meinem Herzen ist die kurze Begebenheit mit der Mutter und ihrem Sohn gewesen. Die Zärtlichkeit und Liebe, mit der sie ihn umsorgt hat, ist zur klaffenden Wunde meiner Seele geworden.

Wenn du es nicht kennst, kannst du es nicht vermissen. Doch offenbar hat noch etwas anderes existiert, als ich kennengelernt habe. Mutter Ruth hat mich nicht wie diese junge Mama geliebt, aber ich bin auch nicht wie der blonde Junge gewesen.

Eines Tages, als ich neuerlich in der Kammer Buße getan habe, hat Mutter Ruth von oben heruntergebrüllt: »Miiikaael, ich habe Duurst.«

Über Stunden hat sie meine Gebete damit zerschnitten. Die Ohren habe ich mir zugehalten und mich später geschämt, weil ich sie hilflos liegen lassen habe. Trotzdem habe ich mir erneut Zeit gelassen, zu ihr zu gehen. Ihr vertrocknetes Krähen hat mir behagt, ihre schmachvolle Abhängigkeit von der Höllenbrut. Nur wegen dieser finsteren Gedanken habe ich von vorn mit der Buße beginnen und sie länger dürsten müssen.

Endlich bin ich die Treppe nach oben gelaufen, einen frischen Krug Wasser und einen Apfel bei mir, um ihr zu geben, was sie verdient hat. Der Geruch nach Schweiß und Unzufriedenheit ist mir anklagend in die Nase gestiegen.

»Mutter Ruth, entschuldige, dass es so lange gedauert hat.«

Sanft habe ich ihr ein Glas Wasser an die Lippen gehalten, das sie mit einem Zug ausgetrunken hat. Mit Hallis Walfischzahn habe ich den Apfel in mundgerechte Stücke zerteilt und sie ihr vorsichtig in den Mund geschoben. Sie hat mich mit einem wilden Blick angesehen und gekaut.

»Was möchtest du gern essen? Ich koche dir dein Lieblingsgericht.« Der Vorschlag ist nicht der beste gewesen. Meine Kochversuche haben ihr nie geschmeckt.

Sie hat den Kopf leicht bewegt und »Nein« genuschelt. Aber ich bin von der Idee, ihr eine Freude zu machen, begeistert gewesen. »Du kannst nicht nur Brot essen, such dir etwas aus, worauf du Appetit hast, Mutter.«

»Meeein Liieblingsgericht willst du koochen?« Sie hat mit ihrem schiefen Mund angefangen zu lachen. Mir ist aufgefallen: Sie hat nur gelacht, wenn es nichts zu lachen gegeben hat. Nie hat sie dabei glücklich ausgesehen.

»Was duu Essen nennst …« Sie hat die Augen geschlossen und geschluchzt: »Gott, erlöse miich.« Tränen sind ihr übers Gesicht gelaufen.

Ihre Verzweiflung hat mich erschüttert. Mutter Ruth ist unglücklich gewesen und ich habe immer geglaubt, sie hätte Gott im Herzen gehabt, der jede Träne trocknet und Frieden schenkt. Sicher hat Isaak ihr gefehlt und, im Bett zu liegen, sich kaum rühren zu können, hat ihr keine Freude bereitet. Vielleicht ist das ihre Kammer gewesen. Zum Beten und Buße tun.

Nie hat sie von ihren Träumen gesprochen. Ihr Leben ist auf Gott, beten, den Haushalt versorgen, Isaak und mich ausgerichtet gewesen.

Und plötzlich habe ich begriffen, warum ich hier bin. All die Jahre, in denen ich mich danach verzehrt habe, auserwählt zu sein, sind an mir vorbeigezogen. Ohne es zu erkennen, bin ich es gewesen. Auserwählt. Mutter Ruth hat mich gewollt. Kein anderes Kind. Mich. Sie hat sich das schwächste und schmutzigste Kind ausgesucht, um es zu retten.

Ich bin auf die Knie gefallen und habe geweint. Wie habe ich so blind sein können?

Überwältigt bin ich aufgesprungen, habe mich auf die Bettkante gesetzt und geschluchzt: »Warum hast du mich gewollt, Mutter Ruth? Hast du etwas gefühlt, als du mich im Kinderheim gesehen hast? Ein Flattern im Herzen? Eine Sehnsucht, Kinderarme um deinen Hals zu spüren?« So gern habe ich es aus ihrem Mund hören wollen, wenigstens einmal.

Sie hat mich angestarrt, die Lippen aufeinandergepresst.

»Gott hat dir keine eigenen Kinder geschenkt, nicht wahr? Das muss schwer für dich gewesen sein. Und dann hast du mich geholt, den hinkenden, verlorenen Odd, hast ihm den Namen Mikael gegeben, damit er den Teufel besiegt, und ich habe dich enttäuscht. Deine ganze Liebe hast du mir geben wollen und ich bin eine Bürde für dich geworden.« Sanft habe ich ihr übers Gesicht gestreichelt.

Eine einzelne Träne ist ihr ins Ohr gelaufen und ich habe begriffen, dass sie mir keine Antworten hat geben können. Aber sie hat mich ihren Glauben gelehrt und den Hunger nach Gott in mich gepflanzt, der sich wie ein Dornenkranz um meine Seele gelegt hat. Ihr ganzes Leben hat sie darauf ausgerichtet mich zu retten und von Anfang an gewusst, dass nur ein Weg zu meiner vollkommenen Erlösung führt. All die Jahre hat sie es mir eingeimpft, wiederholt und vorgebetet: Ich sei zu schmutzig, Gott könne mir nicht vergeben, nicht durch Christus und sein Blut.

Endlich habe ich es begriffen, meine Mutter Ruth ist das Lamm. Sie ist der Weg zur Gnade und ins Paradies. Während ich lange fehlgeleitet gewesen bin, die Lämmer geopfert und mit mir gehadert habe, hat sie mir einen Weg aufgezeigt, den ich nicht verstanden habe.

Schluchzend habe ich mich auf ihre Brust geworfen und ihre kraftlosen Arme um mich gelegt, um wenigstens einmal ihre Umarmung zu spüren. All die ungeweinten, bitteren Tränen habe ich auf ihr stockiges Nachthemd vergossen und gewusst: Der Tag, um ihr Versprechen einzufordern, ist gekommen.

Ich habe danach gedürstet, den Schmutz, der mir seit Geburt anhaftet, die Unvollkommenheit und den Groll, den ich für Mutter Ruth gefühlt habe, Gott zu überlassen, seine Vergebung und Liebe zu erlangen. Doch vor allem habe ich mich danach verzehrt, der Verdammnis zu entkommen und die Furcht, die in all den Jahren zu einem schwarzen Klumpen in mir gewachsen ist, in Frieden zu wandeln. Ausgerechnet meine Pflegemutter hat die Tür sein wollen, durch die ich schreite.

»Mama«, habe ich erstickt geflüstert. Ihr Herz hat geschlagen, so schnell wie Schläge von Schmetterlingsflügeln. »Dein Tag ist gekommen. Bist du bereit?«

Sie hat die Luft angehalten und geächzt. Langsam habe ich mich von ihr gelöst und sie angesehen. Schweiß hat ihr auf der Stirn gestanden, ihr Körper ist in Aufruhr gewesen.

»Ja, du bist es«, habe ich gewispert und ihre linke Hand fest in meine genommen. Mit glänzenden Augen hat sie mich angestarrt, ihre Lippen haben vibriert, als habe sie sprechen wollen. Rasch habe ich meine Finger auf ihren Mund gepresst, es ist die Zeit der Taten und nicht der Worte gewesen. Der Liebe und Hingabe.

»Gott ist mit dir, Mama«, habe ich zärtlich zu ihr gesagt und ihre Hand gedrückt.

Nun hat der Walfischzahn seine wahre Bestimmung erfüllen dürfen.

Es gibt keine Zufälle.

Die abgebrochene Kante ist noch immer so scharf gewesen wie an dem Tag, als Halli dem Orca den Zahn abgerungen hat. Wie ein Skalpell ist er in ihre Handfläche geglitten, nur wenig Kraft habe ich aufwenden müssen, um tiefer in ihr Fleisch zu schneiden, und dann etwas mehr, bis ich sie durchstoßen habe.

Mama hat zuerst geschrien, danach geseufzt und geklungen, als bete sie. Ihr Leib hat gezuckt, ihr Blick ist ziellos durch den Raum geschweift, während das Blut in die Matratze geflossen ist.

Auch ich habe gebetet. »Gott, hier fließt das Blut von deinem Kind Ruth. Nimm sie auf in dein Himmelreich und vergib mir meine Sünden.«

Aufgewühlt bin ich zur anderen Seite des Bettes gesprungen und habe ihre rechte Hand genommen. Mit einem letzten Zaudern hat sie versucht, sich mir zu entziehen. Der Teufel hat sie auf die Probe gestellt.

Erbost habe ich sie angeherrscht: »Lass los und du wirst das Paradies erblicken. Du hast es gewollt, erinnere dich!

Dein Leben lang hast du auf diesen Moment gewartet, Ruth Fatland. Dein Blut hast du für mich geben wollen und nun fließt es.«

Sie hat geblökt wie die Lämmer, die ich in meinen Armen gehalten habe. Nur ich bin mit der Zeit immun gegen ihr Aufbegehren geworden.

Die zweite Hand hat mich mehr Kraft gekostet, da der Zahn durch das viele Blut rutschig gewesen ist. Eilig habe ich ihn an ihrem Nachthemd getrocknet, und mich den Füßen zugewendet.

»Sei stark«, habe ich ihr zugerufen, »Auch Christus hat Qualen gelitten, als er sich hingegeben hat. Er ist jetzt bei dir.« Sie hat laut gestöhnt, Schmerz hat den Raum und mein Herz erfüllt.

In ihrem Leid ist sie schön gewesen, meine Mama. Ich habe nicht ihr leibhaftiges Gesicht angeblickt, welches den Jammer zur Schau getragen hat, sondern ihr inneres. Darin habe ich all die Liebe erkannt und das Opfer, das sie mir immer hat schenken wollen.

Die Füße sind nicht so nachgiebig wie ihre Hände gewesen. Ich habe viel Zeit gebraucht, bis sie beide durchbohrt gewesen sind, und Gott angefleht mir Kraft zu geben.

Am späten Abend ist es vollbracht gewesen und ich habe zugesehen, wie das Blut träge aus ihren Wunden gelaufen ist, als habe es keine Eile gehabt.

Bis zum frühen Morgen hat sie mich angesehen, Liebe hat in ihren Augen gelegen, während ich um ihre Aufnahme ins Paradies gefleht habe.

Als die Sonne aufgegangen ist, hat Gott sie zu sich genommen und mich von allen Sünden befreit. Nie bin ich glücklicher gewesen als an diesem Tag, nie freier und Gott näher.

Um Mutter Ruth meine Dankbarkeit zu zeigen, habe ich ihren Leichnam an einen Ort gebracht, an dem sie ihrem Schöpfer besonders nah gewesen ist.

12. Verflucht, Karl!

Eingehüllt in eine Art weißen Überlebensanzug steht Luca pünktlich am Hafen von Leknes, der von roten Fischerhütten gesäumt im fahlen Licht der Polarnacht daliegt. Wie die Ferrari aussieht, könnten wir auch in die Arktis aufbrechen.

»Guten Morgen«, nuschelt sie durch die Wollberge, die sie sich bis ins Gesicht geschlungen hat.

»Hallo Eisbärfrau.«

Wir legen ab und fahren auf dem Vestfjord die Küste in südwestliche Richtung hinunter. Der Kontrast zwischen der Wache und dem Polizeiboot könnte nicht auffälliger sein. Die Administration hat uns ein Zugeständnis gemacht. Ohne ein PS-starkes Wasserfahrzeug auf den Inseln ist man als Ermittler erledigt. Während sich der Weg über Land ewig hinzieht, werden wir das abgelegene Eiland Mosken mit den leistungsfähigen Motoren in unter zwei Stunden erreicht haben.

Luca hat eine Thermoskanne mit Kaffee aus ihrem Mantel gezogen, die wir bald geleert haben. Sie spricht nicht viel, ihr Blick ist auf die hypnotische Natur gerichtet.

Wir passieren raue Küstenstreifen, begegnen Anglern, die auf gewaltige Dorsche sowie auf Heilbutt harren und uns freundlich zuwinken. Wellen klatschen gegen das Boot, während Möwen ihr ewiges Hungerlied kreischen.

In rascher Folge lassen wir die Inseln hinter uns, bis wir das Ziel aus der Ferne sichten. Schroff und imposant ragt die mit Schnee überzogene Fjellinsel aus dem Meer. Auf Mosken bildet der Wilhelmstint die höchste Erhebung mit 385 Metern. Was das Eiland speziell macht, ist die Lage am Moskenstraumen, eine der mächtigsten Meeresströmungen der Erde. Langsam umfahre ich die nördliche Spitze und lenke das Boot zum karibisch anmutenden Strandabschnitt, der bei Sonnenschein einladend wirken würde. Leider ist es zu kalt, um ein Bad zu nehmen.

Luca blickt durch das Fernglas. »Da ist ein Bootshaus, eventuell gibt es auch eine Anlegestelle?«

Nach ein paar Minuten Fahrt entdecken wir einen Steg zum Anlegen. Er sieht nicht vertrauenerweckend aus, hier und da ist er notdürftig repariert worden, einige Planken fehlen. Die Alternative wäre, den Anker zu werfen und mehrere Meter durchs eisige Wasser zu waten.

Luca greift nach der Leine, macht einen kühnen Schritt auf eine stabil wirkende Planke und befestigt das Tau am dafür vorgesehenen Pfahl.

Ohne sich umzublicken, stiefelt sie in die Walachei und krabbelt einen Hügel hoch. Ein Dutzend Schafe laufen ihr entgegen und sie fängt an, mit ihnen zu sprechen. Ist sie eine Schafflüsterin?

Mein Weg führt mich zum orangefarbenen Bootshaus. Es ist deutlich intakter als der Anleger, was seltsam ist. Nachdem die letzten Bewohner die Insel vor vielen Jahren verlassen haben, ist hier niemand mehr gemeldet gewesen. Sachte öffne ich die Tür und betrete das Innere. Es ist leer. Keine Spur von Hallgrims Boot. Ein Hauch von Benzin liegt in der Luft, das Gebäude ist an diversen Stellen fachmännisch repariert worden. Die umlaufende

Ebene, auf der man vom Boot ein- und aussteigt, scheint neueren Datums zu sein. Ist das Lasses Werk?

Hinten in der linken Ecke liegen einige ausgediente Fischernetze. Daneben ein paar achtlos hingeworfene Planen und ein löchriger Eimer. In ihm erkenne ich einen Haufen rostige Nägel in allen Größen und Varianten. Mitten hinein hat jemand ein Ruder mit gesplittertem Blatt gesteckt.

Das dazugehörige Holzboot hängt an der linken Wand. Eine kleine Nussschale, die eigentlich für den Einsatz in diesem strömungsreichen Gebiet ungeeignet ist. Zwischen Boot und Wand erkenne ich einen Spalt, etwas scheint sich dahinter zu befinden. Vorsichtig ziehe ich das Boot ein Stück vor. Darunter hängt ein zerbeulter Außenbordmotor. Ausrangiert? Wenn der Motor defekt ist, warum ist da ein nagelneuer Propeller dran montiert? Wie ein normaler Aufbewahrungsplatz für Motoren wirkt das nicht, eher wie ein Versteck.

Noch einmal sehe ich mich gründlich um, eile zurück in die Ecke, greife nach dem abgelegten Paddel und betrachte das gesplitterte Holz. Sind das Rostflecken von den korrodierten Nägeln am Ruderblatt? Oder Blut?

Wenn jemand versucht, etwas zu verbergen, hat er sich nicht viel Mühe gegeben. Er könnte hier sein und uns beobachten. Mein Instinkt, der gewöhnlich sämtliche Details registriert und zusammenfügt, schweigt. Aber abgesehen davon – Luca ist allein da draußen! Mein Herzschlag schaltet drei Gänge nach oben.

Überstürzt verlasse ich den Schuppen und laufe los. Innerhalb kürzester Zeit umzingelt mich eine Horde blökender Schafe. Vertrauensvoll drücken sie sich an mich, scheinen meine Jackentaschen im Visier zu haben. Lasse hat wohl immer etwas für sie gehabt. »Hey«, rufe ich und stelle fest, ich halte das Ruder noch in der Hand.

Verwundert strecke ich es hoch in die Luft, damit es nicht kontaminiert wird.

Die Tiere weichen zurück und ich haste über einen riesigen felsdurchwachsenen Hügel, auf dem der Schnee an manchen Stellen einen halben Meter hoch liegt. Warum habe ich Luca allein gehen lassen? Mit jedem Schritt, den ich renne, fühle ich die verdammte Angst in mir wachsen. Ich will diese Verantwortung kappen.

Je öfter ich das Ruder in meiner Hand ansehe, desto mehr bin ich davon überzeugt, dass es kein Rost ist und diese Erkenntnis treibt mich an, schneller bei ihr zu sein.

Die Spuren im Schnee führen an einigen Felsen vorbei, sie hat ein paar Mal die Richtung gewechselt und ist im Kreis gelaufen.

»Luca«, sage ich gedämpft. Ich will hier niemanden aufscheuchen, der unser Kommen nicht bemerkt hat. Doch ich höre nur das Schneeknirschen unter meinen Schuhen und Schafe, die hinter mir herlaufen. Viel Zeit habe ich nicht im Bootshaus verbracht. Wo ist sie?

Die auf dem Hügel verteilten Schuhabdrücke schließen sich wieder zu einer Spur zusammen, die nach rechts Richtung Osten führt. Gehetzt trete ich auf die Vertiefungen, die ihre Stiefel hinterlassen haben, immer weiter, bis ich erneut einen gewaltigen Felsen passiere und überraschend vor einem windschiefen Rorbu stehe.

Das Haus besteht aus zwei Stockwerken und wirkt, als würde es beim nächsten Sturm einstürzen. Ein Vermächtnis der Schafzüchter? Drei Stufen gleichzeitig nehmend rase ich die langgestreckte Holztreppe hoch, die auf eine Veranda führt, und reiße die Eingangstür des Rorbus auf. Der Geruch, der mir entgegenschlägt, erzählt von den etlichen Jahrzehnten, die das Haus alt ist. Es riecht nach Fisch, Verfall und Isolation.

Leise setze ich ein paar Schritte in den Flur, der direkt

in die Küche übergeht, und lehne das Ruder gegen die Wand. Mein Herz schlägt so wild, ich bilde mir ein, es zu hören. Kurz halte ich die Luft an und lausche. Im ersten Stock knarrt eine Diele. Wo geht es nach oben? So zügig und leise wie möglich, blicke ich mich im unteren Geschoss um. Von der Küche führt eine Tür in ein mickriges Wohnzimmer, in dem ein Sofa steht, über das einige mottenzerfressene Laken geworfen worden sind. Gegenüber befindet sich ein staubbedeckter Tisch und ein Regal, auf dem betende Holzfiguren stehen.

Mein verstocktes Hirn wartet darauf, dass gleich etwas explodiert, auf Rauch und Papierregen, Petter oder Luca. Meine Hände sind zu Fäusten geballt, ich schwitze.

Einen Atemzug lang halte ich inne und horche. Nichts. Zurück im Flur geht auf der rechten Seite eine Tür ab, die beim Öffnen ohrenbetäubend quietscht. Kurz stecke ich den Kopf hinein. Dahinter verbirgt sich ein verdrecktes Bad, es riecht nach Fisch, als habe man sie hier über viele Jahre ausgenommen und geputzt. Im Durchgang bewege ich mich leise geradeaus, bis ich die Treppe erreiche.

Die Füße so weit wie möglich am äußeren Rand der Trittfläche, gleite ich die Stufen lautlos hinauf. Oben gehen zwei Türen vom Korridor ab. Eine ist nur angelehnt und ich spüre Bewegung dahinter.

Mit zugeschnürter Kehle schleiche ich hin, drücke sie einen Spalt auf und höre einen Schrei, der das Blut in meinen Adern schockfrostet.

»Verflucht, Karl. Du hast mich zu Tode erschreckt.« Luca hockt heftig atmend auf dem Boden und blickt mich vorwurfsvoll an.

»Wieso rauschst du allein ab?« Der Schreck sitzt mir in den Gliedern und gleichzeitig bin ich so erleichtert sie zu sehen, dass ich schreien will. Ich schließe die Augen mit der Erkenntnis: Sie ist keine Außenstehende mehr für mich.

»Wir haben eine Spur im Bootshaus«, sage ich gedämpft.

Luca steht auf und deutet auf das Bett. »Dieses Zimmer ist ein Tatort.«

Links und rechts am Kopfende sowie in der Mitte auf dem unteren Teil befinden sich große braune Flecken auf dem ausgeblichenen Bettlaken, die wie getrocknetes Blut aussehen.

»Was sich hier ereignet hat, muss einige Zeit zurückliegen.« Sie stellt sich mit seitlich ausgestreckten Armen neben den Schlafplatz. »Das ist eine Kreuzigung gewesen.«

Wie schnell sie die Hinweise interpretiert, beeindruckt mich. Aber ich gebe ihr recht, die Blutflecken sind so angeordnet. Diese Folgerung kann stimmen.

Sie blickt mich gedankenverloren an. »Hier haben religiöse Menschen gelebt. Mindestens drei Personen, aber das muss ich mir genauer ansehen. Beide Matratzen des Bettes sind durchgelegen, was auf ein Paar deutet. Nebenan ist ein weiteres Schlafzimmer. Es hat vermutlich einem Kind gehört. Es sind Eltern und Sohn gewesen, tippe ich.«

»Ziemlich viel für die wenigen Minuten, die du hier verbracht hast«, sage ich anerkennend.

Sie lächelt gequält. »Das ist nur der Anfang.«

Behutsam hebt sie das Laken an, die rostbraunen Flecken sind tief in die Matratze gedrungen. »Dieser Mensch ist langsam ausgeblutet, wahrscheinlich über Stunden.«.

»Ein richtiges Kreuz hat es nicht gegeben?«

Sie schüttelt den Kopf. »Dafür gibt es keine Anzeichen. Eventuell ist das Opfer gefesselt gewesen. Die Blutflecken sind konzentriert auf diese drei Stellen.«

»Oder es hat in die Bluttat eingewilligt?«, werfe ich ein.

»Religiöser Wahn kann so etwas möglich machen, nicht ausgeschlossen, dass dieser Mensch der Tötung zugestimmt hat.«

Wir schauen uns weiter um. Das Zimmer ist spartanisch eingerichtet, etwas Persönliches findet sich nicht und das charakterisiert die einstigen Bewohner auf bezeichnende Weise.

Auf der gegenüberliegenden Seite des Bettes befindet sich ein Fenster, an dem ausgeblichene Gardinen den Ausblick auf die imposanten Berge verderben. Oberhalb der Schlafstatt hängt ein überdimensionales Jesuskreuz und auf dem Nachttisch liegt eine abgegriffene Lutherbibel. Über allem ruht eine dicke Staubschicht, als sei lange niemand hiergewesen.

Welches Ereignis skizzieren die langgezogenen Kratzspuren auf den alten Dielen? Ist das Bett vors Fenster gezogen worden? Der Aussicht wegen? Doch es scheint wieder zurück an seinen gewohnten Platz verschoben worden zu sein.

»Vielleicht ist das Opfer bettlägerig gewesen?«, sagt Luca, die vermutlich den gleichen Gedanken gehabt hat.

»Denkst du, Lasse Hallgrim ist hier getötet worden?« Ihre Einschätzung interessiert mich immer mehr.

»Dieser Tatort ist fraglos deutlich älter. Er ist nicht in diesem Bett gestorben. Womöglich ist es aber derselbe Täter, das mysteriöse Loch in seiner Hand könnte dazu passen. Wir wissen nicht, ob seine andere Hand die gleiche Verletzung getragen hat, bevor sie in eine Schiffsschraube geraten ist.« Sie hebt die beiden Kopfkissen nacheinander hoch. Staub wirbelt durch die Luft und Luca schiebt sich den Schal vor den Mund. Sie fotografiert alles mit der Kamera, was sie für die Analyse benötigt, jedes Detail dieses traurigen Zimmers.

Danach inspizieren wir das Schlafzimmer des Kindes.

Die karge Einrichtung lässt kaum Zweifel daran, es hat keine materiell überladene Kindheit erlebt. Nichts deutet auf das Geschlecht, Spielsachen und Bekleidung sind nicht vorhanden, auch die Farbe der Bettwäsche verrät nichts über das Kind, das hier gelebt hat.

»Wie kannst du sicher sein, dass es ein Junge gewesen ist?«, frage ich, weil ich mir keinen Reim darauf machen kann.

»Wäre es ein Mädchen gewesen, besonders vor dem Hintergrund der streng gelebten Religiosität, müssten wir eine Puppe oder etwas wie Handarbeitszeug finden, das symbolisch auf die Mutterschaft vorbereitet. Jungs werden früh zur Verantwortung erzogen. Dieser hat eher geangelt und Holz gehackt. Aller Wahrscheinlichkeit nach hat er keine liebevolle Kindheit erlebt«, sagt sie und blickt mich durchdringend an.

Etwas passiert in diesem Moment mit mir und ich kann es nicht aufhalten. Ihr Gesicht verschwimmt und eine Erinnerung überrollt mich, während wir im dunklen Korridor stehen.

Mein Vater ist wieder enttäuscht von mir, brüllt und schickt mich auf mein Zimmer. Es ist vollgestopft mit Spielzeug, überall türmt es sich. Ich liege auf dem Bett und weine.

Die Vision endet. Atemlos lehne ich mich gegen die Wand.

»Karl, was ist mit dir?« Luca hat meine Hand gegriffen. In ihren Pralinenaugen erkenne ich Sorge.

»Nichts, es ist alles in Ordnung«, sage ich energisch und entziehe ihr meine Hand erschrocken.

Sie sieht mich an, als versuche sie, mich zu dechiffrieren. Das ist zu viel, ich trete den Rückzug an.

Draußen atme ich die Schwere des Hauses und seine unselige Geschichte aus den Lungen, nehme einen tiefen Zug der klaren Luft, die nach Meer riecht. Luca ist mir nicht gefolgt und dafür bin ich dankbar. Zum ersten Mal ist es keine überspannte Halluzination gewesen, sondern eine Erinnerung. Ausgerechnet vor ihr muss das passieren. Das Verlangen, sie möge zurück nach Bergen gehen, ist in diesem Moment grenzenlos.

Einige Minuten laufe ich ziellos um das Haus herum, bis ich etwas entdecke, das meine Aufmerksamkeit weckt. Ein paar Meter vor mir ragt ein verwittertes Holzkreuz aus dem Schnee und ich will nicht glauben, dass es dem verstorbenen Hütehund gewidmet ist. Mit schnellen Schritten bin ich dort, knie mich davor und versuche, die geschnitzte Inschrift zu entziffern.

ie ru t Isa k – de uda

Die Witterung hat einige Buchstaben unlesbar gemacht. Den Anfang bekomme ich hin: *Hier ruht Isaak - der?*

Isaak also. Sohn, Vater oder ein Unbekannter? Ziemlich sicher kein Hund.

Nach dieser Entdeckung gehe ich zurück ins Haus. Luca hat sich an den abgewetzten Küchentisch gesetzt und studiert die Umgebung der Menschen, die hier gelebt haben.

»Das Haus ist nicht verlassen, Karl. Jemand ist kürzlich hier gewesen, die Asche im Ofen ist warm.«

Augenblicklich bin ich am Fenster und suche die Umgebung ab. Hier existieren sicher mindestens Million Schlupfwinkel. Wir sind unbewaffnet und wissen nicht, mit wem wir es zu tun haben.

»Draußen ist ein Grab, Luca. Wir müssen die Spurensicherung verständigen, der Tote muss exhumiert werden. Das ist nicht alles, im Bootshaus habe ich ein beflecktes Ruder gefunden.« Ich hole es aus dem Flur. »Denkst du, es könnte sich vielleicht um Blut auf dem Holz handeln?«

Sie schaut sich das Paddel an. »Sind das Haare?«

»Absolut möglich.« Die Spannung in meinem Magen nimmt zu. »Außerdem habe ich einen versteckten Außenbordmotor entdeckt, an dem ein neuer Propeller montiert ist. Ich könnte schwören, der gehört Lasse Hallgrim.«

»Da gibt es noch etwas.« Sie deutet auf eine schmale Tür, die mir vorher nicht aufgefallen ist. Ein Verschlag oder eine Vorratskammer?

»Hast du reingesehen?«, frage ich und ziehe Einweghandschuhe an.

»Japp«, sagt sie in einem Tonfall, der mich vermutlich warnen soll.

Vorsichtig drehe ich am Knauf und öffne die Tür. Ein beißender Geruch schlägt mir entgegen, nach Urin, Schweiß und Verzweiflung. »Himmel, was ist das?« Es braucht nicht lange, um zu erkennen, dass hier jemand eingesperrt gewesen ist. Vermutlich der Sohn, die Kammer ist für einen ausgewachsenen Menschen kaum begehbar.

Erschüttert stecke ich den Kopf hinein und leuchte mit der Taschenlampe gegen die vergilbten Holzwände. Angeordnet wie ein wirres Muster, prangen überall rostige Flecken auf dem uralten Anstrich. Bei näherer Betrachtung erkenne ich: Es sind Fingerabdrücke. »Luca, hast du das gesehen?«

»Die Kammer erzählt eine Geschichte. Eine furchtbare. Sie haben ihn eingesperrt. Über Jahre.« Ohne sie zu sehen, höre ich Fassungslosigkeit und Mitgefühl in ihrer Stimme, die bei jedem weiteren Wort rauer wird, bis sie verstummt.

Die Abdrücke scheinen aus Blut zu bestehen. Unten an der Wand sind sie von geringem Format, dem Aussehen nach von den Fingern eines Kindes. Je höher sie sich befinden, desto größeren Umfang haben sie, bis sie weiter oben das Ausmaß meiner eigenen Finger bekommen, die eines Erwachsenen. Es sind Hunderte. Unter der abgeschrägten Wand steht ein leerer Eimer, sein Geruch lässt keinen Zweifel daran, welche Funktion er gehabt hat. Umständlich krieche ich aus dem Verschlag und versuche, mir vorzustellen, was dieser Junge durchgemacht hat. Wut brennt in mir, dieses schlimme Unrecht ungeschehen zu machen.

Draußen zeige ich Luca das Grab. »Hier ruht Isaak, der?«

»Judas«, sagt sie wie aus der Pistole geschossen.

Wir steigen ins Boot und fahren zurück nach Leknes. Auf dem Rückweg haben wir keinen Blick für die Landschaft. Zu sehr beschäftigt uns das Gesehene.

13. Sjokoladebomber

Freydis lächelt immer. Auch jetzt im Dezember, in einer Zeit, in der alle schlafwandlerisch durch endlos finstere Tage taumeln. Menschen betreten ihren Bäckerladen, geben Bestellungen auf, ohne sie eines Blickes zu würdigen.

Hat denn niemand ein Herz? Diese Ignoranz hat mich immer bekümmert. Gerade heute, wo wieder eine schwere Last auf meinen Schultern liegt, ist Freydis sonnig und hell. Sie ist so deutlich gealtert, bei ihrem Anblick treten mir die Tränen in die Augen. Doch gleichgültig wie grau ihre einst blonden Haare geworden sind, sie strahlt noch immer Güte aus, wie ein Engel.

Ich erinnere mich an die wundervollen Momente, wenn ich heimlich nach der Schule in die Bäckerei geschlichen bin. Dafür habe ich bisweilen die letzte Stunde ausfallen lassen, damit ich mich nicht bei Isaak verspäte. Stets hat sie den farblosen Jungen bemerkt, der sich still zwischen ihre Kunden geschoben und sie sehnsüchtig angestarrt hat. Lächelnd hat sie eine Handvoll Sjokoladebomber aus der Bonboniere gegriffen und sie in meine Hände gelegt.

»Hier, mein Goldjunge«, hat sie jedes Mal gesagt, sich

heruntergebeugt und mir den Kopf gestreichelt, als sei ich eine Kostbarkeit.

Das silberne Kreuz an ihrer Halskette hat dabei über ihrem Busen geschaukelt, nichts habe ich mehr gewollt, als mein Gesicht in ihre Herzensgüte zu drücken.

Ich warte, bis die letzten Kunden fort sind und sie das Backwerk für den nächsten Tag bearbeitet. Stundenlang schaue ich durch das Fenster, sehe ihren fleißigen Händen zu und präge mir den Anblick ein. Dann gehe ich hinein.

Zum ersten Mal lächelt Freydis nicht. Sie hat um diese Zeit niemanden mehr erwartet und hat Angst. Vor ihrem Goldjungen. Ich wünsche mir so sehr, das Lächeln wiederzusehen, doch sie weicht vor mir zurück. »Was machst du hier? Die Bäckerei hat geschlossen, du kannst morgen wiederkommen.«

»Weißt du, wer ich bin?«, frage ich zaghaft und bewege mich langsam auf sie zu. »Ich bin Mikael. Als ich ein Kind gewesen bin, hast du mir Sjokoladebomber zugesteckt. Erinnerst du dich daran?«

Erst schüttelt sie den Kopf, dann nickt sie, doch das Lächeln kehrt nicht zurück. »Du bist zu einem stattlichen Mann herangewachsen«, sagt sie stockend und ihre Augen flackern. Immer weiter entfernt sie sich von mir, bis in die hinterste Ecke der Backstube.

»Fürchte dich nicht, liebe Freydis. Ich bin gekommen, um dich zu deinem himmlischen Vater zu bringen. Ins Paradies! Bei ihm musst du nicht mehr jeden Tag vor dem heißen Ofen stehen und die unwirschen Menschen erdulden. Gott wird dich empfangen und in Liebe betten, du Engel.«

Ihre Augen weiten sich, sie schlingt die Arme um ihren zitternden Leib. Es ist immer das Gleiche, der Widersacher dringt in ihre Gedanken und will sie von Gott fernhalten.

Nie haben sie begriffen, welches Geschenk ich ihnen damit gemacht habe.

»Bitte, tu mir nichts. Bin ich nicht immer freundlich zu dir gewesen, Mikael?«, fleht sie mit brüchiger Stimme.

»Das bist du, Freydis, und ich bin hier, um dir endlich die Liebe zu geben, die du verdienst.«

Sie schüttelt den Kopf, presst sich gegen die Wand, als würde sie sich öffnen, wenn sie nur fest genug dagegen drückt.

»Mein Engel, du wirst dankbar sein«, wispere ich erfüllt von Mitgefühl für die Angst, die ihren Blick verstellt. Sie wird Gott sehen, kann es etwas Wundervolleres geben?

Sie soll schnell erlöst werden, das bin ich ihr schuldig. Mit einem Satz hechte ich zu ihr, schlage ihren Kopf einige Male schwer gegen die Wand, bis sie aufhört sich zu wehren und in meine Arme sinkt. Das tut mir mehr weh als ihr. Aber ich brauche sie jetzt, der Schmerz meiner Sünden lastet mir unaushaltbar auf der Seele.

Eilends trage ich sie hinaus an den nachtklammen Fjord, lege ihren Körper auf die Steine ans Ufer und tue, was ich tun muss. Mein Herz will zerspringen, viel zu zaghaft ritze ich an der Oberfläche und tue ihr unnötig weh. Fest umgreife ich den Orcazahn, muss es entschlossener tun. »Verzeih mir«, flüstere ich und stoße ihn in ihre Hand.

Ihre Lippen formen ein stummes O und in ihren tränenvollen Augen erkenne ich all die Vergehen, die meine geliebte Freydis auf sich nimmt. Schluchzend wende ich den Blick ab und sehe in den Nachthimmel. Grüne Polarlichter tanzen über uns, wie göttliche Boten.

Rasch widme ich mich der anderen Hand und bohre den Zahn mit aller Kraft hinein, bis der Widerstand ihres Fleisches bricht. Vollenden kann ich den Akt nicht. Für die Füße brauche ich Zeit, aber ich darf nicht riskieren, entdeckt zu werden. Niemand würde das verstehen.

»Gott vergib mir, ich kann es nicht zu Ende bringen.« Doch das Blut fließt schon leuchtend über meine Hände, ich spüre die Erleichterung wie eine warme Woge in mir und wage es, sie anzusehen. Ihr Ausdruck hat sich entspannt, sie sieht bezaubernd aus, wie aus einer anderen Welt, einer besseren.

Behutsam umgreife ich ihren Körper und trage sie ins Wasser. Während ich Freydis hineindrücke und das Blut sich mit dem Meer vermischt, erfasst mich grenzenlose Freude – der Himmel wartet auf dich!

Feierlich blicke ich hinauf zu meinem Vater und spreche den 19. Vers des Buches Micha aus der Bibel:

Ja, der Herr wird wieder Erbarmen mit uns haben und unsere Schuld auslöschen. Er wirft alle unsere Sünden ins tiefste Meer.

Mir ist so leicht zumute. Meine Freydis hat sich nicht gewehrt, sie ist bereit gewesen, hat es für mich getan.

Danke, du Engel. Ich weine erlöst. Danke!

Doch zurück auf der Insel erfasst mich übermächtiger Zorn. Jemand ist hier gewesen, überall sehe ich Fußabdrücke. Im Schnee und im Haus, in jedem Zimmer. Meine Zuflucht ist entehrt worden. Wut und Ohnmacht greifen nach meinem Frieden und der Versöhnung mit dem Allmächtigen, den Freydis Opfer mir geschenkt hat.

Warum hast du das zugelassen, Gott? Jahrelang ist niemand gekommen, jetzt scheinen sie ständig hier zu sein, herumzuschnüffeln und die Schafe zu umsorgen. Aber keiner hat es bis heute gewagt, das Haus zu betreten.

Hass brennt wie Säure durch meine Adern und ich flehe den Herrn an, dass die Sünde des Grolles nicht in mein Herz zieht. Es ist zu spät, das Gift zersetzt die Erlösung, bis ich mich wieder in die Kammer begeben muss, die ganze Nacht Buße tun für diese Gedanken. Ich denke an Freydis. Für nichts ist sie gestorben. So klein wie möglich stauche ich mich zusammen und presse meinen Körper in den Verschlag. Dort hocke ich mit der Finsternis im Herzen und weiß nicht, was ich beten soll. Nach etlichen Versuchen mich Gott mitzuteilen, halte ich es nicht mehr aus und krieche hinaus.

Warum steht das Ruder aus dem Bootshaus in der Küche? Ich finde keine Erklärung dafür. Hat es jemand hierhergebracht, um mich in den Wahnsinn zu treiben?

Von Zorn durchdrungen, packe ich das Paddel und verstecke es hinter dem Haus. Die Not in mir wächst zu einer schmerzhaften Qual. Was soll ich tun, Vater?

Dann habe ich eine Eingebung, laufe los und setze mich erneut ins Boot. Es gibt noch eine Barmherzigkeit, einen verbliebenen Engel, den ich heute erlösen werde.

Zum ersten Mal betrete ich ihr Haus. Es ist nicht abgeschlossen gewesen, als habe sie mich erwartet. Immer habe ich geträumt, bei ihr zu sein, von ihr geliebt zu werden. So gern möchte ich sie umarmen und ihr danken, sie hat viel für mich bewirkt. Mittlerweile muss sie eine alte Frau sein. Einsam, ohne ihre Schüler, für die sie sich hingegeben hat. Sie hat mich bevorzugt, glaube ich, und mir vertraut. Wie hat sie sonst in meinen Armen weinen können? Tobi ist eine Heilige. Die Letzte.

Geräuschlos schleiche ich durch den Flur und entdecke sie durch die angelehnte Tür, die zum Wohnzimmer führt. Sie liegt auf dem Sofa, ist mit einem Buch in den Händen eingeschlafen, eine kleine Lampe leuchtet direkt auf ihr Gesicht.

Mein Herz geht auf vor Liebe, als ich sie betrachte.

Das Leben hat Spuren auf ihrer Haut hinterlassen, doch jede ihrer Falten strahlt Barmherzigkeit aus. Die einst kupferfarbenen Haare sind grau geworden und liegen aufgefächert auf dem Kissen. Sie schnarcht leise und rührt mein Herz in diesem friedlichen Augenblick.

»Nie werde ich dich vergessen, Tobi, mein Engel«, flüstere ich und ziehe den Zahn aus der Tasche. Er ist besudelt mit Freydis Blut. Ich habe ihn nicht gewaschen, nie habe ich das getan.

Sie öffnet die Augen, wirkt verwirrt, als würde sie sich fragen, ob sie träumt.

»Meine wundervolle Tobi«, sage ich liebevoll.

Ruckartig setzt sie sich auf, öffnet den Mund und schreit.

Nein! Nein! Nein! In diesem Moment erinnert sie mich an Mutter Ruth, die nur Schlechtes zu sagen gewusst hat. Sofort bin ich bei ihr und halte dieses stimmgewaltige Ding zu. Natürlich kann sie laut schreien, sie ist Lehrerin gewesen. Sie wird sich beruhigen, wenn sie erkennt, wer ich bin. »Ich bin es, Mikael. Erinnerst du dich nicht an mich?«, frage ich erfüllt von dem Wunsch, auch in ihrem Herzen eine Spur hinterlassen zu haben.

Ihre Augen flattern hin und her, kein Erkennen.

»Du hast in meinen Armen geweint, weil Herr Gudbrand dich vor der ganzen Schulklasse angeherrscht hat, Tobi. Erinnere dich. Du bist wie eine Mutter zu mir gewesen«, flehe ich und presse die Hand fester auf ihren Mund. Gott, ich will ihr wehtun, so wie sie mir gerade Leid zufügt. Die Erinnerungen brechen wie ein Kartenhaus zusammen. Hat sie das Gedächtnis verloren? Sie muss sich an mich erinnern, denn ich habe all die Jahre an sie gedacht.

Ihre Gegenwehr schwindet und ich nehme die Hand von ihr.

»Mikael?«, sagt sie rau.

»Ja, ich bin es.« Glücklich greife ich ihre Hand.

»Ich kenne so jemanden nicht. Das Geld liegt in der Spieldose dahinten. Nimm es und geh!«, sagt sie feindselig und ich sehe wieder Mutter Ruth in ihr, mit dem Blick, als sei ich der Leibhaftige.

»Aber sicher kennst du mich. Was soll ich denn mit deinem Geld? Glaubst du, ich kann mir die Vergebung erkaufen?« Tränen laufen über mein Gesicht.

Sie sieht mich befremdet an. Die Tobi von heute scheint nicht mehr die Frau zu sein, die ich gekannt habe. Enttäuschung und Wut brechen wie eine eisige Flut über die Liebe zu ihr und lassen sie darin erlöschen.

»Bitte geh jetzt! Sonst rufe ich die Polizei!« Schon streckt sie die faltige Hand nach dem Telefon aus.

Es ist furchtbar, was dann geschehen ist. Je lauter sie geschrien hat, desto entsetzlicher sind Erbitterung und Zorn in mich gefahren. Ich habe ein Bild des Grauens hinterlassen.

Wie ein geprügelter Hund bin ich davongerannt, ins Boot gesprungen, zurückgefahren und habe mich ins Bett geflüchtet. Gott und ich werden nie Frieden schließen. Ich habe geweint, bis ich endlich eingeschlafen bin und vom Feuer geträumt habe.

14. Das Ruder

Luca druckt die Aufnahmen der Kamera aus und pinnt sie in unser Büro. Die ganze Wand ist bald gedrängt voll mit Fotos der Insel, des Hauses, des Tatortes, der Kammer und allem, was wir gefunden haben. Während sie das Dienstzimmer tapeziert, schreibe ich einen Bericht für Frida. Einige Male werfe ich Luca einen Blick zu. Sie ist hochkonzentriert, scheint von meiner Anwesenheit nichts mitzubekommen.

»Das waren alle«, sagt sie, nachdem sie den letzten Abzug angebracht hat.

Wir stellen uns vor die Wand und gehen die Aufnahmen durch. Beim Betrachten des Ruders beschleicht mich ein ungutes Gefühl. Ich kann mich nicht erinnern, es mitgenommen zu haben. Es muss noch in der Küche stehen. Verflucht!

Ich unterdrücke den Impuls, Luca das Malheur zu offenbaren. Fehler kann ich mir zurzeit nicht erlauben. Sie scheint es nicht bemerkt zu haben und mit Glück wird sie das auch nicht.

»Bist du hier noch beschäftigt?«, frage ich und ziehe mir den Mantel über.

»Japp«, sagt sie geistesabwesend, schaut mich flüchtig

an und wendet sich wieder ihren Notizen zu.

Leise schließe ich die Tür und laufe an Emilie vorbei, die vor einem riesigen Karton mit Weihnachtsflitterkram gebeugt ist und angefangen hat, die Wache zu dekorieren. Sie gehört zu den Menschen, die hinter den Kulissen dafür sorgen, dass sich alle anderen wohlfühlen.

»Glitzert herrlich. Schau ich mir später genauer an«, sage ich und habe übersehen, dass sie nachher nicht mehr hier sein wird.

Sie hebt den Kopf aus dem Karton und feine Glitzerpartikel bringen ihr Gesicht zum Leuchten. »Ja, bis dann, Karl.«

Wie ich scheint sie die Zeit vergessen zu haben.

In den Büros herrscht noch reger Betrieb. Mats und Ingvill telefonieren. Anouk und Linus hocken über Akten und die anderen fahren durch den Bezirk. Womöglich sind wir doch keine abgelegten Sonderlinge, sondern ein markiges Team.

Harscher Wind bläst mir draußen entgegen. Düsternis liegt wie eine permanente Decke über Leknes. Das wird ungemütlich und ich rüge mich für die Nachlässigkeit, die mich erneut auf die Insel nötigt.

Am Hafen treffe ich auf Bjorn, der gerade die Edna festmacht.

»Hei Karl, willst du die Lizenz sehen? Gestern erneuert«, sagt er gut gelaunt.

»Treffen wir uns später im *Ragnarök* auf einen Absacker? Ich muss nach Mosken.«

»Jetzt noch? Neuerdings kennt ihr wohl keinen Feierabend mehr. Ich mach die Fische sauber und bin danach im *Kafe*.« Er wirkt befreit, nun da wir die Wahrheit über ihn kennen.

»Bis später«, rufe ich ihm zu und springe ins Boot.

Vielleicht ist es die vollkommene Dunkelheit, die diese Empfindung auslöst - als ich Mosken erreiche, spüre ich eine Veränderung. Das versprengte Blöken der Schafe hat bei schwachem Tageslicht eine heitere Atmosphäre erzeugt, nun klingt es beklemmend. Ihre klagenden Laute steigen mit jedem weiteren Schritt zu einem gespenstischen Echo an.

Mit der Taschenlampe in der Hand versuche ich, mich so leise wie möglich dem Haus zu nähern. Das Unbehagen verstärkt sich, je dichter ich an das alte Rorbu heranschleiche. Mir ist bewusst, dass jemand hier sein kann und damit meine ich keinen Landstreicher, der Unterschlupf sucht. In diesem Moment will ich nur das Ruder. Beim nächsten Mal und das wird schon bald sein, komme ich nicht allein!

Bevor ich das Haus erreiche, leuchte ich die Umgebung ab. Keine Andeutung, dass jemand drinnen auf mich wartet. Die Tür ist heute Vormittag nicht verschlossen gewesen und ist es auch jetzt nicht. Erleichtert öffne ich sie und betrete den Flur. Im Schein der Taschenlampe wirkt das Innere des Hauses abweisender, als sei mir ein neuer Zugang verwehrt. Es wäre klüger gewesen, Luca davon zu erzählen.

Wo habe ich das Ruder abgelegt, nachdem ich es ihr gezeigt habe? Ich erinnere mich nicht. Es muss in der Küche sein, das ergibt Sinn. Auf Zehenspitzen betrete ich sie, halte die Hand über den Ofen. Er ist kalt. Im Licht der Lampe werfen die Küchenschränke wandernde Schatten an die Wände. Allmählich verlässt mich die Lust an meinem Vorhaben.

Das Ruder ist nicht da. Die Lücke in meinem Gedächtnis bringt mich zur Verzweiflung. Wahrscheinlich sollte ich nicht bis Donnerstag warten und Gunnar um einen vorzeitigen Termin bitten. Herrgott, will ich das wirklich?

Auch früher sind mir Fehler unterlaufen, da bin ich nicht gleich zum Arzt gerannt. Verspannt schleiche ich am Küchentisch vorbei, versuche nichts zu berühren, kein Geräusch zu erzeugen. Mein Blick fällt auf die Kammer. Unsinn, warum sollte sich das Beweisstück ausgerechnet dort befinden? Dennoch muss ich nachsehen, sonst wird mich das später wahnsinnig machen. Also greife ich erneut den Knauf und drehe ihn.

Auf den abstoßenden Geruch vorbereitet, habe ich das Empfinden, es riecht anders, vordergründig nach Schweiß. Unwillig stecke ich den Kopf hinein und leuchte in alle Winkel. Das Ruder ist nicht hier, aber etwas anderes, das vorhin nicht da gewesen ist. Irgendwas steckt ganz oben in einem der größeren Zwischenräume der Holzverkleidung. Mühsam krieche ich komplett hinein und richte mich zögernd auf. Es ist abscheulich eng und ebenso unangenehm, in diesem Trauerkabuff zu stecken.

Vorsichtig greife ich nach dem undefinierbaren Ding und plötzlich greift es nach mir. Parallel höre ich Schritte auf der Treppe.

Wumm. Pause. Wumm. Pause.

Die Geräusche verbinden sich mit dem blutigen Zahn in meiner Hand und formen eine Vision. Mein Hals ist wie zugeschnürt, ich kann nicht mehr klar denken.

Wir haben uns davongestohlen, obwohl wir gewusst haben, dafür wird es eine Menge Ärger geben. Ein Blick hat alles gesagt, wir sind uns einig gewesen, dass es das wert ist, und sind losgerannt. Ich habe seine Hand gehalten, damit er mein Tempo ohne zu stürzen mitlaufen kann.

Gegrölt haben wir vor Freude.

Schließlich haben wir das Wasser erreicht, den prachtvollen weißen Strand und das türkise Meer. Hinter uns das gezackte Bergmassiv, welches uns wie eine riesige Pranke Schutz gegeben hat. Unsere Schuhe haben wir eilig ausgezogen, die Socken hineingestopft und sind bis zu den Knien hineingewatet.

»Dort! Siehst du den Krebs?«, hat er gejubelt.

Da hat unser Abenteuer begonnen und wir sind den Strand hinuntergelaufen, haben Steine geworfen, Muscheln gesucht, bis wir in einiger Entfernung etwas Großes entdeckt haben.

Ein riesiger, halb skelettierter Orca hat wie ein Wesen von einem anderen Planeten am Strand gelegen.

Er ist schüchtern stehengeblieben und mich hat der Übermut gepackt. »Komm schon, er ist doch lange tot«, habe ich ihm zugerufen und seine Hand genommen. Gemeinsam haben wir uns dem Tier genähert. Angegrinst haben wir uns, zusammen sind wir stark gewesen und haben keine Angst vor so einem gruseligen Anblick gehabt.

»Traust du dich, ihn anzufassen?«, hat er gefragt und gewusst, ich habe nie eine Chance ausgelassen, meine Verwegenheit unter Beweis zu stellen.

»Na, was denkst du denn?« Ich bin eilig zum Kadaver gesprungen, habe meine Hände auf das verwesende Tier gelegt und gelacht. »Riech mal!« Sie haben nach dem puren Meer gerochen und nach Tod.

Er hat sich geschüttelt und ich mich auch. Aber ich bin noch nicht fertig gewesen. »Willst du ein Andenken von ihm? Er ist ein baumstarkes Tier, dann bekommst du etwas von seiner Macht.«

Seine Begeisterung hat ihn laut quietschen lassen. »Aber nichts ekliges, kein stinkiges Fleisch oder ein Matschauge.«

Niemals. Ich habe genau gewusst, was es für ihn sein soll. Einer von den enormen Zähnen.

»Halli, wirklich? Willst du mir einen Zahn schenken?«

»Ganz genau. Du wirst einen seiner Beißer bekommen, Odd!«

Es ist schwerer gewesen, als ich gedacht habe. Ich habe nicht irgendeinen gewollt, den Größten habe ich ihm pflücken wollen.

Es hat bestimmt eine Stunde gedauert, bis ich ihn ein wenig gelockert habe. Ab diesem Moment bin ich mir sicher gewesen, er ist reif, reif für die Ernte.

Odd hat neben mir gestanden und mich angefeuert. Das hat mir Kraft gegeben. Plötzlich hat es laut geknackt, der Zahn hat sich gelöst und beim Herausbrechen habe ich mir mit der scharfen Kante quer über die Wange gezischt. Hat richtig geblutet, aber das ist mir vollkommen egal gewesen. Odd hat sich Sorgen um mein Gesicht gemacht und geweint.

»Hey, Lillebror, nix zu heulen. Freu dich, du kleiner Scheißer!« Ich habe den Zahn im Meer säubern wollen, aber das hat Odd nicht gestattet.

»Bitte lass ihn so, mit deinem Blut, Halli.«

Er hat mich umarmt und fest an sich gedrückt.

Mein Gesicht ist nass, als die Bilder enden. Mein Herz fühlt sich wie ein kantiger Stein an, der bei jedem Schlag in meine Brust sticht.

Die hinkenden Schritte nähern sich, geistesgegenwärtig ziehe ich die Tür des Verschlages zu und schalte die Taschenlampe aus. Etwas in mir will bersten, ein Schmerz, der weit hinten geschwelt hat, drängt in mein Bewusstsein. Der Orcazahn fühlt sich an wie aus Eis. Vorsichtig berühre ich die Narbe auf meiner Wange, sie ist unter dem Bart verborgen, so gut, dass ich sie vergessen habe.

Mein Hirn spielt verrückt, ich sehe Szenen, ungeordnet und wirr, als gehören sie nicht zu mir.

Die Schritte verstummen direkt vor der Kammer. Nur eine Armlänge und die alte Tür trennen uns. Er schnauft oder ist es Schluchzen?

Die Luft im Verschlag wird immer drückender. Ich kann kaum atmen, meine Lunge lechzt nach Sauerstoff. Was macht er da? Lange halte ich es nicht mehr hier drinnen aus. In meinem Kopf dröhnt es. Ich muss raus.

Endlich höre ich erneute Schritte. Er verlässt die Küche, öffnet die Haustür und stapft die Stufen im Stakkato hinunter, danach ist nur noch Schnee, der unter seinen Schuhen knarzt, hörbar. Immer weiter entfernt sich das Geräusch, bis es still ist.

Vorsichtig drehe ich den Knauf, krieche hinaus, sauge Luft ein und ziehe mich mit einer Hand am Tisch hoch. Hier kann ich nicht bleiben. So leise wie möglich schleiche ich aus der Küche, durch die Tür ins Freie.

Auf der Treppe blicke ich mich um. Mein Herz bleibt stehen. Von rechts kommend rennt er mit dem Ruder in den Händen auf mich zu.

Er humpelt, er …

»Odd, nein!«, krähe ich atemlos, springe die letzten Stufen mit einem Satz herunter und stürme nach links, Richtung Bootsanleger.

Jäh vernehme ich einen Knall und ein brennender Schmerz am Hinterkopf wirft mich auf die Knie.

»Halli? Karl Halvorsen, bist du das?«, höre ich seine erschrockene Stimme.

Dann gehen die Lampen aus.

Vor Kälte schlotternd öffne ich die Augen. Mein Hinterkopf schmerzt, als habe er die Mutter aller Beulen kassiert. Der Schnee unter mir ist dunkel durchtränkt vom Blut. Scheiße! Vorsichtig setze ich mich auf. Wo ist er? Noch begreife ich nicht, was gerade passiert ist, doch ich habe seinen Namen gerufen.

Odd.

Der Klang erfüllt mich mit Erinnerungen, die eine alte Wunde aufreißen. Eine halbe Ewigkeit sind sie darin konserviert geblieben. Nun ist sie wieder geöffnet und der Inhalt schwemmt zurück in mein Bewusstsein. Ist das wirklich Odd gewesen? Er hat meinen Namen ausgesprochen, bevor die Welt schwarz geworden ist. So gut wie niemand kennt meinen Geburtsnamen Halvorsen und den Spitznamen Halli hat er mir verliehen. Er muss es sein.

Umständlich rappele ich mich auf, alles dreht sich und ich spucke das hinuntergeschlungene Sandwich in den Schnee. Keuchend leuchte ich die Umgebung ab, er ist nicht zu sehen. Ich hoffe, er kommt nicht zurück und benutzt das verfluchte Ruder noch einmal.

Wenn man pausenlos Entscheidungen trifft, muss man akzeptieren, dass nicht jede ein Treffer ist. Meine Nächste gehört vermutlich in die Kategorie, bei der man sich hinterher fragt, wie hirnverbrannt man sein kann.

Statt der Gefahr zu entkommen, laufe ich ihr entgegen. Die Spuren im Schnee führen tiefer auf die Insel und niemand ist hier, um mich davon abzuhalten.

Nach fünf Schritten stelle ich diese Entscheidung infrage. Mein Herz pumpt, mir ist schwindelig, in diesem Zustand gebe ich ein leichtes Opfer ab. Aber der todesmutige Karl muss diesen Spuren folgen und in den Abgrund blicken.

Ich setze einen Fuß vor den anderen, mit jedem Atemzug wachsen Bilder aus meinen Erinnerungen, erhalten Farbe und ich sehe Odd, sehe uns zusammen.

Ein unerträglicher Gedanke keimt in mir auf. Ist er der Junge, der sein Blut gegen die Wände der Kammer gestempelt hat? Nein! Es muss eine andere Erklärung geben. Odd darf es nicht sein.

Ich greife nach dem Orcazahn in meiner Manteltasche. Wie ist er in den Verschlag des Rorbus gekommen? Ich bin ganz sicher, es ist der Zahn, den ich ihm geschenkt habe. Vielleicht hat er nur Unterschlupf im verlassenen Haus gesucht? Ich weiß es nicht, tausend Möglichkeiten kommen infrage, und ich bin bereit, alle zu glauben, so lange er nicht der Junge aus der Kammer ist.

Blut läuft mir über den Nacken in den Kragen des Mantels. Ich sollte zurück, aber dafür ist es zu spät. Ich will zu ihm. Der Drang in meinem Inneren zerrt mich weiter.

Vor einer Gruppe hochgewachsener Kiefern geht mir die Puste aus, ich lehne mich gegen einen der Baumstämme, rutsche herunter, bis ich sitze und Atem schöpfen kann.

Die Taschenlampe fällt mir aus der Hand und geht aus. Mit steifen Fingern durchwühle ich den Untergrund, der im Schutze der Nadelbäume kaum Schnee abbekommen hat. Meine Hand greift etwas, es ist nicht, wonach ich suche.

Im spärlichen Licht der Mondsichel versuche ich zu erfühlen, was es ist, und weiß es längst, nur mein Verstand weigert sich, die Information durchzulassen. Hektisch beginne ich nach der Lampe zu suchen, ertaste sie und leuchte auf den Gegenstand in meiner Hand.

Ein menschlicher Oberschenkelknochen.

Welchem Machwerk der Fantasie bin ich diesmal erlegen? Mein erster Impuls ist zu lachen, bis mein Kopf dröhnt, der nächste bringt mich zum Weinen, weil ich weiß, es ist keine Vision.

Erschüttert schließe ich die Augen, nichts will ich mehr zutagebringen. Alles, was wir gefunden haben, deutet auf ihn, jedes Indiz belastet meinen Freund und Bruder, Odd. Doch ich kann die Augen nicht vor der Wahrheit verschließen und dirigiere den Lichtstrahl auf den Stamm der Kiefer, an der ich lehne, leuchte Stück für Stück weiter nach oben. Der helle Kegel erfasst die schneebedeckten Zweige und bringt sie zum Glitzern. Eine Ahnung treibt meinen Puls an, bis mir speiübel ist. Langsam richte ich die Taschenlampe in die ausladende Krone des Baumes. Dort hängt etwas. Es besitzt einen nackten Schädel, einen skelettierten Arm ohne Hand und ein blankes Bein, dem der Fuß fehlt. Ein zerfleddertes Stück Stoff umflattert die Überreste des Leichnams.

»Hast du das getan, Odd?«, flüstere ich und beleuchte den Erdboden, auf dem ich kauere.

Überall um mich herum liegen Knochen.

15. Besinnungslos

»Halli, wach auf!« Ist er es wirklich? Habe ich ihn getötet?

Ich falle auf die Knie und weine, weil die Erinnerungen wie Spiegelungen der Vergangenheit durch mein Bewusstsein flackern. Wie will ich sicher sein, dass er es wahrhaftig ist? Er ist ein erwachsener Mann mit schwarzem Bart und Falten im Gesicht. Doch niemand kennt meinen ersten Namen, er muss es sein.

Aufgeregt öffne ich die oberen Knöpfe seines Mantels, greife in die Brusttasche des Hemdes und ziehe die Brieftasche heraus. Damit laufe ich ins Haus, entzünde die Öllampe und hole alles aus der Börse.

Karl Rasmussen steht auf seinem Ausweis. Lieber Gott, natürlich! Er hat einen neuen Namen erhalten, weil sie ihn adoptiert haben. Elin und Leif Rasmussen.

»Warum bist du hier, Halli?«, flüstere ich.

Fieberhaft durchsuche ich die anderen Papiere, bis ich auf etwas stoße, das mir den Atem stocken lässt. Ein Dienstausweis der Kriminalpolizei Leknes. Halli ist bei der Polizei? Ist er gekommen, um mich zu verhaften? Ich kann keinen klaren Gedanken fassen, aber ich weiß, ich muss mich verstecken. Sofort.

Schnell stopfe ich die Sachen zurück in seine Brieftasche,

raffe ein paar Dinge zusammen, lösche die Lampe und schließe die Tür hinter mir. Halli liegt noch immer dort, bewusstlos. Sanft drücke ich meine Finger an seinen Hals. Er lebt und wird seine Sinne wiedererlangen.

Inzwischen weiß ich, wann jemand hinübergegangen ist. Er ist es nicht. Eilig stecke ich die Börse zurück in seine Hemdtasche, schließe die Knöpfe seines Mantels, damit er nicht krank wird, und laufe los.

Panisch flüchte ich in die finstere und nasskalte Grotte, die inmitten von Felsen auf der nördlichen Seite der Insel gelegen ist. Es friert mich, ich bin gefangen in der Höhle und meinen Gedanken. Ich will zu Halli, nichts will ich so sehr. Gleichzeitig spüre ich etwas, das ich nicht fühlen will. Er ist mein Freund, mein Bruder, und doch ist er es nicht. Zur Rede stellen will ich ihn, ihm alles offenbaren und mich mit ihm versöhnen. Aber er wird mich einsperren. Er hat mich verlassen, ohne sich zu verabschieden. Mutter und Vater hat er mir genommen und meine Zukunft. Alles hat er sich einverleibt und mich vergessen. Ein stattlicher Mann ist aus ihm geworden, ein Kriminalpolizist. Sicher besitzt er ein schönes Haus, hat eine engelsgleiche Frau und zwei hübsche Kinder.

Mit Schmerzen erinnere ich mich an uns, wie wir zusammen gewesen sind. Geeinte Seelen. Er ist mein Fels gewesen. Dann ist er fortgegangen. Wie habe ich nur glauben können, dass er mich geliebt hat?

Je länger ich darüber nachdenke, desto gewaltiger flammt Zorn in mir auf. Tränen strömen aus meinem bitteren Herzen. Schreien will ich und zur gleichen Zeit sehne ich mich nach Halli. Wie ist das möglich?

Wie soll ich ihm verzeihen, dass ich zu einem Mörder geworden bin? Niemand wird fragen, warum ich das getan habe, und niemand wird es verstehen. Und jetzt ist er hier, um für Gerechtigkeit zu sorgen, ausgerechnet er. Was für eine Ironie.

Während ein Krieg in mir tobt, sucht meine Hand nach dem Orcazahn in meiner Tasche. Er ist nicht da, muss in der Kammer sein. Ja, ich habe ihn in die Ritze gesteckt, als ich von Tobi zurückgekommen bin. Für nichts habe ich sie getötet. Doch es sind Hallis Hände, an denen ihr Blut klebt.

Bebend schleiche ich aus der Höhle. Jetzt, wo ich ihn gesehen und begriffen habe, was er im Schilde führt, muss ich mich ihm entgegenstellen. Er ist nicht der, für den ich ihn gehalten habe. Nie ist er das gewesen. Gott muss das Schwert für mich führen, wenn ich zögere.

Doch erst muss ich den Zahn aus der Kammer holen, dann werde ich ihm ins Gesicht blicken.

Als ich mich dem Rorbu nähere, vernehme ich ein widerwärtiges Lachen, das es mir kalt den Rücken herunterläuft. Schnell ducke ich mich hinter einen Felsen. Halli scheint meinen Spuren gefolgt zu sein und hockt unter einer der Kiefern.

Lacht er mich aus?

Ohne Geräusch schleiche ich mich näher, um zu erfahren, was ihn amüsiert. Er hält eine Taschenlampe in der Hand und leuchtet nach oben in den Baum. Gleich wird er sie entdecken und das Lachen wird ihm vergehen.

Still beobachte ich ihn und fühle Angst. Zwingen wird er mich, mit ihm zu kommen, und in ein Gefängnis sperren. Das darf nicht geschehen.

Auf einmal fällt die Lampe aus seiner Hand und sein Oberkörper gleitet schlaff zu Boden. Halli hat wieder die Besinnung verloren.

Sofort renne ich los, um den Zahn zu holen. Den machtvollen Walfischzahn, mit dem er schon einmal Bekanntschaft gemacht hat. Ich muss mich beeilen, er darf das Bewusstsein auf keinen Fall wiedererlangen.

Außer Atem reiße ich die Kammertür auf und erfasse auf den ersten Blick: Der Zahn ist weg. Aber das ist unmöglich, ich habe ihn in die Ritze gesteckt, wo ich ihn immer aufbewahre. Halli muss ihn gestohlen haben.

Was soll ich nun verwenden? Ein Messer? Das fühlt sich nicht richtig an, immer habe ich den Orcazahn benutzt. Mir bleibt keine Wahl. Hastig greife ich das massive Filetiermesser aus der Schublade und jage hinaus, zurück zu Halli, dem Teufel und Dieb meines Lebens.

Erst renne ich, durchdrungen von Hass und dem Verrat, den er an mir begangen hat. Mein Herz klopft immer unruhiger und ich verlangsame die Schritte. Er ist kein Lamm oder eines der namenlosen Opfer, die ihr Blut unter meinen Händen gelassen haben. Es ist Halli.

Zaudernd schleiche ich um ihn herum, sehe mir seine Kleidung und sein Gesicht an. Er sieht erbärmlich aus, wie er besinnungslos vor mir liegt, fast spüre ich Mitleid. Eiskristalle haften an seinen geschlossenen Lidern, seine Haut wirkt grau und leblos, als ginge keine Gefahr von ihm aus. Mutter Ruth hat mich gelehrt, die unheilvollste Eigenschaft des Widersachers ist seine Tarnung. Er flüstert, er verführt, er lächelt und sieht wie ein unschuldiges Lamm aus. Doch hinter der Fassade verbirgt sich die Finsternis.

Was werde ich unter der heldenhaften Erscheinung meines einstigen Bruders entdecken? Schicht für Schicht werde ich seine verlogene Existenz entblößen. Schmerz soll er erfahren, jede seiner Zellen soll brennen. Auge um Auge, Halli!

Diese Gedanken stärken mich. Wer ist er, dass er mir hinterherjagt, mich festnehmen will, dieser Lügner? Ist er etwa der Gerechtere von uns beiden? Unbescholten und reinen Herzens? Ich halte mir die Hand vor den

Mund, um nicht zu schreien. Der Schmerz in mir brennt, als stünde ich im Feuer. Wenn sein Leben ausgelöscht ist, werde ich nie mehr an ihn denken. Alles wird enden. Zu kalter Asche wird er werden und zu Staub, zu einem bedeutungslosen Partikel unter meinem Schuh.

Steche ich ihm die Klinge ins Herz? Oder in den Hals und sehe zu, wie sein heuchlerisches Leben dahinfließt? Gott, diese Vorstellung erfüllt mich mit Freude. Wie ein wütender Stier stoße ich Nebelwolken in die Luft. Er wird in die Hölle fahren.

Tränen laufen über meine Wangen, ich bete um Kraft. Die Erinnerung an damals, als er fortgegangen ist und mich zurückgelassen hat, drängt sich in mein Herz und ich schluchze laut auf.

Er ist gekommen, um zu sterben. Sieh ihn an, diesen Verräter, er ist dem Tod geweiht und weiß es nicht. Gleich wird es vollendet sein.

Gott hilf mir!

Breitbeinig stelle ich mich über ihn, das Messer fest umklammert, da höre ich Stimmen hinter mir.

16. Eine Million Gründe

»Da bist du ja wieder«, sagt eine unbekannte Stimme. Meine Augenlider flattern wie die Flügel einer sterbenden Motte.

»Hei Karl, ich bin Dr. Angelik Sinason.« Er lächelt und eine Reihe blendendweißer Zähne kommt zum Vorschein.

Ich will etwas sagen wie: *»Zum Teufel, wo bin ich?«* Doch ich weiß, wo ich mich befinde. In einem Krankenhausbett, mit den mörderischsten Kopfschmerzen meines Lebens.

Dr. Sinason reicht mir eine rote Schnabeltasse. »Nicht bewegen, nur ausruhen und trinken!«

Natürlich will ich nicht liegenbleiben und hebe den Kopf einen Millimeter. Sofort hämmert es in meinem Hirn, als habe man mir einen Presslufthammer implantiert. Trotz der dämlichen Tasse habe ich auf die Bettdecke gekleckert.

Der Doktor zieht ein gelbes Stofftaschentuch aus seiner Brusttasche und tupft die Tropfen beflissen weg. Dann faltet er es zusammen, steckt es sich in die Hosentasche und lächelt mich schon wieder an.

Bilder von Odd pulsieren durch meinen schmerzenden Kopf. Ich muss hier raus und zwar sofort.

»Also Karl, du weißt doch, dass du Karl heißt?«

»Mein Name ist Karl Halvorsen, ich bin am 3. November 44 Jahre alt geworden. Ich bin nicht verheiratet, habe eine uneheliche Tochter in Deutschland und fahre einen Passat. Du trägst blaue Kontaktlinsen, eine gelbe Krawatte und ein rotes Hemd unter dem Arztkittel. Reicht das?«

Sein Lächeln schwindet und er greift nach der Krankenakte. »Hier steht Rasmussen, nicht Halvorsen.« Er blickt mich tadelnd an.

Warum habe ich Halvorsen gesagt?

»Ach, das ist mein Geburtsname. Natürlich Rasmussen«, sage ich, als handele es sich um ein banales Versehen.

»Du hast einen ziemlichen Schlag eingesteckt, eine Gehirnerschütterung führt zuweilen zu Fehlfunktionen. Das wird wieder und die Wunde haben wir tadellos verschließen können.«

»Wann kann ich hier raus?«

»Wieso habe ich geahnt, dass du das sagen würdest? Du befindest dich mitten in einer Ermittlung, stimmt's? Jemand hat dich hinterrücks niedergeschlagen. Bum!« Zur Veranschaulichung lässt er seine Faust durch die Luft sausen.

Was würde er wohl veranstalten, wenn ich angeschossen worden wäre? »Es geht mir hervorragend, ich bin in der Form meines Lebens.«

Er sieht mich skeptisch an. »Karl, eine Nacht musst du schon bleiben, wir möchten dich beobachten.«

»Aber klar, Doktor, wenn du es sagst.«

Endlich ist er weg. In meinem Schädel brummt und sticht es, nicht nur wegen der Schmerzen.

Unvermittelt taucht ein Gesicht in der Tür auf. Es ist Catalina Andreassen, die Möchtegern-Kautionskassiererin. Sie blickt mich an, grinst und ist wieder verschwunden.

Wo ist mein Handy? Wahrscheinlich befindet es sich

im Schrank, auf der anderen Seite des Raumes.

Wie ich an mein Telefon gekommen bin, möchte ich ungesagt lassen. Nur so viel, es hat mich dazu gebracht, auf dem Krankenhausboden herumzukriechen, aber ich habe es. Umständlich wähle ich die Mobilnummer von Luca.

»Ja?«

In diesem Moment öffnet sich die Tür und sie betritt, verpackt in ihrem roten Daunenmantel, das Krankenzimmer. Was für ein Timing. Mitten im Zimmer stehend, versuche ich, das rückseitig geöffnete Flügelhemdchen zusammenzuraffen, bekomme die Enden nicht zu fassen und werfe mich ersatzweise mit dem nackten Hintern aufs Bett. Eine dumme Idee. In meinem Dachzimmer ist Karussellfahren angesagt.

Sie beobachtet die Szene und scheint sich nicht entscheiden zu können, ob sie lachen oder schimpfen soll. »Karl! Was stimmt nicht mit dir? Warum springst du wie Bambi durchs Zimmer? Du musst dich hinlegen, du hast eine …«

»Gehirnerschütterung«, bringe ich ihre Predigt zu Ende.

Sie schaut mich verständnislos an.

»Bitte mach mir keinen Ärger. Ich ziehe mich jetzt an und dann fährst du mich zur Wache.«

»Bist du so entlassen worden? Hast du mal in den Spiegel gesehen?«, fragt sie kopfschüttelnd.

»In der Wache liegt bestimmt eine Mütze, wird schon gehen.«

»Aber …«, setzt sie erneut an.

»Bitte!« Ich setze den drolligsten Hundeblick auf, zu dem ich fähig bin. Wahrscheinlich sehe ich wie ein Straßenköter aus, der unter die Räder gekommen ist. Also herzerweichend, so einen muss man mitnehmen, oder?

»Karl, du bist eine wandelnde Katastrophe!«, sagt sie

unwillig. »Ich warte dann draußen im Flur.«

Ehe sie sich umdreht, wirft sie einen vielsagenden Blick auf mein Flügelhemd. Sie hat meinen Hintern gesehen, was wetten wir?

Schweißgebadet verlasse ich das Krankenzimmer. Die letzte Viertelstunde, die ich damit zugebracht habe, mich anzuziehen, streiche ich aus meinen Erinnerungen.

Luca springt vom Stuhl, läuft auf mich zu, bremst in letzter Sekunde ihre hilfsbereite Hand, die mich stützen will. Wir schreiten durch den langen Korridor, zwei junge Krankenpfleger werfen ihr derart flammende Blicke zu, da hake ich mich doch bei ihr ein. Wie sie mich daraufhin ansieht, ist ein Schnappschuss für die Ewigkeit.

»Du verfluchter Idiot! Ich habe einiges mit dir zu bereden. Zum Beispiel, wieso du allein nach Mosken gefahren bist?« Ihre Pralinenaugen haben eine neue Farbe, sie glühen.

»Kannst du mich bitte etwas leiser anbrüllen?«

»Nein, kann ich nicht, du lebensmüder Hohlkopf«, faucht sie und offenbart ihr betörendes italienisches Temperament.

Die Leute in der Empfangshalle drehen sich neugierig um. Es fühlt sich sehr speziell an, am Arm von Luca zu hängen, während sie mich zusammenscheißt.

Irgendwie haben wir es durch das Schneetreiben bis zu ihrem Wagen geschafft. Sie bugsiert mich hinein, als sei ich ein Sack Kartoffeln. Drinnen schnallt sie mich an, startet aber den Motor nicht.

»Du schuldest mir eine Erklärung!«, eröffnet sie die Anklage. »Ich habe gestern in der Wache gesessen, über Stunden das Täterprofil erstellt und nicht einmal bemerkt, dass du weg bist. Auf der Suche nach dir bin ich ins *Ragnarök* gefahren und habe von Bjorn erfahren, dass du nach Mosken abgedampft bist. Warum zum Teufel?« Sie schaut mich nicht an und richtet ihren Ärger auf den Fjord, der nur noch durch kleine Gucklöcher auszumachen ist, weil der Schnee die Autoscheiben immer mehr bedeckt.

»Du hast die Analyse gemacht?«, frage ich, um Zeit zu schinden.

»Karl!«

Verlegen presse ich die Hände aufeinander. Wir haben keine Zeit für Gerangel. Irgendwann muss ich ihr die Wahrheit sagen, dann eben jetzt.

»Das Ruder. Ich habe es auf der Insel vergessen. Deshalb und aus einer Million anderer Gründe, bin ich losgefahren, um es zu holen.«

»Beginnen wir mit der Million Gründe.«

»Dein Ernst? Jetzt? Wir müssen zur Wache, Luca. Es ist dringend.«

Sie schaltet die Zündung des Wagens an, betätigt den Scheibenwischer, der den Schnee vom Glas wischt. Aber den Motor startet sie nicht.

»Wenn du mich nicht informierst, wird es schwierig, den Fall zu lösen«, sagt sie eisern und sieht wieder hinaus.

Ich weiß nicht, wie weit ich Pandoras Büchse öffnen soll. Eine Überdosis und sie kickt mich aus dem Wagen. Sage ich zu wenig, wird sie ewig nachhaken und mich verrückt machen.

»Dass du deinen Partner vor drei Monaten verloren hast, habe ich gestern von deinem Team erfahren. Tut mir wirklich sehr leid für dich. Wenigstens begreife ich jetzt, warum du dich mir gegenüber wie ein Arschloch verhältst.«

Die Kollegen haben ihr von Petters Tod erzählt? Das habe ich ihnen nie berichtet und sie alle unterschätzt.

Luca sieht mich an und in ihren Augen lodert ein wütendes Feuer. »Du weißt nicht, warum ich hier bin, oder? Eigentlich habe ich keine Lust, dir das zu erzählen, aber wir sind ja dabei uns besser kennenzulernen, richtig?« Sie blickt mich fragend an und ich nicke stumm.

»Ich habe einer Zeugin zur Flucht verholfen, weil sie Morddrohungen des Beschuldigten erhalten hat, der wegen Mordes angeklagt gewesen ist.« Luca zieht die Augenbrauen hoch und verschränkt die Finger ineinander.

»Wirklich?« Alles habe ich ihr zugetraut, aber nicht, dass sie etwas Zweifelhaftes im Repertoire hat.

»Die Zeugin ist in Lebensgefahr gewesen und natürlich habe ich ihre Aussage aufgezeichnet, aber das ist nicht gut angekommen. Frida hat mich vom Fall abziehen lassen und als Maßregelung hierher abkommandiert. Ist das nicht zum Totlachen? Um mich zu rehabilitieren, soll ich dich im Zaum halten, Karl. Doch kaum sehe ich eine Minute nicht hin, hast du einen halsbrecherischen Alleingang hingelegt. Weißt du, wie wütend mich das alles macht? Nun hocke ich in dieser Miniaturwache, teile mir ein Büro mit dir, der Erinnerung an deinen toten Partner und deinem überdimensionierten Ego. Als wäre das nicht genug, trolle ich mich abends ins Hotel. Wenn ich etwas hasse, ist es, aus dem Koffer zu leben. Also erzähl mir jetzt alles! Und mit alles meine ich alles!«

Da sind sie, die scharfkantigen Worte aus ihrem rosenumrankten Mund. Ich habe geahnt, sie ist kein Püppchen, und ihre äußere Schönheit bei Weitem nicht das Attraktivste an ihr. Ich bin beeindruckt von ihrem Wagemut und zugleich stinksauer, dass Frida sie mir als Aufpasserin geschickt hat. »Bitte beantworte mir nur eine Frage: Wie bin ich ins Krankenhaus gekommen?«

»Bjorn hat mich auf seiner Edna nach Mosken gefahren. Collin und James, die beiden jungen Männer aus dem *Kafe,* haben uns begleitet. Nachdem wir überall nach dir gesucht haben, ist uns zum Glück das Licht der Taschenlampe aufgefallen.« Sie blickt mich vorwurfsvoll an.

»Wenn du nochmal auf so eine blöde Idee kommst, bin ich weg.«

Ihren Schreck hat sie in Wut verpackt und ich kann ihr das nicht verübeln. »Es tut mir wirklich leid, Luca.«

»Angekommen«, sagt sie etwas milder und sieht wieder auf den Fjord. Sie wartet auf die eine Million Gründe.

Es fällt mir schwer, Worte zu finden, für sie und ebenso für mich. Unzählige Jahre habe ich die Erinnerungen an meine Kindheit blockiert, bis sie nicht mehr existent gewesen sind. Die Wahrheit lässt sich nie verleugnen. Sie findet ihren Weg. Immer.

Nun begreife ich, warum ich die Schönheit der Inseln nicht habe sehen können. Sie haben das Gewesene beherbergt. Ausgerechnet hierhin hat mich mein Weg verschlagen.

»Als ich sechs Jahre alt gewesen bin, sind meine Eltern bei einem Autounfall ums Leben gekommen«, beginne ich an der Stelle, die mir richtig erscheint.

Während meiner Schilderung sieht sie mich nicht an und hört mir aufmerksam zu. Auch, als meine Stimme brüchig wird, weil ich von Odd erzähle, unserer brüderlichen Freundschaft und der Zeit im Kinderheim in Ramberg, bleibt ihr Blick nach vorn gerichtet. Ich spreche von unseren Abenteuern, dem Orcazahn und der innigen Verbindung zwischen uns. Als ich von dem Tag berichte, an dem sich Elin und Leif Rasmussen für mich entschieden und mich gegen Odd eingetauscht haben, wischt sie sich eine Träne von der Wange.

»Meine Adoptiveltern haben mich nach Oslo gebracht, ich habe Odd nie wiedergesehen.« Ich atme tief durch: »Bis wir uns gestern auf Mosken begegnet sind. Er ist es gewesen, der mich niedergeschlagen hat«, schließe ich den Bericht.

Sie dreht den Kopf zu mir, Tränen haben Spuren auf

ihren Wangen hinterlassen. »Bist du sicher, es ist Odd?«

Begleitet von der brennenden Empfindung, Verrat an ihm zu begehen, ziehe ich den Zahn aus der Manteltasche und halte ihn ins Licht.

Sie flüstert: »Es tut mir leid, Karl.«

Noch versuche ich, zu leugnen, dass Odd ein Mörder ist. Denn bisher fehlen die Beweise.

Endlich startet sie den Motor und fährt zur Wache.

17. Dämonen

Wer sind diese Narren, die ihn gesucht und fortgebracht haben? Je länger ich darüber nachdenke, desto sicherer bin ich, dass jeder, der sich an Hallis Seite befindet, sein Komplize ist. Sie alle haben sich gegen mich verschworen.

Die letzten Stunden der Nacht verkrieche ich mich in der Grotte und flehe den Allmächtigen an, mir Kraft zu geben. Noch immer findet ein Kampf zwischen Sehnsucht und Abscheu in mir statt.

Ich stelle mir vor, wie ich der Schwachheit entwachse, eine Metamorphose, an deren Ende ich keine Ähnlichkeit mehr mit Odd haben werde. Halli hat nur den wehrlosen Jungen gekannt, neben ihm hat er sich stark gefühlt. Er soll Mikael kennenlernen, der ihm das Fürchten beibringen wird.

Irgendwo findet ein Irrtum in meinen Gedanken statt. Ich spüre, Gott will mir etwas mitteilen, aber ich weiß nicht, was es ist. Möglicherweise hat er diese Leute auf die Insel geschickt, damit ich Halli nicht töte.

Nur einen Herzschlag bin ich davon entfernt gewesen, dann haben sie mich aufgehalten.

Oder ist es Gott selbst gewesen? Was will er mir sagen?

Als ich am Morgen aus der Höhle schleiche, sehe ich Dämonen auf der Insel. Sie sind in mein Haus gedrungen, wühlen in meinen Sachen und zerstören meinen Zufluchtsort. Eine weitere Gruppe ist bei Mutter Ruth. Sie sind in weiß gekleidet wie Bräute des Teufels. Sie stehlen ihren Leichnam, danach öffnen sie Vater Isaaks Grab.

Schick sie fort, flehe ich den Herrgott an, *bitte schick sie fort*. Nach endlosen Stunden setzen sie sich in ihre Boote und verschwinden.

Wie von Sinnen stürme ich über die schneebedeckten Felsen, überall sehe ich die Spuren. Halli hat sie hergelockt und sie werden wiederkommen. Sie wollen mich holen.

Das Haus ist nicht mehr meins, nie ist es das gewesen. Und doch ist es das einzige Nest, das ich gehabt habe. Durch jedes Zimmer laufe ich, sehe mich und Mutter Ruth, wie wir Jahr um Jahr am Küchentisch gesessen, immer die gleichen Gebete gesprochen haben. Ich vernehme ihren Tadel, der mir garantiert gewesen ist, und spüre die Kälte, die uns umgeben hat.

Weinend krieche ich in die Kammer und weiß, es sind die letzten Tränen, die ich auf dem fleckigen Boden hinterlasse. Gleichzeitig spüre ich Odd, den Taugenichts, in mir atmen und verachte ihn. Er begräbt die alten Hoffnungen nicht, wünscht sich Halli, haftet an leblosen Erinnerungen. Odd muss weichen, damit Mikael geboren werden kann.

»Geh, du musst den Weg freimachen«, flüstere ich und will ihn schlagen.

Entschlossen krieche ich aus dem Verschlag und greife Vater Isaaks Filetiermesser. Ich habe die Wahl. Hier und jetzt kann ich mein Leben beenden, um dem Schmerz zu entfliehen. Dann werde ich auf ewig verflucht sein und Gott wird mich ins Fegefeuer verdammen. Selbst richten darf ich mich nicht. Also entsage ich der Schwäche, der Ängstlichkeit und dem Versagen.

»Odd, deine Zeit ist vorbei«, brülle ich, platziere meine Hand mit der Rückseite auf dem Tisch und stoße die Klinge hinein, bis sie auf Holz trifft. Blut fließt und mein altes Ich beginnt mich unter Schmerzensschreien zu verlassen.

Zum letzten Mal weine ich um Halli, meinen Bruder, um Freydis, Tobi und die vielen anderen, die ich geopfert habe, um vor Gott Gnade zu erfahren. Sie alle sind für Odd gestorben, um seine Sünden zu sühnen. Nun hat auch er sein Dasein vollendet und ist fort. Ich schäme mich, nun da ich erkenne, wie töricht er gewesen ist.

Eine Weile schaue ich zu, wie das Blut aus der Wunde strömt. Je mehr es sich auf dem Boden sammelt, desto geläuterter fühle ich mich. Es ist genug. Fest verbinde ich die Hand. Die Wunde soll mich immer daran erinnern, wer ich bin.

Eilig raffe ich wenige Sachen zusammen, stopfe sie in meinen alten Schulrucksack und haste zum Bootshaus, aus dem ich den Benzinkanister hole.

Als ich das Streichholz in die Kammer werfe und die Flammen sich der Tränen und des Blutes ermächtigen, begreife ich: Dieses Leben ist beendet. Nie wieder will ich gefangen sein, schwach und hilflos.

Draußen beobachte ich, wie sich das Feuer durch das Rorbu frisst und jedes Klagen, Scheitern und alle Sünden für nichtig erklärt.

Odd ist gestorben, wie seine Albträume es vorhergesagt haben, die Flammen sind mächtig und löschen seine Existenz aus.

Für immer.

18. Herzenge

Die gesamte Mannschaft erwartet uns im Vorzimmer und begrüßt mich, als wären sie ehrlich froh mich zu sehen. Emilie strahlt mich mit glänzenden Augen an und drückt mir einen Beutel Lebkuchen in die Hand. Nie habe ich die Räume der Wache lieber und zur gleichen Zeit verzweifelter betreten.

Bereits fünf Minuten später bricht die Welt über mir zusammen, weil Luca, Ingvill und Mats mir berichten, was in der Zwischenzeit passiert ist. Zwei weitere Leichen sind gefunden worden. Die erste ist Freydis Omdahl, eine Bäckerin aus Sørvågen, sie ist heute früh mit Wunden in beiden Händen aus dem Fjord gezogen worden. Ertrunken laut Svenika Nielsen, die eine Sonderschicht eingelegt hat. Die Zweite ist eine pensionierte Lehrerin aus dem gleichen Ort, Tobi Ragnarsdóttir. Ihre Tochter hat sie am Morgen zu einem Arzttermin abholen wollen und die Tote gefunden. Die Aufnahmen des Tatortes drehen mir den Magen um, ihre Leiche ist grauenvoll entstellt.

Ist Odd zu so etwas fähig? Ich will es nicht glauben.

Das ist nicht alles. Die Spurensicherung hat das Grab auf Mosken geöffnet, den Leichnam geborgen und die Überreste des zweiten von der Kiefer geholt sowie die verstreuten Knochen eingesammelt. Auch das Ruder ist gefunden worden, alle Funde werden zurzeit untersucht. Noch dazu ist ein Feuer auf Mosken gemeldet worden, das alte Rorbu ist heute Nacht in Flammen aufgegangen.

Ich muss mich hinsetzen, mir ist so schlecht, ich kann mich kaum auf den Beinen halten.

»Habt ihr Frida informiert?«, frage ich und massiere mir die Schläfen.

»Sie erwartet deinen Anruf.« Ingvill sieht mich betreten an und zupft an den schwarzen Spitzen ihrer Mähne.

»Verdammt.« Mehr gibt es dazu nicht zu sagen.

Schweren Herzens ziehe ich den in ein Taschentuch gewickelten Orcazahn aus meiner Tasche. »Mats, bringst du den bitte sofort zum Institut?«

»Klar, Chef, bin schon unterwegs.« Er nimmt den Zahn in seine riesige Hand und nickt mir zu.

»Bevor ich Frida anrufe, würde mich das Täterprofil dringend interessieren, Luca. Können wir?«

»Natürlich«, stimmt sie zu, aber ihr Gesichtsausdruck sagt nein.

Wir setzen uns in das nun gemeinschaftliche Büro und sie öffnet die Aufzeichnungen auf dem Laptop.

Sie streicht sich eine Haarsträhne hinters Ohr und holt tief Luft. »Du hast gesagt, er ist mit zwei Jahren ins Kinderheim nach Ramberg gekommen, weil seine Mutter drogensüchtig gewesen und kurze Zeit später an einer Überdosis gestorben ist?«

»Das habe ich damals so verstanden. Vielleicht können wir noch Unterlagen aus dem Kinderheim anfordern?«

Ingvill ruft uns im Vorbeigehen zu: »Das ist vor zwei Jahren abgebrannt, mit allen Akten. Zum Glück ohne Verletzte.«

»Wirklich?«, entgegne ich, zu keiner Emotion fähig. Das Heim ist kein Ort, dem ich nachtrauere.

»Mich interessiert vor allem deine Einschätzung, Luca.«

Sie blickt mich an, in ihren Augen liegt ein bekümmerter Ausdruck. »Wenn es sich wirklich um Odd handelt, ist er zwischen sechs und acht Jahre alt gewesen, als er das Kinderheim verlassen hat und bei dem Paar auf Mosken aufgenommen worden ist. Das hat die Analyse der Fingerabdrücke in der Kammer ergeben. Die Spurensicherung hat Papiere gefunden, die das Ehepaar als Ruth und Isaak Fatland ausweisen. Über den Jungen gibt es nichts, auch keine Aufzeichnungen einer Adoption, wahrscheinlich haben sie ihn nie offiziell legitimiert. Er hat sehr isoliert gelebt, ob er die Schule besucht hat, wissen wir noch nicht. Unter dem Namen Fatland ist er nirgends gemeldet gewesen.«

»Sein Name ist Hamsum. Odd Hamsum«, rufe ich und erinnere mich, wie wir jeden Morgen im Heim zum Appell angetreten und kontrolliert worden sind, ob wir unsere Zähne geputzt haben und die Fingernägel sauber gewesen sind. Sie haben uns beim Nachnamen aufgerufen, sogar die ganz jungen Kinder.

»Moment, das überprüfe ich mit Ingvill.« Luca springt auf und läuft ein Büro weiter. Zehn Minuten später kommt sie zurück. »Es hat einen Mikael Hamsum in der Dorfschule in Sørvågen gegeben, er ist bis zu seinem 14. Lebensjahr in dieser Schule angemeldet gewesen. Genau dort, wo die ermordete Lehrerin bis zu ihrer Pensionierung unterrichtet hat. Ingvill spricht mit der Schule, ob Mikael ein Schüler von Tobi Ragnarsdóttir gewesen ist.«

Nun darf ich es nicht mehr leugnen, es kann sich um Odd handeln. Sørvågen liegt direkt gegenüber von Mosken, dann der Name Hamsum, der Orcazahn aus der Kammer und seine Anwesenheit auf der Insel.

»Mikael?«, spreche ich den Namen aus, der keinen Sinn ergibt.

»Anscheinend haben sie ihm den verliehen, damit er einen christlichen Namen hat.« Sie setzt sich zurück an den Schreibtisch.

»Luca, ich will wissen, ob er fähig ist, zu morden. Ist er in der Lage Menschen auf eine so bestialische Weise zu töten, wie Tobi Ragnarsdóttir zugerichtet worden ist?« Die Bilder von ihrer Leiche gehen mir nicht aus dem Kopf.

Sie sucht meinen Blick und hält ihn mit ihrem fest. »Ja, tut mir leid.«

Mein Kopf dröhnt, alles in mir schreit nein. Nicht er.

»Er ist über einen sehr langen Zeitraum psychisch misshandelt worden. Sie haben ihn eingesperrt und isoliert. Mit 14 Jahren ist er offenbar von der Schule genommen worden. Hinzu kommt, dass er früh damit angefangen hat, sich selbst zu verletzen. Die Fingerabdrücke aus Blut bestätigen das.«

Verstohlen wische ich mir über die Augen, sehe den jungen Odd vor mir und den erwachsenen Mann Mikael, der das, was ihm das Leben aufgeladen hat, als vernichtendes Echo zurücksendet.

»Die Kreuzigung, die im Schlafzimmer des Hauses stattgefunden hat, belegt, dass der Täter religiös motiviert getötet hat. Wenn wir nachweisen können, dass er Lasse Hallgrim und Freydis Omdahl aus dem gleichen Antrieb heraus umgebracht hat, stellt sich die Frage, warum er bei Tobi Ragnarsdóttir von diesem Muster abgewichen ist. Irgendwas ist da passiert.« Sie macht eine Pause, scrollt durch ihre Aufzeichnungen.

Luca vermeidet, seinen Namen auszusprechen, entweder aus Rücksicht oder weil uns die endgültigen Beweise fehlen. Doch nun tut sie es doch.

»Wenn es sich um Odd handelt, hat er wiederholte

Brüche erlebt und weder Selbstwert noch eine eigene Identität entwickeln können. Es hat keinen Vater gegeben, seine Mutter ist drogensüchtig gewesen. Darauf sind prägende Jahre im Kinderheim gefolgt, mit verlorenen Hoffnungen und tiefen Verletzungen. Schließlich, wie eine Manifestation der Ausweglosigkeit, hat das leidvolle Leben bei den Fatlands begonnen. Er muss seine Gefühle über einen langen Zeitraum unterdrückt haben, bis er angefangen hat, sie auf desaströse Weise auszuleben.«

Sie steht auf, geht zum Fenster und sagt: »Vermutlich hat er unter Anstrengung versucht, die ihm auferlegten religiös motivierten Regeln einzuhalten, um dann ständig gegen sie zu verstoßen. Dabei hat er sich immer wieder minderwertig und scheiternd erlebt. Das kann einen Menschen systematisch zerstören.«

Ihre Worte legen sich wie ein Würgegriff um meinen Hals. Ich fühle mich unendlich schuldig für das, was mit Odd geschehen ist. Ich bin nicht für ihn dagewesen, als er mich gebraucht hat.

Sie dreht sich zu mir. »Weißt du, was es bedeutet, wenn es Odd gewesen ist, der diese Menschen gekreuzigt hat?«

»Nein«, flüstere ich und will es nicht erfahren.

»Er hat sie geopfert, um nicht verloren zu sein. Und ich bin sicher, die Erste ist seine Pflegemutter Ruth Fatland gewesen, im heimischen Schlafzimmer hat er sie gerichtet. Dann hat er ihre Leiche an den Baum gehängt. Hier ist eine deutliche Aggression seiner Mutter gegenüber erkennbar. Er hat sie bloßgestellt.«

»Luca, das reicht erstmal. Danke für das prägnante Profil.« Mehr ertrage ich nicht.

Sie nickt und sagt mit sanfter Stimme: »Karl, ich spüre, wie schwer das für dich zu verkraften ist. Leider muss ich dir zwei Dinge sagen. Erstens: Wir haben es mit einem Täter zu tun, der außerhalb jeder Norm denkt.

Wenn es Odd ist, hat er das nie gelernt und entsprechend gefährlich und unberechenbar ist sein Verhalten. Zweitens: Du könntest zu seiner Zielscheibe werden.«

Zwanzig Minuten danach ist die Mannschaft zu einem späten Mittagessen ins *Ragnarök* aufgebrochen und ich nutze die Zeit, um Frida anzurufen.

»Hei Karl«, begrüßt sie mich warm, »wie geht es dir?«

»Das Essen im Krankenhaus ist vorzüglich gewesen«, sage ich findig.

»Sicher«, sagt sie, wie eben Frida gewohnt unlustig darauf reagiert. »Hör mal, ich komme morgen nach Leknes, damit ich mir einen Überblick verschaffen kann. Ich habe ein Zimmer im Scandic Hotel, in der Nähe der Wache.«

»Ach, wirklich?« Nicht gut, gar nicht gut, die Königin will höchstpersönlich erscheinen.

»Freust du dich nicht? Ich habe gedacht, wir können in eurem hochgepriesenen *Kafe Ragnarök* essen gehen?«

»Können wir.« Ich trommle so lange mit dem Kugelschreiber auf die Schreibtischplatte, bis sich ein weiteres Loch zum Holzwurmfraß gesellt.

»Wunderbar«, sagt sie unfroh und fügt hinzu: »Karl, eine Sache noch: Gunnar erwartet dich heute um 18 Uhr in der Praxis. Ich glaube, es ist gut, wenn du jetzt jemanden zum Reden hast. Bitte geh hin.«

»Früher bist du dieser Mensch gewesen«, sage ich, ohne nachzudenken.

»Das werde ich immer für dich sein. Aber ich bin keine Ärztin. Du brauchst mehr als ein paar offene Ohren, verstehst du?« Ihre Stimme klingt nun liebevoll und dennoch schwingt etwas darin, das mir nicht gefällt.

»Ich werde um 18 Uhr auf seinem Cordsofa sitzen.« Dieser Frau habe ich nie etwas abschlagen können.

»Pass auf dich auf, Karl. Wir sehen uns morgen.«

Sie hat aufgelegt. Wie immer beendet sie das Gespräch an einem Punkt, an dem ich noch etwas zu sagen gehabt habe.

Eilig werfe ich mir den Mantel über und gehe ein paar Schritte zum Wasser. Es hat aufgehört zu schneien, der bleischwere Himmel liegt auf meinen Schultern und drückt mir aufs Gemüt. Lange starre ich auf den Fjord, versuche den Druck im Inneren zu veratmen. Es gelingt nicht. Zwischen Frida und mir hat sich ein Graben geöffnet und ich weiß nicht, wie ich ihn überwinden soll. Sie gehört zu den wichtigsten Menschen in meinem Leben, ich will sie nicht verlieren. Wie auch immer ich das anstellen werde, eines Tages wird sie mich ebenfalls vermissen.

Nach einer halben Stunde spüre ich meine Zehen nicht mehr und trotte zur Wache. Die Kollegen sind zurück und füllen die Büros mit ihren Stimmen. Alle arbeiten mit Hochdruck an diesem Fall. So etwas hat es hier noch nicht gegeben und ich stecke so tief drin wie nie vorher.

Ich gehe zum kleinen Empfangsbereich. »Emilie, haben wir irgendwo Mützen?« Ich zeige auf meinen verbundenen Schädel.

Sie sieht von ihrem Aktenstapel auf und blickt mich fürsorglich an. »Wir haben nicht irgendwelche, hier sind zwei, die dir gehören.« Sie zieht die Schublade unter der Garderobe auf und reicht sie mir. Eine blaue und eine grüne. »Die blaue steht dir besonders gut.«

Ich drücke ihre Hand, nehme die von ihr empfohlene Mütze und setze sie auf. Emilie strahlt wie die Morgensonne. Ich weiß nicht, warum sie sich so nett um mich bemüht. Sie ist immer auf meiner Seite, selbst an meinen schlechten Tagen.

»Danke! Übrigens, deine Lebkuchen sind vorzüglich.«

Zum Beweis ziehe ich die weihnachtlich verzierte Tüte aus meiner Manteltasche und esse einen, ehrlicherweise den ersten. Er schmeckt wirklich fantastisch und so schiebe ich die anderen gleich hinterher und bringe sie zum Lachen. Das erste Mal.

Zurück in unserem Büro sage ich an Luca gewandt: »Weißt du es schon? Frida fliegt morgen nach Leknes.«

»Ernsthaft? Müssen wir etwas vorbereiten?«

Sie wirkt ehrlich überrascht und das erleichtert mich.

»Nein, das hast du schon auf herausragende Weise getan. Und, Luca: Vielen Dank fürs Rausschmuggeln aus dem Krankenhaus, vergesse ich dir nie.«

Sie lächelt, als freue sie sich über meine Worte. »Gern geschehen.«

Ohne es zu bemerken, habe ich aufgehört, Punkte zu zählen und die Pizza loswerden zu wollen. Ist das gut oder schlecht? Ein wenig von beidem, denke ich.

»Ich habe noch einen Termin in Flakstadøya, wir sehen uns morgen.«

»Ruh dich aus, Karl«, wirft sie hinterher und rückt sich die Lesebrille zurecht.

Ich schließe die Tür, rufe mir ein Taxi und lasse mich zu Gunnar fahren.

Als ich vor der Praxis stehe, ertönt der Summer, obwohl ich noch nicht geklingelt habe. Diesmal werfe ich mich nicht gegen die Tür, sondern öffne sie leise, schleppe mich die Treppe wie ein alter Mann hinauf und bleibe abermals vor dem Bibelspruch stehen.

Denn so hat Gott die Welt geliebt, dass er seinen einzigen Sohn gab, damit jeder, der an ihn glaubt, nicht verloren geht, sondern ewiges Leben hat.

Heute treibt er mir Tränen in die Augen, weil ich an Odd denke. Oben angekommen erwarte ich, erneut Gott zu sehen, aber es ist Gunnar Hansen, der im Eingang steht und mich anlächelt, als wolle er mich beißen. »Komm rein, Karl.«

Auf dem antiken Tisch vor der Psycho-Couch stehen Getränke, Schokolade und irgendwelche Knabbereien, als würden wir es uns gleich zusammen gemütlich machen. Ich seufze, heute fühl ich mich dem nicht gewachsen.

»Hei Gunnar.« Ich strecke die Hand aus, er nimmt sie und dirigiert mich zum Sofa, auf das ich mich setze.

»Ich muss wohl nicht fragen, wie es dir heute geht?«, beginnt er das Gespräch und setzt sich mir gegenüber auf seinen Doktorensessel. »Du siehst beschissen aus, wenn ich das anmerken darf.«

»Sorry, ich habe keine Zeit für Make-up gehabt«, werfe ich ihm entgegen. Wenn das so losgeht, bin ich gleich wieder weg.

Seine mehrfarbigen Augen blicken mich irritiert an. »Entschuldigung, das ist anders angekommen als geplant. Ich habe sagen wollen: Du siehst aus, als hättest du eine wirklich schlechte Zeit gehabt.«

»Das kann man so sagen.«

»Ist es dir möglich, mir einmal die ganze Geschichte zu erzählen?«, fragt er und macht es sich bequem.

Scheiße, deshalb der Kram auf dem Tisch, er will eine Nachtschicht einlegen. Aber ich bin so durch, sehne mich nach Hilfe und einem Menschen, der Weisheit in sich trägt, auch wenn er nicht meine erste Wahl dafür ist. Ich verstehe nicht, wie er mich erträgt. An seiner Stelle würde ich auf einen passenden Moment warten, um mich an der empfindlichsten Stelle zu treffen. Heute liefere ich ihm neuen Brennstoff, um mich kaltzustellen.

Obwohl ich Angst vor den Konsequenzen habe, öffne

ich Pandoras Büchse komplett und erzähle ihm vom Tod meiner Eltern, dem Heim, Odd, meiner Adoption, der Zeit in Oslo bei meiner neuen Familie und lasse keine Einzelheiten aus.

Er hört aufmerksam zu, unterbricht mich nicht, notiert hin und wieder etwas in sein Buch.

Als ich davon berichte, was gestern geschehen ist, kann ich beobachten, wie er die Gehirnzellen anstrengt und der Stift immer schneller über das Papier tanzt.

Irgendwann geht mir die Luft aus. Alles ist gesagt. Dem Unheil entgegenblickend, greife ich in die Schale mit Chips und stopfe mir den Mund voll. Vielleicht, damit ich nichts mehr sagen muss. Ich habe ihm alles geliefert, damit er Frida empfehlen kann, mich zu suspendieren.

Er schweigt noch immer.

Ich trinke ein Glas Cola, danach leere ich den Orangensaft und greife erneut in die Schale mit den Chips.

Er beobachtet mich und mein Gelage. Die Situation ist merkwürdig, ich überlege, aufzustehen und zu gehen. Es ist vorbei, ich habe verloren. Gunnar hat mich genau dort, wo er mich von Anfang an zu haben gewünscht hat.

Er steht auf, holt sich die karierte Wolldecke und hüllt sich darin ein. Frosthansen. Im Gegensatz zu ihm schwitze ich, bin kurz davor zusammenzuklappen. Gleich wird er etwas sagen, er räuspert sich. Das Vorspiel ist so furchtbar, dass mir die Lust lange vergangen ist.

»Karl«, setzt er an, »es tut mir sehr leid, was du durchgemacht hast.«

Ich grunze etwas Unverständliches. In meinem Mund schmilzt gerade ein Nougatei.

»Hör mal, ich will dir helfen, das durchzustehen.« Er hat sich vorgebeugt und blickt mich eindringlich an.

»Wirklich?« Mein Magen zieht sich zusammen und will den ganzen Kram wieder loswerden.

»Das wird eine Gratwanderung, Karl. Eigentlich muss ich dafür sorgen, dass du aus dem Verkehr gezogen wirst, und ein Teil von mir will das auch wirklich, denn du hast die Chips aufgegessen und gleich sind die letzten Nougateier weg. Das ist meine eiserne Reserve gewesen«, sagt er mit strenger Stimme, gleichzeitig breitet sich ein Lächeln auf seinem Gesicht aus.

»Wie bitte, Gunnar?« Was redet er da? In meiner Vorstellung habe ich mich schon als zerfleddertes Treibgut über den Fjord gondeln sehen. »Du wirst Frida nicht empfehlen, mich zu suspendieren?«, stammle ich und stürze erneut ein Glas Cola runter.

»Willst du das denn?« Er lehnt sich ein Stück weiter vor und seine verschiedenfarbigen Augen scheinen mir bis in die Seele zu blicken.

Statt zu antworten, entgleise ich in jeder Hinsicht. Ein Teil des Drucks fällt von mir ab und bringt meine mühsam aufrechterhaltene Beherrschung zum Einsturz. Warum steht da eine Taschentuchbox auf dem Tisch?

Er lässt mir eine Sekunde, um meinen Stolz aufzusammeln, und sagt: »Da draußen ist ein geisteskranker Mann unterwegs, der Menschen tötet. Wer ist besser geeignet, ihn zur Strecke zu bringen, als der Mann, den Norwegens Königin gewürdigt hat, der Geiseln befreit und eine unvergleichliche Aufklärungsquote sein eigen nennt?«

Nach diesen Worten leert er ein Glas Orangensaft, als wäre es ein hochprozentiger Drink, greift die Nougateier und stopft sich gleich drei davon in den Mund.

»Gunnar, ich weiß nicht, was ich sagen soll.« Die Erleichterung ist so körperlich, am liebsten möchte ich ihn küssen, aber so weit geht unsere Liebe dann doch nicht.

»Du hast damit gerechnet, dass ich dir den Arsch aufreiße? Vertu dich nicht, das werde ich. Was dir bevorsteht, wird nicht leicht zu bewältigen. Ich setze auf deine jahrelange Erfahrung und darauf, dass du tun wirst, was richtig ist.«

»Verlass dich drauf, ich werde ihn erwischen! Dann kannst du mir den Kopf gerade rücken.«

Wir haben einen Pakt geschlossen, der uns in den Abgrund führt. Aber hier und heute haben wir das nicht gewusst. Nichts haben wir gewusst.

19. Der Herr ist mein Hirte

Bis zur Dunkelheit habe ich mich in der Grotte versteckt und geschlafen. Von Halli habe ich geträumt, wie ich das Messer gegen ihn gerichtet habe und er mich ausgelacht hat. Von Zorn durchdrungen bin ich erwacht und habe gewusst: Ich muss etwas tun, um ihm das Lachen zu nehmen.

Ohne Unterlass hat es geschneit, bis die Spuren seiner Gefolgsleute bedeckt gewesen sind. Auf der ganzen Insel hat es nach verbranntem Holz gerochen, aber niemand ist gekommen, um das Feuer zu löschen. Schließlich habe ich ins Boot steigen können und bin in das Umland von Leknes gefahren. Dort habe ich eine abgelegene Bucht angesteuert und bin zu Fuß weiter.

Ich fühle mich wie ein neues, unbeschriebenes Blatt und warte auf eine Eingebung. In dem Moment, als ich die Insel betreten habe, sind alle Wolken fortgezogen und der Allmächtige hat mir ein Geschenk gemacht. Der Anblick des Himmelsspektakels ist ein Zeugnis seines Segens, Lichter flirren in grünen Wellen über das Firmament und erfüllen mich mit Zuversicht.

Der Herr ist mein Hirte.

Selbst der frisch gefallene Schnee und das unwegsame

Gelände halten mich nicht auf, ich presche über jedes Hindernis hinweg, als habe der Schöpfer mein Bein geheilt.

Nach einiger Zeit erreiche ich die Landstraße E10. Gelegentlich fährt ein Wagen durch die Dunkelheit, doch niemand interessiert sich für den Mann, der allein durch die Nacht wandert, bis unerwartet ein rotes Auto neben mir hält.

Die junge Frau am Steuer kurbelt das Beifahrerfenster herunter. »Suchst du eine Mitfahrgelegenheit?«

Und ich weiß, darin sitzt ein wundervoller Engel, den Gott mir geschickt hat, damit ich schneller an mein Ziel komme. Lächelnd trete ich an den Wagen heran und blicke hinein. »Wohin fährst du?«, frage ich ohne Scheu, nun da ich nicht mehr der ängstliche Odd bin.

»Wo willst du hin?«

Sie scheint einige Jahre jünger als ich zu sein und, soweit ich es in der Dunkelheit erkennen kann, trägt sie lila und gelbfarbene Bekleidung, sogar ihre Schuhe und Socken leuchten in diesen Farben. Sie muss ein verrückter Engel sein. Aber der Herr hat sie auserkoren mich dorthin zu bringen, wo ich hinmuss. »Nach Leknes.«

»Dann haben wir das gleiche Ziel«, sagt sie, steigt aus, öffnet den Kofferraum, als ob sie etwas herausholen möchte, und sieht mich prüfend an. Im nächsten Moment schüttelt sie den Kopf, klappt den Deckel wieder herunter. »Ich bin Catalina und du?«

»Isaak«, sage ich, weil mir so schnell kein anderer Name eingefallen ist, und strecke die Hand aus. Sie blickt mich skeptisch an und ich lasse sie wieder sinken.

»Steig ein.«

Wir setzen uns in das Fahrzeug.

»Lieber Himmel, was ist mit deiner Hand passiert? Ich bin Krankenschwester, ich kann sie mir ansehen.« Sie deutet auf den blutdurchtränkten Verband und verdreht die Augen.

»Alles ist in bester Ordnung«, sage ich leichthin und hoffe, sie stellt keine Fragen.

Catalina steigt erneut aus und holt etwas aus dem Kofferraum. »Wenn du mitfahren willst, lässt du mich deine Verletzung versorgen. Du blutest mir sonst auf die Sitze und es riecht nicht gut, mir wird davon schlecht.«

Ich halte ihr meine Hand hin und lasse sie gewähren. Gott hat sie mir geschickt, also will er, dass sie sich darum kümmert.

»Woher kommst du?« Sie wickelt den Verband ab.

»Von weit her.«

»Keine Lust auf Konversation?« Sie kichert und sieht mich neugierig an.

»Hast du mich deshalb mitgenommen? Um zu reden?«

»Das ist nur Höflichkeit. Ich mag dieses unnütze Gequatsche sowieso nicht. Normalerweise transportiere ich Gestalten wie dich im Kofferraum zur Wache nach Leknes. Aber seit der beknackte Polizeibeamte mich verwarnt hat, ist das vorbei.«

Sie spricht verworrene Dinge, doch sie hat meine Aufmerksamkeit. »Wen meinst du?«

»Dieses Arschloch, Rasmussen. Ist noch nicht lange hier und spielt sich auf wie King Kong.«

Ich habe keine Ahnung, wer oder was King Kong sein soll, aber mein Herz setzt einen Schlag aus, als sie seinen Namen sagt. »Was hat er denn getan?«

»Er will mich einsperren lassen, wenn ich nicht aufhöre, ach, du verstehst das nicht.«

»Erkläre es mir bitte«, hake ich nach.

»Er ist ein Drecksack und ich hoffe, er verschwindet. Nimm dich vor ihm in Acht. Mehr sage ich dazu nicht.«

Catalina ist ein sonderbarer Engel. Es gefällt mir, was

sie über ihn gesagt hat. Es gibt keine Zufälle. »Erlaube mir eine Frage: Ist er verheiratet und hat er eine Familie?«

»Der doch nicht. Er lebt allein in einer Hütte, ganz einsam.« Catalina wirft den Kopf nach hinten, heult wie ein Wolf und lacht.

Er hat wirklich keine Familie? Das habe ich mir anders vorgestellt.

»Du hast ja ein Loch in der Hand.« Sie drückt auf den Lichtschalter über ihr und betrachtet die Wunde genauer.

»So ist es, mein Engel Catalina.«

Sie sieht mich an, als sei sie noch nie als Engel bezeichnet worden. Für mich ist sie einer. Schweigend verbindet sie die Verletzung, startet den Motor und wir nähern uns Leknes. Sie drückt auf das Gaspedal, als könnte sie es nicht erwarten, ihren göttlichen Auftrag zu vollenden.

Mit jedem weiteren Meter, den wir zurücklegen, klopft mein Herz schneller.

»Wo soll ich dich absetzen?«, fragt sie, als wir die kleine Stadt erreichen.

»Hier!«

Sie tritt scharf auf die Bremse, der Wagen schlittert über den Schnee, dann fährt sie rechts ran und ich reiße die Tür auf.

»Gott vergelte es dir, Catalina.«

»Du mich auch«, sagt sie zwischen zusammengebissenen Zähnen.

Was sie wohl damit meint? Ich werfe die Wagentür zu und verschwinde in Hallis finsterem Herrschaftsgebiet.

»Führe mich«, murmle ich, mir Gottes Präsenz bewusst, als würde er das Meer vor mir teilen und seine göttliche Kraft auf mich richten.

Ich laufe durch die einsamen Straßen, vorbei an Läden und roten Rorbus, hinter deren Fenstern vereinzelt Weihnachtslichter brennen. Früher habe ich mich danach gesehnt, in einem solchen Haus zu leben, eingebettet in die Liebe einer Familie. Nein, Odd hat das gewollt, in seiner Schwäche hat er sich Dinge gewünscht, die unerreichbar für ihn gewesen sind.

Die Himmelslichter tanzen in grünen Wellen, als wollten sie mir den Weg weisen. Immer weiter marschiere ich mit wuchtigen Schritten durch die Stadt, vorbei an Trockengestellen für Fisch, einer Autowerkstatt und Bäckerei, hinweg über schneebedeckte Pfade, bis ich in unmittelbarer Nähe zum Fjord ein heruntergekommenes Haus bemerke, vor dem drei Polizeiwagen parken.

Ist das die Wache? Verstohlen schleiche ich um das dunkle Gebäude und entdecke ein verwittertes Schild *Politi*. Die Polizeistation ist nicht sehr eindrucksvoll und ich bin enttäuscht von Halli, den ich mir als erhabenen Herrscher vorgestellt habe. Ich bleibe stehen, atme ein, versuche etwas zu fühlen. Nicht ein Hauch seiner Präsenz ist zu spüren. Jemand hat die Wache mit einem vulgären Wort beschmiert. Ich begreife nicht, warum er sich das gefallen lässt.

»Leite mich, lenke meine Schritte«, flüstere ich. Mein Herz steht Gott offen, ich sehne mich nach seiner endgültigen Botschaft, die alles beantwortet. Entschlossen bewege ich mich weiter, ein Stück hinunter zum Fjord und bleibe vor einem Restaurant stehen, zu dem ein kleiner Strandabschnitt gehört.

Das rote Dach leuchtet in der Dunkelheit wie der Kopf eines Streichholzes und in meinem Magen beginnt es zu kribbeln. Das Lokal liegt nur fünf Minuten von der Wache entfernt und ein Bild formt sich in mir. Ich stelle mir vor, wie Halli dort seine Mahlzeiten einnimmt. Trifft er hier seine Freunde? Ich sehe ihn lachen, Menschen, die einen Platz in seinem Leben einnehmen, Belang für ihn haben.

Jäh spricht Gott, mitten in mein Herz. Tränen strömen

mir über die Wangen, als mich die Botschaft erreicht und sich in ihrer ganzen Bedeutung entfaltet.

In dem Moment, während ich am Fjord stehe und in den Himmel blicke, weiß ich, es gibt keinen Platz in diesem Leben für mich oder ein Zuhause. Nicht für Odd und auch nicht für Mikael. Nichts ist ein Zufall gewesen. Ich bin hier, weil ich es sein soll. Hinter allem steht sein Plan.

Jetzt, da er mir einen Weg aufgezeigt hat, erfüllt mich Freude, greift tief in meine Seele. »Herr gib mir Kraft zu tun, was unausweichlich ist«, wispere ich.

Plötzlich öffnet sich die Tür des Restaurants, eine Frau bringt den Müll hinaus, wirft ihn in die Tonne neben dem Gebäude. Kurz steht sie still, sieht in meine Richtung und schnauft, als sei sie erschöpft. Erschrocken ducke ich mich hinter ein geparktes Auto und beobachte sie weiter. Ihre schwarzen Haare sind zu einem unordentlichen Knoten zusammengebunden und sie trägt eine markante Brille, die ihr Gesicht beherrscht.

Mein Herz bebt und meine Augen weiden sich an ihrem Anblick. Sie ist fraglos älter geworden, aber ich erkenne sie. Es ist Ragna aus der Bücherei.

Sie schlurft langsam zurück ins Lokal mit dem Namen *Kafe Ragnarök*, löscht die Lichter, schließt die Tür von außen ab und nimmt die Außentreppe ins obere Geschoss, die offenbar zu einer Wohnung über dem Restaurant führt. Die Lampen hinter den Fenstern gehen an und ich warte darauf, dass sie wieder ausgehen.

20. Ragnarök

Eine zermürbende Nacht mit Träumen von Odd liegt hinter mir. Er ist der letzte Gedanke, wenn ich mich hinlege, und der erste am Morgen. Was wird er als Nächstes tun? Die Zeit läuft mir davon, ich muss ihn aufhalten, damit er sich nicht weitere Schuld auflädt und, um Menschen vor ihm zu schützen.

Um fünf Uhr halte ich es nicht mehr aus, ziehe mich an und fahre zur Wache. Zu meiner Überraschung sitzt Luca schon im Büro und sieht mich mit müden Augen an, die dunklen Ringe darunter zeugen von mangelnder Erholung.

»Hei, Schlafloser«, murmelt sie mit flatternden Lidern.

»Du scheinbar auch?«

Sie nickt. »Wir finden wohl beide keine Entspannung.«

»Irgendwie nicht«, stimme ich ihr zu.

»Ach übrigens, gestern ist das Untersuchungsergebnis von Bjorns Fischtöter eingetroffen. Es ist eindeutig Fischblut gewesen, das an dem Ding gehaftet hat.« Sie ringt sich ein flüchtiges Lächeln ab.

»Sehr erfreulich. Das Medienspektakel um einen Erkki Järvinen, der in Norwegen gemordet hat, wäre auch nicht lustig geworden.« Ich bin erleichtert, obwohl ich nicht damit gerechnet habe, ein anderes Ergebnis zu erhalten.

In der Küche setze ich einen Kaffee auf und komme mit zwei Bechern zurück.

Luca nimmt einen Schluck. »Der schmeckt sogar.«

Zusammen gehen wir alle Fakten erneut durch, suchen nach Hinweisen, die wir übersehen haben könnten. Danach präsentiert Luca mir die unaufgeklärten Fälle aus den vergangenen Jahren, in denen Leichen aus dem Fjord gezogen worden sind. Ein halbes Dutzend Tote und ich bete, Odd möge nichts mit ihnen zu tun haben.

Unter Spannung warten wir auf die Untersuchungsergebnisse des Orcazahns, der Toten, des Ruders und auf alles, was uns einen Nachweis liefern kann. Auch wenn die Indizien eine deutliche Sprache sprechen und das Täterprofil auf Odd deutet. Die Staatsanwaltschaft in Bodø wird eine großangelegte Fahndung veranlassen, dazu braucht es nur eine Täterbeschreibung und ein Phantombild von ihm.

Die Wache füllt sich mit Kollegen. Alle erscheinen früher als üblich, hasten in die Büros und werfen sich in die Arbeit. Um neun Uhr bin ich mit Anni Lund, unserer Phantombildzeichnerin, verabredet. Sie wird auf der Basis meiner Erinnerungen ein Abbild von Odd erstellen. Mit dem Bild wird ein Trupp von Beamten aller Lofoten-Dienststellen losgeschickt, um die Menschen auf den Inseln zu befragen. Bis heute ist nur wenig an die Öffentlichkeit gedrungen. Damit ist jetzt Schluss.

Mats schaut um die Ecke. »Der neue Propeller am Außenbordmotor, den ihr auf Mosken entdeckt habt, gehört Lasse Hallgrim. Der Verkäufer im Marinesenter Sørvågen hat sich an ihn erinnert und die Fingerabdrücke auf dem Motor stimmen mit Lasses überein.«

Luca blickt mich vielsagend an und ich will meinen

Kopf gegen die Wand schlagen, weil ich trotzdem hoffe, dass Odd es nicht gewesen ist.

»Danke, Mats«, sage ich, doch er ist schon im Büro verschwunden.

Anni erscheint, wir setzen uns in den Verhörraum und sie klappt ihren Laptop auf. Sie wirkt nervös, vielleicht weil unser letztes Zusammentreffen, als Catalina hiergewesen ist, in ihr nachwirkt.

»Hei Anni, hat dein Notebook den Kaffeeangriff von Emilie überstanden?«

Sie wirft mir ein zaghaftes Lächeln aus dem herzförmigen Gesicht zu und macht keine Anstalten ihren Mantel auszuziehen. »Der kann einiges ab.« Ihre Wangen röten sich. »Ähm, wegen neulich, ich habe nicht gewusst …«

»Schon gut, Anni. Catalina ist speziell, sie beschäftigt uns schon seit Wochen mit ihrem Unfug.« Ich ringe mir ein Lächeln ab.

Sie nickt verlegen. »Leider habe ich nicht geahnt, wie speziell.«

»Trotzdem danke ich dir für die schmeichelhafte Darstellung von mir. Wollen wir loslegen?«

»Natürlich, das machen wir jetzt sofort.« Ihre Wangen haben sich mittlerweile tiefrot gefärbt. Nicht einmal die Mütze hat sie abgenommen. Ich hoffe, sie fühlt sich nicht unwohl in meiner Gegenwart.

»Wie alt ist er ungefähr? Wie groß und was für eine Statur hat er?«, beginnt sie Fragen auf mich abzufeuern.

Parallel erscheinen hunderte Bilder von Gesichtern auf dem Bildschirm aus der Datenbank. Aus denen setzt sie nach meinen Beschreibungen Nase, Mund und Augen zusammen, bis ein neues Gesicht entsteht.

»Die Lippen voller und die Augen weiter auseinander.« Es ist dunkel gewesen, und der Moment, in dem ich ihn gesehen habe, kurz. »Er ist etwa einen halben Kopf kleiner als ich und sehr schlank«, werfe ich ein und bringe Anni durcheinander. Sie ist noch bei seinem Gesicht. Ich folge den Erinnerungen, die nur kurz aufflackern und danach verschwimmen.

»Okay, schlank, circa 1,70 Meter groß? Noch etwas Auffälliges an seiner Figur?«

»Nein, mehr habe ich nicht gesehen.«

»Trägt er einen Bart und wie lang sind seine Haare? Lockig oder glatt?«, fragt sie, ganz in ihr Tun versunken, während ich ihn vor mir sehe, wie er auf mich zu rennt, das Ruder hoch in der Luft, begleitet von seinen Schritten, die den Schnee knirschend zerdrücken. Ich höre Schafe blöken und mein Herz schlagen. Mir ist hundeelend, ich will aus dem engen Verhörraum.

»Hellbraun, leicht gelockt und ein Stück länger. Er trägt keinen Bart, seine Augen sind hellgrün.« An die Farbe erinnere ich mich gut. So oft habe ich ihn weinen sehen und seine Tränen getrocknet.

Über zwei Stunden feilt sie immer weiter an Form, Augenbrauen und Hautbild. Zum Schluss lässt sie das Gesicht durch das Programm auf etwa 42 Jahre altern und ich beobachte, wie Odd auf dem Bildschirm sichtbar wird.

»Erkennst du ihn?« Sie reißt sich die Mütze vom Kopf und atmet geräuschvoll aus, als habe sie die ganze Zeit die Luft angehalten.

»Besser geht es nicht. Es gibt noch etwas, er hinkt. Sein linkes Bein ist kürzer als das rechte. Bitte schreib das unbedingt in die Fahndung.« Erlöst springe ich auf und öffne die Tür.

»Okay. Dann sende ich das jetzt raus an die Dienststellen?«, ruft sie hinter mir her.

»Danke, Anni«, presse ich hervor und stürme an die frische Luft. Der harsche Wind bläst sein Gesicht für einige gnadenvolle Sekunden aus meinem Hirn.

Luca steckt den Kopf durch die Tür und sieht mich mitfühlend an. »Auf dem Bild wirkt er so harmlos wie ein zu groß geratener Schuljunge.«

»Alles, was ich tue, fühlt sich wie Verrat an dem Kind an, das er gewesen ist.«

Sie nickt, kommt hinaus und greift nach meiner Hand. »Komm rein, es gibt Neuigkeiten.«

Luca wartet nicht, bis ich mich gesetzt habe, und legt gleich los: »Das Labor hat DNA gesichert, vor allem aus dem Hohlraum des Orcazahns. Die Auftrennung der Moleküle hat ergeben, es handelt sich um mindestens zehn verschiedene Menschen, auch Tier-DNA ist gefunden worden. Ich habe darum gebeten, parallel Abgleiche mit den Blutabdrücken aus der Kammer und der Datenbank mit den ungeklärten Leichenfunden durchzuführen.«

»Über zehn?« Eine DNA ist höchstwahrscheinlich mir zuzuordnen und eine zweite gehört wohl zu Odd. Bleiben noch acht Menschen. Und warum Tiere?

Luca blickt mich düster an. »Ich bin um deine Sicherheit besorgt, Karl. Du hast ihm den Zahn genommen.«.

»Und er hat ihn zum Töten benutzt.« Ich erinnere mich, wie sehr er sich über ihn gefreut hat. Der Moment ist präsent, als sei er nur einen Wimpernschlag her.

Sie sieht mich aus rot geräderten Augen an.

Ich hole den Mantel, ziehe ihn an und sage: »Du siehst müde aus, mach Schluss für heute. Ich fahre jetzt los, um Frida abzuholen. Wir sehen uns morgen.«

»Viel Glück mit ihr«, ruft sie mir hinterher.

Die Wache ist wie leergeräumt. Nur Emilie und Luca sind anwesend, die anderen Kollegen haben sich in ihre Dienstwagen gesetzt und mit den Befragungen angefangen.

Die Vorstellung, dass ihn jemand vor mir findet, quält mich. Niemand außer mir will begreifen, warum er das getan hat. Gott, ich will es doch nur irgendwie verstehen. Vielleicht kann ich es dann besser ertragen.

Seit einer halben Stunde sitze ich im Wagen und warte auf ihre Ankunft. Endlich schwebt Frida aus dem farblosen Gebäude des Flughafens Leknes.

Sie ist ein Lichtblick, wie sie die blonden Haare über die Schulter wirft, mich entdeckt, anlächelt und zugleich in einer Welle der Sehnsucht erstickt – nach der Zeit davor, als es ein Uns gegeben und Petter zu meinem Leben gehört hat. All das scheint ewig her zu sein.

Sie sieht mich an, in ihren azurblauen Augen erkenne ich etwas, das ich nicht ertrage. Mitgefühl. Ich steige aus, trotte ihr entgegen und ihr Blick wird weich.

»Hei Karl«, sagt sie sanft, betrachtet mich eingehend und ich weiß nicht, ob ich ihrer Bestandsaufnahme standhalte. Wahrscheinlich nicht.

»Frida, schön dich zu sehen«, sage ich geschäftsmäßig und nehme ihr den Koffer ab.

»Hör auf damit!«, sagt sie energisch und drückt sich mit ihrem goldfarbenen Kaschmirmantel gegen meinen Brustkorb, als wolle sie mich mit ihrer Energie durchströmen. Natürlich gelingt es ihr, sie ist schließlich die Königin. Der Duft ihres Parfums erfüllt mich mit Erinnerungen und lähmt mich zur gleichen Zeit.

»Bitte Karl«, flüstert sie in mein Ohr und küsst mich auf die Wange.

»Womit soll ich aufhören?«, frage ich, obwohl ich es weiß, aber ich kann ihr nicht zeigen, wie ich mich fühle.

»Du bist ein schlechter Schauspieler«, sagt sie und lässt mich nicht los.

Ich weiß nicht, was ich mit meinen Armen machen soll, und lege sie um ihre Taille. »Und du dafür eine exzellente.«

Wir setzen uns ins Auto und ich fahre los. »Möchtest

du erst mal ins Hotel?«, frage ich, ohne sie anzublicken.

»Zur Wache, bitte. Ich bin gespannt, deine Mitarbeiter kennenzulernen.«

»Du bist sicher nicht gekommen, um der Bande zu begegnen. Frida, was willst du?«

Sie zerknautscht ihre teuren Wildlederhandschuhe und funkelt mich an. »Natürlich bin ich wegen dir hier und der, lass mich zählen, fünf Leichen, die es inzwischen sind. Ich bin hergeflogen, weil ich nicht sicher bin, ob du in der Lage bist, deinen Job zu machen. Erstens, weil du verletzt bist, zweitens, weil du involviert bist, drittens, weil du unter einer unbehandelten posttraumatischen Belastungsstörung leidest und dich in der ganzen Zeit nach Petters Tod nicht hast behandeln lassen. Ich bin an diesem Ort, weil ich Verantwortung trage und weil du mir wichtig bist. Reicht das?«

»Frida, bitte.« Mehr vermag ich nicht zu sagen.

»Fahr zum *Kafe Ragnarök* und lass uns dort über alles sprechen, okay?«, sagt sie versöhnlicher und legt die Hand auf meinen Arm. Da liegt sie die ganze Zeit, macht mich nervös, weckt Gefühle in mir, die gut sind und wohl leider zu nichts führen.

Die Fahrt zieht sich in die Länge, ich habe keine Idee, was ich sagen kann, damit sie mir eine Chance gibt. Ihre Berührung wirkt beschwichtigend und vertraut. Vielleicht mache ich mir umsonst Sorgen. Sie steht an meiner Seite, immer hat sie das getan.

»Wirklich umwerfend schön«, sagt sie mit Blick auf den eisbedeckten Fjord. Alles sieht wahnsinnig märchenhaft aus, wie in einem kitschigen Film. Doch leider scheine ich eher als Darsteller eines Horror-Dramas aufzutreten.

»Ja, wirft mich auch um. Jeden Tag.« Ich hasse es, in diese Form der Konversation mit ihr einzusteigen. Nicht mit Frida. Doch gegen das, was folgen wird, ist das nicht einmal der Vorhof der Hölle.

Wir erreichen das *Kafe* und setzen uns in die hinterste Ecke, nicht an den *Oksebord*. Das Lokal ist nur halb gefüllt, leise Gesprächsfetzen dringen zu uns herüber. Die auf dem Tisch liegende Tageskarte klingt verheißungsvoll und bringt meinen Magen zum Knurren.

James kommt mit leuchtenden Augen zu uns und grinst Frida fasziniert an. »Was darf es sein?«, fragt er an sie gewandt und atmet ihre Anwesenheit ein, als sei ich nicht vorhanden.

»Einen Kaffee, bitte.« Sie lächelt, sich ihrer Wirkung auf Männer bewusst.

Eigentlich haben wir zusammen essen wollen, nun ist es doch nur eine Schmalspurversion davon.

»Sehr gern und was darf es für dich sein, Karl?« James starrt weiter auf Frida und ich will ihm den Kopf für den Flirtversuch abreißen. Er kann es nicht wissen, aber sie steht auf gestandene Männer, wie mich. Oder wie ich einer gewesen bin.

»Wo ist Ragna?«, frage ich ihn mit frostiger Stimme.

»Sie hat sich heute Morgen krankgemeldet, wohl eine Erkältung.«

»Aha, bring mir bitte auch einen Kaffee.«

»Kommt gleich.« Er lächelt Frida noch einmal an und verschwindet hinter dem Tresen.

»Tolles *Kafe*, gefällt mir«, sagt sie und ich weiß, das ist die Überleitung für das Verhör, das jetzt folgen wird. Ihre roten Lippen sind fest aufeinandergepresst, sie sieht sich im Lokal um, scheint Zeit gewinnen zu wollen, um die richtigen Worte zu finden.

Mir wird bewusst, wie sehr ich sie vermisst habe. Ihre Aura, die aus Eleganz und sengender Kühle besteht, kriecht mir ungewollt unter die Haut. Ich starre auf die goldene Halskette, die sich im Ausschnitt ihrer Bluse an ihr Dekolleté schmiegt. Ein Geschenk, das ich ihr vor Jahren gemacht habe. Damals habe ich mir alles mit ihr vorstellen können. Zum ersten Mal überhaupt in meinem Leben habe ich eine echte Verbindung gewollt. Aber sie hat Freiheit gebraucht.

James kommt mit der Bestellung an unseren Tisch und serviert Fridas Kaffee so gekonnt, dass er ihren Arm kurz mit seinem berührt. Irgendwann greif ich ihn mir.

»Danke«, sagt sie freundlich und ihr Blick wandert zu mir zurück. »Zunächst einmal möchte ich dir danken, dass du gestern bei Gunnar gewesen bist und ihn von der Schweigepflicht entbunden hast, Karl. Er hat mir alles erzählt, deshalb werde ich nicht von dir verlangen, die Geschehnisse erneut auszubreiten: Ich verstehe, es ist nicht leicht für dich. Trotzdem will ich manches aus deinem Mund hören.«

Sie hat ihre Hand auf meine gelegt. Warm und weich liegt sie darauf und ich möchte ausblenden, aus welchem Grund sie hergeflogen ist. Je länger ich sie anblicke, desto unruhiger schlägt mein Herz. Ich erinnere mich, wann wir zuletzt so zusammengesessen haben und sie mir mitgeteilt hat, dass sie mich versetzt, wir eine Auszeit brauchen und ich Zeit, um auf die Beine zu kommen. Ihre Augen haben damals geschimmert, als habe sie weinen wollen. Doch das hat sie nicht. Heute sitzt sie mir anders gegenüber. Sie wirkt klar und distanzierter, als ich es schaffe.

»Frag mich, was du wissen willst.« Mir ist warm und gleichzeitig friere ich. Alles in mir ist in Aufruhr. Gegenwart, Vergangenheit und Zukunft bilden eine Gemengelage, die ich nicht kontrollieren kann. Ich sehe aus dem Fenster, versuche, mich auf einen Punkt draußen zu konzentrieren, Luft zu holen und auszuatmen, da entdecke ich Odd. Atemlos folge ich seinen eckigen Bewegungen. Er schleicht geduckt über den Strand, blickt hoch zu uns und rennt hinkend davon. Ich springe auf, werfe den Stuhl krachend um.

»Was ist los?«, ruft Frida erschrocken.

Aber ich bin nicht mehr zu stoppen, renne durch den Hinterausgang nach draußen, hinweg über die verwaiste Sommerterrasse, runter zum Strand und sprinte weiter. Mein Herz ist zu einer Faust zusammengeballt, ich begreife nicht, dass er mitten am Tag an der Küste spazieren geht. Er muss verrückt geworden sein.

Grob packe ich ihn an der Schulter und brülle: »Was machst du hier, Odd?«

Er verliert das Gleichgewicht und fällt in den Schnee, schaut mich irritiert an. »Was soll das, Mann? Hast du noch alle Tassen im Schrank, Arschloch?«

Es ist nicht Odd.

Meine Entschuldigung erreicht den Mann nicht, auch nicht die Einladung auf einen Kaffee. Nichts. Er stürmt fluchend davon und ich gehe mit hängenden Schultern zurück, hebe den Stuhl auf und setze mich an den Tisch.

Frida sieht mich befremdet an. »Was hat das werden sollen?« Sie senkt den Blick auf den Kaffeebecher vor ihr, als könne sie meinen Anblick nicht ertragen.

»Entschuldige, ich habe mich geirrt. Er hat wie Odd ausgesehen«, sage ich leise und weiß nicht, ob das die Wahrheit oder eine Vision gewesen ist.

Sie hebt den Blick, eine Träne löst sich aus ihrem Auge und tropft auf den Tisch. Verflucht!

»Es tut mir leid«, flüstere ich und drücke ihre Hand.

»Odd ist dein Freund gewesen, ich weiß.«

»Und er ist ein Monster«, presse ich hervor und kämpfe mit der Beherrschung.

Sie umschließt meine Finger. »Das frisst dich auf, du bist

auch nur ein Mensch, Karl. Es ist mein Fehler gewesen, dich nach Petters Tod im Dienst zu behalten.« Sie verstummt und verzieht das Gesicht, wie unter Schmerzen. »Doch jetzt kann ich dich nicht mehr weiterarbeiten lassen.«

»Nein, bitte! Gunnar hat …«, setze ich an.

Sie fällt mir ins Wort: »Ich weiß, was er gesagt hat, aber ich vertraue dir nicht. Du hast die Kontrolle über dich verloren.« Enttäuschung hat sich dunkel in ihr Gesicht gemeißelt. Sie presst die Lippen aufeinander, wischt sich eine weitere Träne von der Wange und sieht mich mit feucht schimmernden Augen an. »Wenn es darum geht, was ich möchte, sage ich es dir – ich will Karl zurück, den Besten, auf den ich mich verlassen kann. Ich vermisse ihn. Aber gibt es ihn überhaupt noch?«

Ihre Worte schmerzen mich mehr, als ich ertragen kann. »Ich weiß es nicht, bitte gib mir eine Chance. Ich werde alles dafür tun, damit du mir wieder vertrauen kannst«, sage ich, nein, bettele ich.

Frida schüttelt den Kopf. »Eines Tages wirst du in der Lage dazu sein, da bin ich sicher. Wenn du möchtest, kannst du dann zurück nach Oslo an deinen alten Posten. Aber es ist zu früh, du bist zu dicht dran und nicht gesund.«

Vielleicht hat sie recht. Kaum ist sie angekommen, habe ich ihr demonstriert, wie fragwürdig ich mich verhalte. Doch so darf es nicht enden.

»Du hast mir Luca geschickt, sie macht einen erstklassigen Job und ich habe sie als Partnerin akzeptiert. Das Team arbeitet mit voller Kraft, ich stehe nicht allein da. Bitte, tu das nicht«, sage ich hitziger als gewollt.

»Hast du sie wie einen Partner behandelt? Was ist mit dem Alleingang, bei dem du fast umgekommen bist? Nein, Karl! Du bist vom Fall entbunden und suspendiert.

Ich übertrage Luca die Verantwortung und fordere einen Kollegen aus Harstadt an.« Ihre Worte klingen schneidend, doch ihre Hände zittern, während sie mir in weniger als zehn Sekunden alles nimmt.

»Verdammt, Frida. Ist das dein Ernst?« Ich will aus der Haut fahren und irgendwas kaputt machen.

Sie sieht mich entschlossen an. »Morgen teilst du es der Mannschaft mit, ich werde dich dabei unterstützen. Du hast eine Kopfverletzung, mehr Gründe musst du nicht angeben.«

»Du hast mir keine Chance gegeben«, sage ich und balle die Fäuste unter dem Tisch.

»Das ist nicht fair, Karl. Niemand hat so viele wie du bekommen. Glaubst du, das fällt mir leicht? Oder deine Versetzung hierher? Du fehlst einfach überall.« Sie reißt die Serviette, die unter dem Becher gelegen hat, in kleine Fetzen, sammelt sie ein und knüllt sie zusammen.

»Tut mir leid, ich habe nicht nachgedacht.« Verzweifelt greife ich ihre Hand, die kalt geworden ist.

Sie entzieht sich meiner Berührung, erhebt sich und winkt James zu. »Rufst du mir bitte ein Taxi ins Scandic Hotel? Für Frida Hansen.«

»Warte. Was soll das? Ich fahre dich ins Hotel.« Ich springe auf und stelle mich ihr in den Weg. Was geschieht hier?

»Gib mir bitte mein Gepäck aus dem Wagen.« Sie sieht mir nicht in die Augen, sondern knapp an mir vorbei, wartet, bis ich sie vorbeilasse, und eilt davon.

Ich werfe einen 100-Kronenschein auf den Tresen und renne hinter ihr her. Scheinbar kann sie nicht schnell genug von mir wegkommen. Draußen hole ich ihren Koffer aus dem Wagen und stelle ihn auf die Straße.

Das Taxi fährt vor, Frida steigt fluchtartig ein und ruft: »Wir sehen uns morgen. Ich bin um neun Uhr in der Wache.« Sie knallt die Tür zu und ist weg.

Verflucht! Was soll ich tun? Ich setze mich in den Wagen und fahre ziellos durch die finsteren Straßen von Leknes, über die Nachbarinseln und zurück, suche die Gegend nach ihm ab, stundenlang.

Ich will nicht in mein beschissenes Rorbu, nicht in die Wache, also steuere ich zum *Kafe* und bestelle etwas zu essen, das ich nicht anrühre. Ich habe den Impuls mit Luca zu sprechen, mit Gunnar, egal, mit irgendjemandem. Aber ich bleibe vor der kalten Pasta sitzen und ordere mir einen Drink, den ersten seit meinem letzten Abend mit Petter.

Als James ihn vor mir auf dem Tisch abstellt, stößt mich der Geruch ab und ich schiebe das Glas weg. »Nimm das bitte wieder mit, ich will zahlen.«

»Du hast nichts angerührt«, stellt er fest und sieht mich irritiert an.

»Bitte bring mir die Rechnung, James.«

Er nickt und kommt kurze Zeit später zurück, ich zahle und verlasse das *Kafe*.

Es ist nach 23 Uhr, als ich vor dem Scandic Hotel parke, Fridas Nummer wähle und nur die Mailbox erreiche. Sie zu überrumpeln, ist taktlos, aber ich kann nicht anders, ich muss versuchen sie umzustimmen. Leise schließe ich die Wagentür und gehe zur Rezeption.

Der Nachtportier sieht mich müde an. »Brauchst du ein Zimmer?«

»Ich möchte bitte zu Frida Hansen, mein Name ist Karl Rasmussen. Kündigst du mich bitte telefonisch an.«

Er fährt sich mit den Fingern durch die wirren Locken. »Entschuldigung, aber hier ist vorhin schon jemand gewesen, der sich als Karl Rasmussen vorgestellt und zu Frida Hansen gewollt hat.«

Mein Herz setzt einen Schlag aus. Ich reiße meinen

Dienstausweis aus der Hemdtasche und halte ihn hoch. »Welches Zimmer?«, brülle ich.

»Nummer 201. Im ersten Stock. Was ist denn los?«

Wie von Sinnen sprinte ich die Treppe nach oben und bete. Warum ist die 201 im hinteren Abschnitt und nicht vorn? Meine Gedanken überschlagen sich. Am Ende des Flures sehe ich einen schwachen Lichtschein durch eine angelehnte Tür in den dunklen Korridor leuchten. Das muss ihr Zimmer sein. Keuchend stürme ich weiter, stolpere über meine Füße, rapple mich auf, schleiche die letzten Meter, bis ich vor Nummer 201 stehe und stocke. Es ist still. Zu still. Bebend lege ich die Hand auf die Tür, drücke sie auf und setze einen wankenden Schritt in den langgezogenen Flur.

»Frida?« Keine Antwort.

Es riecht intensiv nach ihrem Parfum und etwas, das mir allzu vertraut ist. Der Gang scheint sich auszudehnen und, wie in einem Albtraum, habe ich das Empfinden auf der Stelle zu treten. Irgendwas verfängt sich an meinem Schuh, reflexhaft bücke ich mich, halte ein Büschel blonde Haare in der Hand. Mein Herz will explodieren. Schreiend stürme ich weiter, bis ich das Schlafzimmer erreiche.

Sie liegt auf dem Bett, die Arme ausgebreitet, wie ein Schneeengel. Unter ihren Händen und Füßen ist die Matratze blutdurchtränkt, wie in Zeitlupe tropft es von ihren Fingern auf den sandfarbenen Teppich. Ihr Mund ist aufgerissen, die einst glitzernden Augen stumpf. Die langen blonden Locken sind fort, ihr kahler Kopf ist von tiefen Schnitten überzogen.

»Frida, nein.« Ich schreie, bis meine Lunge leer ist und verstumme. Ist das eine perverse Vision? Darauf hoffend, kneife ich die Augen zusammen, öffne sie und der Schmerz trifft mich erneut mit wahnsinniger Wucht.

»Ich bin ja da«, flüstere ich, als sei ich nicht zu spät gekommen, als bräuchte sie nur Zuspruch, um wieder lebendig zu werden. Hektisch verdecke ich ihre entsetzlichen Verletzungen, will ihre Würde wahren. Zitternd lege ich mich zu ihr, streichle ihre blutbeschmierte Wange.

»Es tut mir leid«, wimmere ich, greife ihre zerschnittene Hand, presse sie an meine Brust und scheine aus mir herauszutreten, die Szene aus einer anderen Position zu beobachten. Ich höre mich schluchzen und sehe meinen Körper neben ihrem schlottern.

Wie lange ich in diesem Zustand gewesen bin, weiß ich nicht, doch nun kehrt der Schmerz explosionsartig zurück, katapultiert mich aus der Ohnmacht in brennenden Hass, der alle anderen Gefühle überdeckt. Mit jedem neuen Atemzug wächst er zu einem schwarzen Geschwür in meinem Herzen heran und ich brülle: »Ich kriege dich, du kranker Scheißkerl!«

Menschen erscheinen, packen und ziehen mich fort von ihr, aus dem Zimmer. Jemand redet auf mich ein, ich schlage ihm mit aller Kraft ins Gesicht und schreie unablässig: »Du feiges Dreckschwein, ich werde dich erwischen, du Monster …«, bis ich einen Stich im Arm spüre und wegdämmere.

21. Auge um Auge

In der Erwartung, ihn zu sehen, hat sie die Tür geöffnet und sofort gewusst, wer ich bin. Sie hat nicht geschrien, sondern versucht, mein Herz zu erweichen. Gewissermaßen ist ihr das gelungen, denn sie hat mich an meine Fast-Mutter Elin erinnert, mit den blonden Locken, der weichen Stimme und dem Duft nach Vanille und Karamell.

Ein paar Atemzüge lang bin ich zu Odd geworden, der ihren verständnisvollen Worten fast erlegen ist. Doch ich habe mich gemahnt, der Teufel tarnt sich mit klangvoller Sprache und Schönheit. Beides hat sie in Fülle gehabt. Ihr Blut habe ich fließen lassen müssen, bevor mich ihre Lügen überlisten.

Aus türkis schimmernden Himmelsaugen hat sie mich angesehen, als habe sie eine Verbindung zu mir gesucht, etwas, das uns in dieselbe Richtung schauen lässt. Aber meinen Blickwinkel hat nie jemand mit mir teilen wollen, auch sie nicht. Hat sie mit dem Bewusstsein, für Halli zu sterben, bereitwilliger Abschied nehmen können?

Es ist mir schwergefallen, sie zu töten, doch sie ist die erste Tür, die mich ins Paradies führen wird. Selbst als sie begriffen hat, was ich mit ihr vorhabe, ist Frida anmutig wie eine Königin gewesen. Als habe sie mich bestrafen wollen, hat sie mich fortan nicht mehr angesehen und ja, mein Herz hat eine Träne geweint.

Vielleicht hat sie an Halli gedacht und jene Ahnung hat mir die Traurigkeit genommen. Ob er sie jemals geküsst hat? Sie sind vertraut miteinander umgegangen. Gewiss hat er mehr mit ihr getan und sie ins Verderben gestürzt.

Wieder sehe ich sie vor mir, wie sich die goldenen Locken an ihr Gesicht geschmiegt haben. Gott weiß, ich habe nicht vorgehabt sie ihr zu nehmen. Doch die Vorstellung, wie Halli auf ihren Anblick reagieren wird, hat mich dazu verleitet und Büschel für Büschel habe ich sie mir in die Jackentaschen gestopft. Er wird übermächtig von Zorn und Schmerz durchdrungen sein und nicht mehr über mich lachen. Auge um Auge.

Nun warte ich draußen in der eisigen Nacht, versteckt hinter einem Busch. Er wird kommen, ich bin sicher. Wie ich Halli kenne, wird er ihre Entscheidung nicht hinnehmen. Er ist immer ein Kämpfer gewesen, schon als Junge. Deutlich mutiger und selbstsicherer als ich.

Aber als ich ihrem Gespräch im *Kafe* gelauscht habe, sind mir Zweifel gekommen, ob er noch dasselbe furchtlose Herz in sich trägt. Er hat weniger imposant gewirkt, als ich es mir vorgestellt habe. Trotzdem hat mich seine Anwesenheit, nur einige Meter von mir entfernt, im Lager kauernd, erstarren lassen. Die Vision, wie er die Tür aufreißt und mich verhaftet, hat mich mit Angst erfüllt.

Doch er hört und sieht mich nicht, ist mit seinen Querelen beschäftigt und lässt die Hintertür weit offen.

Als ich kaum mehr daran geglaubt habe, fährt ein Wagen vor das Hotel und Halli steigt aus. Mit hastigen Schritten verschwindet er im Inneren. Eine Ewigkeit danach treffen ein Sanitätsauto und drei Polizeiwagen ein, alle rennen ins Gebäude, als könnten sie jemanden retten.

Ich sonne mich in der Gewissheit, dass sie zu spät kommen. Zuletzt fährt ein Leichenwagen vor. Die Männer beeilen sich nicht, sie wissen, sie können niemandem helfen.

Aufgeregt knülle ich die Haare in der Jackentasche zusammen, ich muss ihn sehen und erfahren, wie ihm mein erster Feldzug gefällt.

Es dauert nicht lange, da wird er auf einer Trage aus dem Hotel gebracht. Seine Sachen sind blutbesudelt und anscheinend ist er bewusstlos. Sie schieben ihn in den Ambulanzwagen, schlagen die Türen zu und fahren davon.

In meinem Inneren breitet sich Hitze aus, ich fühle mich wie ein Fels, an dem Hallis Existenz zerschellen wird. Er wird mich abgrundtief hassen, mit weniger darf ich mich nicht zufriedengeben.

Leichtfüßig eile ich zurück zu Ragna, bestimmt hat sie Durst oder muss auf die Toilette. Es schneit riesige Flocken, die Straßen sind schneebedeckt. Sauber und leuchtend legt er sich auch auf meine Seele. Gott ist an meiner Seite, nie vorher habe ich seine Anwesenheit so sehr gespürt und die Zeichen seiner Liebe gesehen. Zum ersten Mal verstehe ich die Verheißung, dass er mit den Tüchtigen ist. Ich schwebe über den Schnee, als würde er mich tragen.

Mein Blick bleibt an einem Lichtmast hängen, an dem ein Bild von mir hängt. Darunter steht:

»Kennst du diesen Mann?

Bitte nähere dich ihm nicht, sprich ihn nicht an, er ist gewaltbereit und gefährlich. Er ist circa 1,70 Meter groß, schlank, hat hellgrüne Augen und hinkt.

Wenn du Hinweise hast, wo er sich aufhält, melde dich

sofort bei deiner örtlichen Polizeiwache oder wähle diese Nummer …«

Man soll sich mir nicht nähern? Diese Abbildung kann nur mithilfe von Halli gefertigt worden sein. Mein Freund und Bruder lässt mich öffentlich suchen. Haben sie all die Menschen gefunden, die ich nach Mutter Ruth geopfert habe, um mich mit dem Allmächtigen zu versöhnen? Nein, es sind Odds bedauernswerte Opferlämmer gewesen. Aber Gott ist bei mir, selbst meine Fußspuren bedeckt er. Was soll mir passieren? Wir sind noch nicht am Ziel.

Vor dem *Kafe* ziehe ich die blutbeschmierte Jacke aus, drehe sie von außen nach innen und schleiche die Treppe hinauf.

Im Restaurant wird noch geputzt, aber die Gäste sind schon fort, das Licht brennt nur in der Küche und es wird laut mit Geschirr geklappert.

Leise schließe ich die Tür auf, gehe ins Bad, wasche die Hände und das Gesicht, bis das Wasser klar bleibt. Blut ängstigt mich nicht mehr, lange schon ist das vorbei. Danach reinige ich die Jacke, trockne mich ab und gehe ins Wohnzimmer. Überall ist es dunkel, Ragna hat stundenlang in der Finsternis ausharren müssen.

»Ich bin zurück«, sage ich, als ich das Schlafzimmer betrete und den Lichtschalter drücken will. Unvermittelt stürzen sich zwei Gestalten von rechts und links auf mich, packen meine Arme.

»Collin, mach das Licht an!«, brüllt eine männliche Stimme neben mir.

Das helle Aufleuchten der Lampe nimmt mir kurz die Orientierung, dann erkenne ich die zwei Kerle aus dem *Kafe*.

»Ragna, ist das Mikael?«, fragt der Mann rechts von mir und dreht mir den Arm brutal nach hinten, bis ich schreien will. Aber ich tue es nicht.

»Ja, James, er ist es«, sagt sie mit hasserfüllter Stimme und mir läuft ein Schauer über den Rücken.

Sie hat neben dem Schrank gehockt, nun steht sie auf und sieht mich mit gefletschten Zähnen an. »Du krankes Arschloch.«

Dabei bin ich so nett zu ihr gewesen. Dann hat sie gestern nur vorgespielt, mir freundlich gesonnen zu sein, als ich Obdach bei ihr gesucht habe.

»Was wollt ihr von mir? Ragna und ich kennen uns von früher, aus der Bücherei. Ich habe nur eine Nacht auf ihrem Sofa geschlafen, weil ich auf der Durchreise bin.«

Sie schnaubt, Speicheltropfen landen auf meinem Gesicht. »Du hast eine Schraube locker, wir kennen uns nicht, weder von früher noch von irgendeiner anderen Zeit. Du bist bei mir eingebrochen, hast mich gefesselt und gezwungen mich krankzumelden, du Teufel.« Ihre Augen funkeln wie schwarze Kohlen.

»Du willst mich nicht kennen? In die Bücherei hast du mich eingeladen, die Werke deiner Lieblinge hast du mir zeigen wollen und wer weiß, was du noch vorgehabt hast.« Ihre Lüge erfüllt mich mit Zorn, genau wie Tobi verleugnet sie meine Existenz.

Sie sieht mich herablassend an und zischt: »Warum soll ich mich an eine Witzfigur wie dich erinnern?«

»Ragna, hör auf ihn zu provozieren, und ruf Karl an«, drängt James und wirft mir einen finsteren Blick zu.

Sie macht Anstalten durch die Tür zu gehen, wohl weil ihr Telefon im Wohnzimmer liegt. Die Männer wollen mich ein Stück zur Seite ziehen, um ihr Platz zu machen. Aber die Dummköpfe können sich nicht entscheiden in welche Richtung und Collins Griff lockert sich für einen Moment.

Ruckartig reiße ich den Arm hoch, greife nach hinten

in den Bund meiner Hose. Collin versucht, mich zu umklammern, aber ich habe das Filetiermesser bereits hervorgezogen. Im gleichen Atemzug packe ich Ragna, reiße sie an mich und drücke ihr das Messer an die Kehle. Sie schreit und ich lasse sie die Klinge spüren, bis sie mit dem Gekeife aufhört.

Rasch gehe ich ein paar Schritte rückwärts und zerre Ragna mit mir. Die Männer schauen mich hilflos an, jetzt helfen ihnen die Muskeln gar nichts.

James erwacht aus der Starre und fährt mich an: »Bist du total verrückt geworden? Lass sie los!«

Mit Genugtuung erkenne ich seine Angst und mir wird bewusst, ich habe meine verloren.

»Fuck, hast du jemanden getötet?« Collin blickt wie hypnotisiert auf das Messer.

»Seid ihr Freunde von Karl?«

»Was für eine bescheuerte Frage«, sagt Ragna in meiner Umklammerung gefangen. »Er leitet die Wache im Ort.«

Sie hat Mut, vielleicht ein wenig zu viel. Ich will diesen trotzigen Mund zum Schweigen bringen. »Er kann euch sowieso nicht helfen«, lasse ich sie wissen.

»Warum? Was ist los mit ihm? Ist das sein Blut auf dem Messer?« Die Sorge auf Collins Gesicht ist allzu verräterisch.

»Also doch ein Freund! Was denkst du, würde es ihn auch bekümmern, wenn jemandem von euch etwas zustößt?«

»Natürlich, weil es sein Job ist.« James starrt mich an, als wollte er mir den Kopf abreißen.

»Erzählt mir nicht so eine komische Geschichte. Er kommt jeden Tag ins *Kafe*, nicht wahr? Ist ja keine fünf Minuten von der Wache entfernt. Ihr alle habt einen Narren an ihm gefressen.«

»Nein, er ist ein Arsch«, ruft Collin, »Niemand von

uns mag ihn besonders. Er ist ein zahlender Gast, mehr nicht.«

Ich lache laut auf. »Ihr leugnet eure Freundschaft zu ihm, weil ich ein Messer in der Hand halte?«

Sie werfen sich angstverzerrte Blicke zu, Ragna bebt in meinen Armen und ich genieße es, Mikael zu sein.

James schüttelt den Kopf. »Willst du uns bestrafen, weil wir freundlich mit unseren Gästen umgehen?«

»Euch bestrafen? Nein, das hast du falsch aufgefasst, ich will ihn be …«

Plötzlich springen die beiden wie von Sinnen auf mich zu, blöken im Chor, als ob ihnen das Geschrei hilft, mich zu überwältigen.

Bevor sie mich niederreißen können, gleitet das Messer nahezu von allein in Ragnas Hals, so tief, bis warmes Blut sprudelt. Einen Atemzug lang bin ich irritiert, das ist nicht mein Plan gewesen. Gleichzeitig fasziniert mich die leuchtend rote Farbe, wie viele Male zuvor.

Collin brüllt: »Was hast du getan, du Schwein?«

Kreidebleich und nach Luft schnappend sieht James mich an, in seinem Blick erkenne ich Mordlust.

»Fangt sie auf, ihr Narren. Das hat sie euch zu verdanken.« Ich gebe sie frei. Wie eine leblose Puppe fällt Ragna in die Arme der überraschten Männer, die nun keine Hand mehr für mich frei haben.

Ich greife die Jacke, reiße das Fenster auf und springe hinaus, in die Arme meines himmlischen Vaters.

22. Abgrund

»Diesmal läufst du mir aber nicht weg, Karl.«

Es ist die Stimme von Dr. Angelik Sinason. Er steht mit verschränkten Armen vor dem Krankenhausbett und ich kapiere nicht, warum ich mich wieder an diesem Ort befinde. Neben ihm entdecke ich Luca, ihre Pralinenaugen sehen mich verzweifelt an, augenblicklich erwache ich aus der Lethargie und nehme den Geruch von Desinfektionsmitteln wahr.

»Du bist seine Kollegin, bitte überzeuge ihn, dass er hierbleiben muss«, sagt der Doktor an Luca gewandt, bevor er den Raum verlässt.

Sie sieht mich stumm an und greift nach meiner Hand. Ihre Haare sehen ungekämmt aus und ihre Augen müde.

»Wie spät ist es?«, frage ich matt.

Sie zieht das Handy aus der Manteltasche. »3:34 Uhr.«

»Wie hast du es erfahren?«

»Mats hat mich angerufen.« Sie hält inne. »Tut mir leid, eigentlich will ich es dir nicht erzählen, aber du hast ihm die Nase gebrochen.« Sie drückt meine Hand mit ihren eiskalten Fingern und ihre Berührung erinnert mich an Fridas, als wir im *Kafe* gesessen haben.

»Die Nase gebrochen? Daran erinnere ich mich nicht.

Überhaupt nicht. Warum? So eine verfluchte, Scheiße.«

»Karl, es gibt da noch etwas: Ragna ist auch hier. Sie ist kurz nach dir eingeliefert worden. Odd hat sich bei ihr versteckt. Collin und James haben sie gestern Nacht gefesselt in ihrer Wohnung gefunden. Sie wollten ihn zu fassen kriegen, aber das ist völlig daneben gegangen. Ragna ist schwer verletzt und liegt auf der Intensivstation.«

Mein Mund ist so trocken, dass ich kaum sprechen kann. »Er ist im *Kafe* gewesen?« Die Vorstellung raubt mir den Atem.

Sie nickt. »Er ist in Ragnas Wohnung eingebrochen und hat sie in seiner Gewalt gehabt. James hat sich Sorgen gemacht, weil sie den ganzen Tag nicht ans Telefon gegangen ist, und hat gemeinsam mit Collin nach ihr gesehen.«

»Wird sie das überstehen?«, frage ich, zerknülle die Decke des Krankenbettes und stelle mir vor, wie ich meine Finger in seine Haut stoße, immer tiefer, bis ich sein Herz umgreife und zerquetsche.

»Sie hat viel Blut verloren und ist noch nicht wieder bei Bewusstsein«, sagt sie tonlos und streicht sanft über meinen Arm.

»Das ist alles meine Schuld«, flüstere ich und versuche, die Wut zu kontrollieren, die mein Denken vernebelt.

»Hör auf, dir das einzureden. Das ist nicht wahr.«

Und wie es das ist. Frida ist tot, Gott, sie ist tot, und ich kann die Realität nicht in mein Bewusstsein lassen. Warum hat er das getan? Warum sie? Noch dazu kämpft unsere Freundin Ragna um ihr Leben. Meine Hände flattern, ich will ihn nicht verhaften, ich will dieses kranke Schwein vernichten.

Ein Gedanke packt mich. Gunnar. Er soll es nicht aus den Nachrichten erfahren.

»Luca, kannst du mich bitte zum Scandic Hotel fahren.

Da steht mein Wagen. Ich muss zu Gunnar Hansen, er ist Fridas Ex-Mann.«

Sie schüttelt den Kopf. »Das ist zu viel für dich und Dr. Sinason hat gesagt …«

»Bitte, ich muss hier raus, sofort.« Ich setze mich auf, warte, bis der Schwindel nachgelassen hat, und hole meine Kleidung aus dem Schrank. Irgendjemand hat mir saubere Sachen gebracht.

Luca läuft vor dem Bett auf und ab. »Okay, ich fahre dich.«

Sie lässt mich am Scandic neben meinem Wagen aussteigen und fährt zurück in ihr Hotel, sie muss schlafen.

Das riesige Hotelgebäude ragt unschuldig vor mir auf, als sei nichts geschehen. Eine dicke Schicht Schnee liegt auf dem Dach und den Zufahrtswegen. Es ist totenstill, als sei alles erstarrt, weil er Frida ermordet hat. Dieser kranke Dreckskerl hat meinen Namen benutzt und sie hat ihn hereingelassen.

Auf dem Weg nach Flakstadøya funktioniere ich, weil Fahren Routine ist, aber wie ich auf die Insel gekommen bin, daran erinnere ich mich nicht, an kein Detail. Endlich biege ich in Gunnars Straße ein, das alte Holzhaus ist dunkel und ich ahne, dass er zum letzten Mal unbeschwert schläft. In einigen Minuten werde ich seine Welt zum Einstürzen bringen. Gibt es Worte, die das Grauen mildern?

Ich stehe auf der Treppe vor Gunnars Behausung und fröstele in der eisigen Nachtluft. Die Luft riecht nach Schnee, doch ich habe den Geruch ihres Blutes in der Nase. Fridas Blut.

Unentschlossen drücke ich einmal zaghaft auf die Klingel. Dann hämmere ich mit Fäusten gegen die Tür, bis ich Licht im Flur sehe. Seine Privatwohnung befindet sich unter der Praxis im Erdgeschoss des Hauses.

»Herrgott ja, wer ist da?«, höre ich seine verschlafene Stimme durch die Haustür.

»Karl.«

Er öffnet und sieht mich an, als sei ich ein Gespenst. »Was ist los? Hast du auf die Uhr gesehen?«, fragt er heiser und ordnet seine zerzausten Haare.

»Es tut mir leid, Gunnar.« Und damit meine ich nicht die Uhrzeit.

Er sieht mich prüfend an und meine mühsam aufrechterhaltene Beherrschung bricht. »Es tut mir so leid«, wiederhole ich und kann ihm nicht in die Augen sehen.

Er geht einige Schritte rückwärts, als wolle er dem Unausweichlichen entfliehen. »Ist etwas mit Frida?«, fragt er kaum vernehmbar.

Ich nicke hilflos.

»Was ist passiert?« Er zieht den Bademantel fester um sich und presst die Hände hart aufeinander, bis die Knochen knacken.

»Können wir uns hinsetzen?« Meine zitternden Knie brauchen Halt und es steht mir nicht zu, vor ihm zusammenzubrechen. Er ist mit ihr verheiratet gewesen und ich war nur ein Besucher in ihrem Leben.

Noch habe ich das verdrehte Empfinden, sie ist nicht tot, es ist nicht wahr, sondern ein entsetzlicher Traum und Streich meines Verstandes. Erst wenn ich es ausspreche, wird es real und diesen schrecklichen Moment versuche ich hinauszuzögern.

Gunnar öffnet die Tür zur nobel ausgestatteten Küche, setzt sich auf einen der gepolsterten Lederstühle und wartet, dass ich es ihm gleichtue. Er scheint Besuch gehabt zu haben. In der Spüle stehen zwei dickbauchige Weingläser.

»Sie ist tot«, sagt er plötzlich. »Du würdest nicht mitten

in der Nacht auf meine Tür einprügeln und mit diesem Ausdruck vor mir stehen, wenn sie …«, Er bricht ab und schlägt die Hände vors Gesicht.

Verflucht! Ich will sagen, dass er sich irrt und Frida wohlbehalten ist. Ich möchte das Unheil in kleine Happen zerlegen, die Wucht mindern.

»Hat sie einen Unfall gehabt?« Er wischt sich Tränen von den Wangen.

»Sie ist für mich gestorben.« Krampfhaft halte ich mich an den Armlehnen des Stuhles fest. Es gibt keine taktvolle Wahrheit, sie ist hässlich, brutal und hat sich in unsere Realität gedrängt.

Er reißt die Hände vom Gesicht und sieht mich mit glänzenden Augen an. »Verdammt, was meinst du damit?«

Stockend schildere ich ihm von unserem Zusammentreffen am Flughafen, dem Gespräch und Vorfall im *Kafe* und warum ich am späten Abend zu ihr ins Hotel gefahren bin. Dann finde ich keine Worte mehr.

»Karl, sag mir sofort, was mit ihr passiert ist!«

Ich öffne den Mund, nichts kommt heraus. Schwerfällig stehe ich auf, wanke zum Fenster, weil ich ihn nicht ansehen kann.

»Sprich endlich«, brüllt er mit gebrochener Stimme.

Und so blicke ich hinaus in die Schwärze, verleihe dem Unaussprechlichen Worte – halte inne, spreche weiter, bis ich das Grauen mit ihm teile, sich die Bilder in seinen Kopf gedrängt haben und sein Körper sich unter dem Schmerz aufbäumt.

Wir wissen nichts zu tun, als das Unbegreifliche mit Trauer zu umarmen, in die Dunkelheit abzutauchen, sie einzuatmen und Teil unserer Existenz werden zu lassen.

Ich warte auf einen Vorwurf, auf seine berechtigten Schuldzuweisungen, aber nichts davon kommt.

Ich setze mich ihm gegenüber, lege die Hand auf seine.

Wir schweigen eine geraume Weile und ich will schreien, weil ich Frida auf dem Bett liegen sehe, ihren leeren Blick und das Blut rieche. Ich denke an Ragna, die Opfer Lasse, Freydis und Tobi. Und erst recht denke ich an Odd.

»Du darfst ihn nicht töten«, sagt Gunnar abrupt, als habe er meine Gedanken gehört. »Ich verstehe, dass du das willst, und Gott weiß, ich trachte auch danach. Eigenhändig möchte ich mit ihm tun, was er ihr angetan hat. Versprich mir, dass du dich nicht hinreißen lässt, Karl.« Er sieht mich beschwörend an.

Meine Faust knallt auf den Tisch. »Das kann ich nicht!« Ich will weiter auf das Holz einschlagen, bis ich den Schmerz nur noch körperlich fühle.

Beschwichtigend legt er seine Hand auf meine. »Sperr ihn ein, aber krümme ihm kein Haar. Du bist nicht sein Richter. Stoppe diesen Mann, tu es für Frida.«

Ruckartig erhebt er sich, als müsse er aus der schwarzen Wolke des Schmerzes auftauchen, um nicht darin zu ersticken.

Er kocht einen Kaffee, stellt wortlos einen Becher für mich auf den Tisch und lehnt sich gegen den Kühlschrank. »Ich will zu ihr«, sagt er entschieden und sieht mich an, als brauche er mein Einverständnis.

»Auf keinen Fall, Gunnar. Wirklich nicht.«

»Sie muss identifiziert werden, oder? Ich bin ihr Ehemann gewesen und du weißt, sie hat niemanden, ihre Eltern sind vor Jahren verstorben. Damit ist es meine Aufgabe und ich will mich von ihr verabschieden.«.

Obwohl ich mich nicht dazu in der Lage fühle, sage ich: »Wir gehen zusammen.«

Er nickt. Vermutlich aus Dankbarkeit, ich weiß es nicht. Dieser Mann besitzt Größe und ich habe ihm Unrecht getan, ihn vollkommen falsch eingeschätzt.

Wir warten, bis es acht Uhr ist. Gunnar führt einige Telefonate, sagt Therapietermine ab und ich schicke Luca eine Nachricht, dass ich später in der Wache erscheinen werde. Wir setzen uns in meinen Wagen und fahren zum Institut für Rechtsmedizin.

Svenika Nielsen scheint heute ein anderer Mensch zu sein. Sie empfängt uns ohne ihr übliches Knurren.

»Guten Morgen Svenika, das ist Dr. Gunnar Hansen. Wir sind hier, um Frida Hansens Leiche zu identifizieren«, sage ich ruhig und möchte vermeiden, vor ihr die Fassung zu verlieren.

»Mein Beileid, Gunnar.« Sie wirft uns mitfühlende Blicke zu.

»Danke, Svenika.« Er lächelt sie freundlich an.

Wie schafft er es, sich in dieser Situation noch so höflich zu verhalten?

Wir folgen ihr in den Sektionssaal, in dem Frida bereits auf einem der Tische liegt. Einige Meter vor ihrer Leiche bleiben wir stehen und lassen Gunnar allein zu ihr gehen.

Der Laut, wie er die Luft scharf einsaugt, als er sie ansieht und zu schluchzen beginnt, zerrt an meiner Beherrschung. Ich will ihm Beistand leisten, doch dieser Moment gehört ihm allein.

»Das ist die Polizeichefin«, flüstert Svenika und blickt mich düster an.

»Sie ist viel mehr als die Chefin gewesen, sie ist …« Die Worte bleiben mir im Hals stecken.

Gunnar betrachtet ihre Hände und Füße, den von Wunden bedeckten, kahlen Kopf und sein Schluchzen verstummt. »Woran ist sie gestorben? Ist sie verblutet?«

Wir treten zu ihm und Svenika sagt: »Ja, davon ist auszugehen.«

»Hat sie lange leiden müssen?« Seine Stimme ist von

Schmerz durchdrungen, seine Worte kaum zu verstehen.

»Vermutlich hat sie innerhalb kurzer Zeit das Bewusstsein verloren«, sagt sie so sanft, wie ich sie noch nie habe sprechen hören.

Ich hoffe, sie sagt die Wahrheit. Nur flüchtig sehe ich ihre Leiche an und drehe mich weg, weil ich nicht atmen kann.

»Frida«, flüstert Gunnar kaum hörbar, »ich werde dich nie vergessen, du Teufelsweib.« Er beugt sich herunter, küsst ihre Wange und rennt an uns vorbei nach draußen.

Wir hören den Hall seiner Schritte, dann ist es ruhig.

»Svenika, gibst du mir ein paar Minuten?«

Sie nickt und verlässt den Saal.

Nun bin ich allein mit ihr und die Stille ist unaushaltbar. Da liegt sie, meine Vertraute und Freundin. Nie mehr werde ich ihre Stimme und ihr Lachen hören oder ihre scharfsinnigen Worte, mit denen sie mich gern in den Wahnsinn getrieben hat.

Ein letztes Mal fahre ich mit den Fingern über ihre Wange, als würde ich eine Haarsträhne hinter ihr Ohr streichen, und schwöre ihren Tod zu rächen. Sie hat mich schützen wollen und ich bin zu spät gekommen, um sie zu retten.

Ich schließe die Augen und stelle mir vor, dass es Odd ist, der aufgebahrt auf dem Obduktionstisch liegt. Wenn ich das nächste Mal diesen Saal betrete, will ich auf seinen Leichnam blicken.

Während der Rückfahrt schweigen wir und jeder hängt den eigenen finsteren Gedanken nach. Gunnar wirkt seltsam gefasst, aber ich bin sicher, er weiß seine Gefühle gut zu verbergen.

Bevor er aus dem Wagen steigt, sieht er mich an. »Melde dich erst, wenn du den Dreckskerl verhaftet hast.«

Er schlägt die Tür hinter sich zu, geht aufrecht zu seinem Haus, schließt auf und ist verschwunden.

Auf dem Weg zur Wache überwältigen mich die Gefühle. Erst Petter, jetzt Frida. Mir fallen keine Menschen ein, die eine solch große Bedeutung für mich gehabt haben. Doch das ist nicht die Wahrheit, Odd ist wie ein Bruder für mich gewesen. Odd, das Monster. Er mag krank sein, aber das wird ihn nicht davor bewahren, für seine Taten zu zahlen.

Mein Fuß drückt das Gaspedal immer weiter herunter, der Drang ihn zu finden, um seine erbärmliche Existenz auszulöschen, ist das Einzige, was mich aufrecht hält. Ich fahre auf eine schwarze Wolkenwand zu und wünsche mir, sie möge mich verschlingen.

Auf dem Revier rufe ich die Kollegen zusammen. Emilie, Mats, Ingvill, Anni und die anderen eilen aus den Büros und versammeln sich im Empfangszimmer.

»Danke, für eure Aufmerksamkeit«, beginne ich. Sie werfen mir mitfühlende Blicke zu und ich begreife, dass es keine Geheimnisse gibt. Sie wissen über mich und Frida Bescheid.

»Norwegens Polizeichefin ist gestern Nacht im Scandic Hotel brutal ermordet worden, Ragna, unsere geschätzte Freundin und Betreiberin des *Kafe Ragnarök*, ringt um ihr Leben. Das alles wisst ihr bereits.« Ich versuche, ihnen Orientierung und Führung zu geben, meine Stimme energisch klingen zu lassen, und hoffe, sie kaufen mir das ab. »Zwei wichtige Dinge möchte ich euch sagen: Erstens, wird die Presse von nun an Fragen stellen. Wir geben keinerlei Informationen, nichts soll an die Öffentlichkeit dringen, bevor wir ihn gefasst haben.«

Sie nicken und murmeln zustimmende Worte.

»Gut, und zweitens: Keiner setzt mehr einen Schritt allein irgendwo hin. Ihr bewegt euch in Teams, je mehr ihr seid, desto schwieriger wird es für Mikael Hamsum, jemanden zu isolieren. Ich will niemanden ängstigen, aber jeder Kollege ist in Gefahr, Menschen in meiner Umgebung sind offenbar seine Zielscheibe.«

Ich lasse ihnen ein paar Sekunden, die Worte zu verarbeiten. Sie sind still geworden, aber ich will sie nicht besänftigen. »Mats und Ingvill, ihr übernehmt die Befragung von Collin, James und dem Nachtportier des Scandic Hotels.«

»Sind schon auf dem Weg«, sagt Ingvill.

»Wer mit mir sprechen will, kommt gern in mein Büro.«

Die Ansprache ist beendet, niemand sagt etwas, alle gehen schweigend an ihre Arbeitsplätze.

»Mats, bleibst du bitte noch?«

»Na sicher, Chef.« Er grinst mich schief an.

Verlegen blicke ich in sein demoliertes Gesicht. »Es tut mir leid, dass ich dir eine verpasst habe, als du mich aus dem Hotelzimmer gebracht hast.«

»Ist nicht der erste Nasenbruch in meinem Leben. Kompliment für deine Rechte, Karl, die kann sich sehen lassen.« Er klopft mir auf die Schulter und geht in sein Büro.

Ein Haufen unbeantworteter Anrufe und Nachrichten wartet, ausgebrannt gehe ich in mein Dienstzimmer.

Wie ein Tritt in den Magen wird mir plötzlich bewusst: Lucas Platz ist leer und eben hat sie in der Runde gefehlt.

»Wo ist Luca?«, brülle ich und mein Hirn spuckt Bilder, die sie blutend auf einem Bett liegend zeigen, mit Pralinenaugen, die nicht mehr leuchten.

23. Nicht genug

Meine Beine tragen mich in Windeseile durch die Nacht, fort von ihrem Geschrei. Es zieht mich ans Wasser, in das ich die Hände tauche und reinige.

Ich bete, Ragna möge sterben und Hallis Schmerz zu einem rasenden Sturm heranwachsen. Doch wie kann ich sicher sein, dass es genug ist?

»Vater, wann ist es so weit?«, flüstere ich. Sie dürfen mich nicht vorher finden und einsperren.

Der Himmel hat sich zugezogen, als habe er sich von mir abgewendet und in Schweigen gehüllt. Aber Gott hat mir einen Verstand gegeben, ich muss ihn gebrauchen.

Es ist nicht genug!

24. Zu spät

Alle stürmen aus den Büros und reden auf mich ein, niemand hat bemerkt, dass Luca nicht zur Arbeit erschienen ist. Fieberhaft reiße ich das Handy aus der Hosentasche, wähle ihre Nummer, die Mailbox meldet sich nach fünf Klingelzeichen. »Luca, ruf mich an, bitte melde dich sofort, hörst du?«, brülle ich und habe das Empfinden, die Wände der Wache rücken immer näher, als wollten sie mich zerquetschen.

Die Kollegen sehen mich betreten an und ich will Amok laufen. Alle lieben sie, daran gibt es keinen Zweifel. Sie hat die gesamte Mannschaft für sich eingenommen, uns verändert. Und seit sie hier ist, existiert Regel Nummer eins nicht mehr.

»Karl, ich orte ihr Handy«, ruft Mats und rennt in sein Büro.

Wir hasten hinter ihm her, halten die Luft an, während er ihre Nummer eingibt und sich die interaktive Karte auf dem Bildschirm öffnet.

»Das Telefon befindet sich in Leknes im hinteren Abschnitt des *Balders vei*.« Seine riesigen Hände vibrieren auf der Tastatur.

So nah ist sie? Bevor jemand ein Wort sagen kann,

stürme ich hinaus, springe in den Wagen und gebe Gas. Im Rückspiegel sehe ich, wie Mats und Ingvill mir folgen.

Es sind nur wenige Minuten bis zum *Balders vei*, die mir wie eine Ewigkeit vorkommen. Immerzu drücke ich auf die Wahlwiederholung, es meldet sich nur die Mailbox. Ich stoße Verwünschungen aus und bin froh, dass sie niemand hört.

Als ich die besagte Straße erreiche, erkenne ich aus der Ferne ihren Landrover, der in der Kehre vor dem Fjord parkt. Was hat sie an diesem Ort gewollt? Hier ist nichts.

Kurz bevor ich den Wagen erreicht habe, trete ich auf die Bremse, springe hinaus und reiße an der Fahrertür des Geländewagens. Die schwere Tür fliegt mir entgegen, sofort dringt ein vertrauter Geruch in meine Nase. Die Ahnung bestätigt sich, als ich Blutflecken auf dem Fahrersitz entdecke. Er hat Luca! Mein Magen dreht sich, ich will ihn umbringen!

Mats und Ingvill springen aus dem Auto und stecken die Köpfe in den Landrover.

»Bitte nicht sie«, flüstert Ingvill und öffnet die Laderaumtür. Leer. Eine Sekunde später entdecke ich Lucas Aktentasche hinter dem Fahrersitz und darin ihr Handy. Verdammt!

»Scheiße! Wenn er ihr nur ein Haar krümmt.« Mats tritt hitzig gegen den Hinterreifen.

Ich fühle mich, wie in Eiswasser getaucht. »Ruft die Spurensicherung! Die sollen den Wagen auf den Kopf stellen«, presse ich hervor, und suche die Umgebung nach einem Hinweis ab.

Wahrscheinlich hat er nie Autofahren gelernt, aber mit Booten ist er vertraut. Von Mosken aus hat er keine andere Chance gehabt, mobil zu sein.

Schritt für Schritt bewege ich mich durch den

knarzenden Schnee auf den Fjord zu, der von Steinen umsäumt und abgelegen daliegt. Was ist hier geschehen? Vor meinem inneren Auge sehe ich Odd mit Luca, wie er sein Boot ablegt und mit ihr verschwindet.

Schuld lastet wie ein Felsblock auf meinen Schultern und raubt mir die Luft. Ich blicke in die Ferne, will ihn aufspüren, niederreißen und zerschmettern, doch sie sind längst fort. Die Landschaft verschwimmt vor meinen Augen, nur kurz ringe ich mit mir, dann steht die Entscheidung.

Überstürzt renne ich zurück zu den beiden und weiß, ich sollte etwas formulieren wie: *Er ist auf dem Wasser unterwegs, wir müssen nach Mosken.*

Doch nichts dergleichen verlässt meine Lippen. Stattdessen höre ich mich sagen: »Fahrt zur Wache und lasst sofort eine Großfahndung für Luca rausgehen, dann führt ihr die Befragungen mit den Jungs aus dem *Kafe* und dem Nachtportier durch. Ich werde bald zurück sein.«

Sie sehen mich irritiert an, aber stellen keine Fragen.

Nun zeigt sich, wie sehr Frida mit allem Recht gehabt hat. Ich breche Regeln und mir ist ebenso bewusst, dass ich alle brechen werde. Petters Mörder habe ich nicht selbst stellen können. Als er festgenommen worden ist, bin ich dazu verdammt gewesen, in sein grinsendes Gesicht zu starren und im Hass zu ertrinken. Damals hat Frida mich besänftigt, aber jetzt ist sie fort.

Mein Herz rast, als ich in den Wagen steige, zum Hafen fahre und zum ersten Mal seit langer Zeit die Dienstwaffe aus dem Tresor hole.

Dunkelheit legt sich wie eine schwarze Pranke über den Fjord und meine Gedanken, verwandelt die Berge im Wasser zu finsteren Kolossen, die weder Anfang noch Ende erahnen lassen.

Hastig springe ich in die kleine Fahrerkabine des

Polizeibootes, drehe die Motoren voll auf, was nicht klug ist, überall lauern Untiefen und Felsen, die nur knapp von Wasser bedeckt sind.

Nach meiner Erinnerung dirigiere ich das Boot, nur schneller als das letzte Mal. Meine Hände umklammern das Steuer wie Schraubzwingen, während ich an den Inseln vorbeirausche. Mein Kopf ist leer, gleichzeitig überrollen mich Bilder von Odd und ich erhöhe die Geschwindigkeit noch einmal.

Er wird sterben, Gott, ich werde ihn töten!

In Rekordgeschwindigkeit erreiche ich Mosken und stakse verspannt vom Boot. Erneut empfangen mich die blökenden Schafe, nachdem ich am Anleger festgemacht habe.

In der einen Hand die Taschenlampe und in der anderen die Pistole umklammernd, jage ich durch den Schnee wie ein hinterrücks abgeschossener Pfeil, der das verfluchte Ziel zu treffen versucht.

Schatten huschen im Schein der Lampe über das hochgewachsene Gestein und mein Finger zuckt wiederholt auf dem Abzug.

Wo sind sie? Die felsdurchzogene Insel ist bereits bei knappem Tageslicht unwegsam, doch in der Dunkelheit gestaltet sich jeder Schritt halsbrecherisch. Trotz des hellen Lichtkegels erkenne ich einige der Stolperfallen nicht und rutsche wiederholt auf dem eisigen Untergrund aus. Gern würde ich die Pistole einstecken, um eine Hand zum Abstützen zu haben, aber wenn er auftaucht, will ich in der Lage sein, ihm sofort eine Kugel in den Kopf zu jagen. Er muss mich nicht mehr überzeugen, dass er es ernst meint.

Nach Petter habe ich mir nicht vorstellen können, jemals wieder mit einem Partner zu arbeiten und Zuneigung auszuhalten. Aber Luca hat mich. Ich würde alles tun, um sie zu retten. Bilder flackern vor meinen Augen, wie sie aufgerissen und tot ist. Diesmal sehe ich sie an der Kiefer hängen, an die er seine Pflegemutter geknüpft hat, und will schreien.

Der Geruch nach verbranntem Holz kündigt die Nähe zu den Überresten des Rorbus an. Überreizt richte ich die Taschenlampe auf das, was von seiner Behausung übriggeblieben ist.

Unsere Begegnung hat ihn anscheinend dazu veranlasst, es niederzubrennen. Einen Tag später sind die Leichen von Freydis und Tobi gefunden worden. Zu beiden Opfern habe ich keine Verbindung gehabt, auch nicht zu Lasse. Es ist unbegreiflich, wieso er mir nicht den Schädel eingeschlagen hat, als ich bewusstlos gewesen bin. Stattdessen hat er Frida getötet, Ragna überfallen und Luca in seine Gewalt gebracht. Um mich leiden zu lassen? Nichts ergibt Sinn, meine Gedanken verheddern sich. Er hat auf der Lauer gelegen und ich habe ihn nicht bemerkt …

Das Blöken der Schafe reißt an meinen Nerven, keines ist zu sehen, doch ihre Laute hallen von allen Seiten. Aufgepeitscht haste ich weiter. Im Lichtkegel erkenne ich die Kieferngruppe, unter der ich die Knochen entdeckt habe.

Einige bange Atemzüge bin ich sicher, Luca dort oben hängen zu sehen. Beklommen bewege ich mich näher und richte das Licht in die Krone des Baumes. Keine Spur von ihr. Erleichtert atme ich aus. Stolpernd laufe ich weiter durch die Dunkelheit. Nach ein paar Minuten stehe ich vor einer massiven Felswand. Eine Seite endet am Wasser, die andere führt in nördliche Richtung.

Über das schneebedeckte Gestein taumelnd, versuche ich gegen den unbarmherzigen Countdown anzurennen, der immer schneller rast und dessen Ende Lucas Tod bedeutet.

Unvermittelt rutsche ich auf einem vereisten Stein aus, verliere das Gleichgewicht, die Pistole fliegt mir aus der Hand und ich falle in den hartgefrorenen Schnee. Hastig rapple ich mich auf, leuchte abschnittsweise über den buckligen Untergrund und entdecke sie ein paar Meter vor mir, neben einem Stein liegend. Ein seltsamer Anblick, der Pistolenlauf zeigt auf mich, als würde die Waffe von einer unsichtbaren Hand gehalten. Befremdet nehme ich sie an mich, beleuchte die Felsen links von mir und bemerke eine Kluft, durch die ein Mensch passt.

Vorsichtig nähere ich mich dem Durchlass, halte die Lampe in den Spalt und erkenne, dass sich dahinter eine Grotte befindet. Kurz verharre ich lauschend vor dem Eingang. Bis auf den harschen Wind ist nichts zu hören. Wachsam schiebe ich mich durch die Öffnung in die Höhle. Drinnen ist es klamm und finster, irgendwo plätschert Wasser, es riecht nach kalter Asche. In alle Winkel leuchte ich und jeder Muskel in mir wartet darauf, ihn zu vernichten und Luca zu befreien.

Doch hier ist niemand.

Eine Sekunde später entdecke etwas. Dem Eingang abgewandt, zwischen den Steinen befindet sich eine Feuerstelle, einige leere Konservendosen liegen daneben. Vorsichtig sichere ich die Waffe, verstaue sie in der Jacke und halte die Hand über das verkohlte Holz. Kalt. Er hat in der Höhle Unterschlupf gesucht, aber sie sind nicht hier und ich bin nicht sicher, ob sie es je gewesen sind.

Odd will unsere Begegnung. Wie eine Marionette hält er mich in der Hand. Während ich zurück zum Boot hetze, stelle ich mir pausenlos die gleiche Frage: Wo sind sie?

Schwarze Wolken türmen sich über dem Fjord, der

Himmel hat sich zugezogen, Wind peitscht das Meer auf. Die Atmosphäre ist ebenso aufgeladen wie ich selbst.

Im Norden zuckt ein Blitz. Die Furcht unserer Kindheit kriecht unter meine Haut und einen Atemzug lang sehe ich Odds angsterfülltes Gesicht neben mir. In jener längst vergangenen Zeit habe ich den Arm um ihn gelegt und die Decke über unsere Köpfe gezogen, wenn es gewittert hat. Aber weder Odd noch ich sind wie die Kinder von einst.

Zügig löse ich das Boot vom Anleger, springe hinein und starte den Motor. Wieder erhellt ein gezackter Blitz den Horizont und in diesem Moment begreife ich, an welchem Ort ich ihn finden werde, wo er nur sein kann.

Die gesamte Fahrt über versuche ich nicht an ihn zu denken, stelle Distanz zu unserer Vergangenheit her, indem ich ihn Mikael nenne. Mikael, den Mörder von Frida, und Mikael, der Luca benutzt, um mich vollends um den Verstand zu bringen.

Der Wind nimmt zu, Regen fällt in Sturzbächen vom Himmel und klatscht gegen die Frontscheibe des Bootes.

Wenn es sehr geregnet hat, haben wir gedacht, es ist Gott, der angesichts des Elends, das wir durchlebt haben, weint. Kindliche Vorstellungen. In Wirklichkeit weint nicht Gott, sondern wir tun es.

Mehrmals sehe ich auf dem wildbewegten Wasser tote Körper treiben. Mal ist es Lasse, dann Frida, Luca, Ragna, auch Petter sehe ich. Sie sind nicht real, doch ich weiche ihnen aus, als seien sie gegenwärtig. Allmählich scheine ich die Kontrolle zu verlieren. Ein paarmal wandert meine Hand in die Manteltasche, wo die geladene Pistole steckt und 17 Schuss Munition auf ihre Bestimmung warten.

Die Vorstellung, wie die Patronen in Odds Kopf explodieren, bis von seinem kranken Hirn nichts mehr übrig ist, treibt mich auf entsetzliche Weise an.

Immer näher komme ich der Insel und habe das Gefühl außerhalb meines Körpers zu stehen, durchdrungen von Abscheu und Sorge. Ich sehe den Mann am Steuer des Bootes, er ist mir fremd, stößt mich ab und gleichzeitig begreife ich, er ist der Teil von mir, der die Ohnmacht nicht mehr erträgt. Ich kann ihn nicht verdammen.

Wäre Gunnar jetzt hier, er würde alle Hebel in Bewegung setzen, um mich zu stoppen. Doch auch er trägt den gleichen unterdrückten Wesenszug, der die Pistole abfeuern würde, wenn der entscheidende Moment gekommen ist.

Schemenhafte Umrisse der imposanten Gipfel, schneebedeckt und kantig, schieben sich in mein Sichtfeld. In der Dunkelheit scheinen sie mich zu warnen, nicht näherzukommen, während der perlweiße Strand mich zu sich lockt. Viele Jahre bin ich nicht hier gewesen, habe diesen Ort vergessen, als habe er nie existiert. Nun dreschen die Erinnerungen auf mich ein und ich sehe uns Hand in Hand über den Strand rennen.

Im hüfttiefen Wasser lasse ich den Anker herunter und springe in die schäumende Brandung. Wellen reißen an mir, während ich mich zu den vorgelagerten Felsen kämpfe und der Wind Regentropfen wie Pfeile in mein Gesicht feuert. Wie den Herzschlag des Ozeans höre ich die Brecher gegen die Insel krachen und fühle mich eins mit der Dunkelheit und dem wachsenden Sturm.

Mein Blick richtet sich hypnotisch in die Richtung, in der sich die Ruine des Kinderheimes befindet. Es liegt ungefähr 80 Meter vom Strand entfernt und dahinter, wie schützende Hände, ragen die mehrere 100 Meter hohen Felsen auf.

Im grellen Licht eines Blitzes erkenne ich die Umrisse des zum Teil bis auf die Grundmauern niedergebrannten

Gebäudes. Der linke Trakt, in welchem der Speisesaal untergebracht gewesen ist, scheint von den Flammen verschont geblieben zu sein. Dann ist es dunkel.

Wie sehr ich wünsche, den Erinnerungen an diese Zeit nicht wieder zu begegnen. Es ist unausweichlich.

Von zwei Gefühlen beherrscht, bewege ich mich geduckt über den Strand. Angst zerrt an mir, zugleich bin ich wie der aufgepeitschte Ozean, will Odd fortreißen und ertränken.

»Luca«, brülle ich in den Sturm, meine Stimme ist nichts mehr als ein Flüstern zwischen den entfesselten Elementen.

»Odd«, rufe ich und sein Name gerinnt in meinem Mund, hinterlässt einen bitteren Geschmack auf der Zunge.

Gegen den Wind gestemmt gehe ich weiter auf die Ruine zu. Ein Blitz leuchtet auf und für eine albtraumhafte Sekunde erkenne ich Odd mit Luca in den Armen.

Dunkelheit. Es donnert ohrenbetäubend.

Beim nächsten Aufleuchten sind sie fort. Habe ich sie wirklich gesehen oder ist es eine Vision gewesen? Wenn ich jemals einen klaren Verstand gebraucht habe, ist jetzt der Zeitpunkt dafür gekommen.

Ich renne durch die Schwärze, in die Richtung, wo sie eben gestanden haben. Die Pistole in meiner Hand fühlt sich wie Eis an.

Wo sind sie hin? Haltlos drehe ich mich um die eigene Achse, verliere das Gleichgewicht und falle. Die Taschenlampe geht aus.

Fieberhaft drücke ich den Schalter, sie flackert, bleibt dunkel. Ohne ihr Licht erkenne ich nur fahle Konturen der Umgebung.

Ich stehe auf, bei jedem Aufleuchten des Himmels renne ich ein Stück voran. In der folgenden Schwärze bleibe ich blinder als zuvor stehen. Auf diese Weise erreiche ich endlich die Ruine.

Das morsche Holz ist glitschig und knackt unter meinen Schritten, noch immer hängt der Geruch des Feuers im Gemäuer. Vorsichtig betrete ich den finsteren Speisesaal, nehme den Finger vom Abzug der Pistole, weil ich Luca treffen könnte, wenn sie hier irgendwo kauert.

Ein Hauch von Lebertran haftet im Saal. Ich sehe uns Kinder, wie wir Seite an Seite aufgereiht die tägliche Ration unter Tränen herunterwürgen.

Es blitzt und für einen Atemzug erkenne ich das Durcheinander im Inneren, umgestürzte Tische und Stühle, Unrat auf dem weißgefliesten Boden.

»Luca?«, sage ich gedämpft und bewege mich an der Wand entlang durch die Schwärze. »Hörst du mich?«

Nur der Wind antwortet und pfeift wie ein trauriger Geist durch das Gebäude. Hier ist niemand.

Anspannung presst mir die Luft aus den Lungen und zur gleichen Zeit kann ich nicht einatmen. Keuchend drehe ich mich zum Ausgang, flüchte aus dem Speisesaal und versuche, irgendetwas zu entdecken. Sind sie überhaupt hier oder ist alles meiner Fantasie entsprungen?

Draußen dröhnt das Unwetter in voller Lautstärke, doch da ist noch etwas. Unter das wütende Grollen des Sturmes mischt sich ein gespenstischer Laut.

»*Haaaalliiii.*«

Gänsehaut prickelt über meinen Rücken. Odd ist hier.

Blind hetze ich durch den Schnee, in Richtung der Rufe. Abermals erhellt ein Blitz die Umgebung, mein Herz bleibt stehen, als ich ihn entdecke. Geschätzt 50 Meter auf der rechten Seite der Bucht, auf einem einzelnen Felsen im Meer steht er und sieht zu mir.

Der nachfolgende Donner dröhnt so laut, dass ich für einige Sekunden das Gefühl habe am Eingang zur Hölle zu stehen. Angetrieben von Sorge, renne ich auf den Felsen zu, auf dem Odd mit weit ausgebreiteten Armen steht, als habe er nie Angst vor Blitzen gehabt. Je näher ich komme, desto lauter höre ich ihn lachen und umklammere die Waffe fester.

Kurz bevor ich das Ufer erreicht habe, bückt er sich und hebt etwas hoch. Luca. Von Sinnen stürme ich in die wogenden Fluten, will auf ihn feuern. Ein Blitz erleuchtet die Szene, ich sehe sie schlaff in seinen Armen hängen, nur mit einem roten Top und einer zerrissenen Jeans bekleidet, sieht sie so bleich aus, als wäre sie tot.

»Da bist du ja endlich, Halli. Keinen Schritt weiter!«, brüllt Odd, als mich nur noch wenige Meter von ihnen trennen.

Er starrt auf mich herunter, während ich bis zu den Hüften im Wasser stehe, von den Wellen hin und her geworfen werde. Weitere Lichter zucken grell über den Fjord, kurz nehme ich Blut auf Lucas Armen wahr. Was hat dieses Schwein ihr angetan?

Im silbrigen Licht reißt Odd den Mund auf, sein Körper wirkt transparent, als könnte ich in sein Inneres blicken und sein schlagendes Herz sehen.

»Hast du sie getötet?« Meine Stimme überschlägt sich, ich ziele mit der Waffe auf seinen Kopf, will abdrücken, doch die Wellen werfen mich umher, als sei ich Treibgut.

»Noch fühle ich einen Puls. Vielleicht bist du diesmal nicht zu spät, Halli.« Er lächelt müde, sein Gesichtsausdruck verändert sich mit jedem Aufleuchten. Mal lacht er fratzenhaft, im nächsten Moment sieht er wie der weinende Junge aus meiner Kindheit aus.

Odd hält sie wie einen Schatz in den Armen, zieht sie fester an sich und keucht, als er sich mit ihr auf den Felsen setzt. Ihr Kopf liegt in seiner Armbeuge, die nassen Locken hängen bis auf seinen Schoß herunter.

Das Verlangen, sie aus seinen Armen zu reißen, ist so übermächtig, dass alle weiteren Empfindungen verblassen. »Was willst du? Hast du noch immer nicht genug?«

»Die Frage ist eine andere, Halli. Sag mir, wann du genug hast?«

Ich kann seine Mimik nicht erkennen, in seinen Worten schwingt Schmerz und der Klang reißt ein Loch in meinen Magen, doch er verdient kein Mitleid.

»Gib mir Luca! Sie ist unschuldig, verdammt!«

Es blitzt in immer kürzeren Abständen und der Donner grollt fast ohne Pause. Selbst wenn ich ihn erschießen wollte, meine Hände sind starr vor Kälte. Würde ich jetzt abdrücken, könnte ich ebenso Luca treffen.

»Mach dir keine Hoffnung, dass es gut ausgehen wird, Bruder.« Er umgreift ihren Körper fest mit einem Arm und zieht mit der freien Hand ein Messer hervor.

»Nein!«, brülle ich. »Bitte, was willst du von mir, Odd?« Verzweifelt schlage ich mit der Hand ins Wasser.

»Bring endlich zu Ende, was du angefangen hast«, schreit er, hält inne, reißt das Messer hoch und richtet es auf mich. »Du, mein Freund und Vertrauter, erinnerst du dich, wie du mir die Eltern genommen hast? Wie ich dich ihnen vorgestellt habe, weil ich gewünscht habe, du mögest mit mir kommen und eine Familie finden?«, spuckt er die Worte wie bittere Brocken aus und blickt mich an, als habe er entsetzliche Schmerzen.

»Alles hast du an dich gerissen und dich davongestohlen, du Verräter. Du hast kein Herz gehabt, mir in die Augen zu sehen und dich zu verabschieden, Halli.« In Erinnerungen gefangen schüttelt er den Kopf. »Ich habe dich wie einen Bruder geliebt, du bist meine Familie gewesen. Aber an diesem Tag habe ich dein wahres Wesen erkannt. Ich habe dich gewogen und gewogen und für zu leicht befunden, Halli.« Er weint wie ein verlassenes Kind, als die Worte gesprochen sind.

Mein Blick wechselt zwischen ihm und Luca. Sie hat sich nicht einmal geregt, liegt wie eine leblose Puppe in seinem Arm. »Odd, es tut mir leid.«

Er zittert, das Messer tanzt unkontrolliert in seiner Hand hin und her. »So sehr tut es dir leid, dass du mich verfolgt und mir meine einzige Zuflucht genommen hast?«

»So ist es nicht gewesen. Ich habe nicht gewusst, dass du auf Mosken lebst«, brülle ich heiser. Verstohlen bewege ich mich ein paar kleine Schritte auf ihn zu, überlege, wie ich den Felsen am schnellsten erklimmen kann.

»Ich glaube dir nicht, Halli. Überall in den Straßen hängen Bilder von mir, niemand anderes als du hat sie anfertigen lassen. Man soll sich mir nicht nähern, ich sei gefährlich.« Seine Schultern beben, während er spricht. Er befindet sich in einer surrealen Welt, begreift nicht, wie grausam das Ausmaß seiner Taten ist, und fühlt sich von mir verraten.

»Warum hast du dein Geschenk, den Orcazahn, gestohlen?«, fragt er kindlich.

Sein Körper schrumpft vor meinen Augen, bis ich den fünfjährigen Odd in ihm erkenne. Ich hasse, was er getan hat, doch ohne es verhindern zu können, legt sich sein Schmerz wie eine eiserne Kralle um meine Brust. »Sie haben mir nicht erlaubt, mich von dir zu verabschieden, Odd«, stammele ich, fühle die Verzweiflung von einst, als mich meine Adoptiveltern ins Auto geschoben haben, losgefahren sind und meine ohnmächtigen Schreie ignoriert haben. So sei es besser für uns.

»Nein!«, brüllt Odd. »Das ist nicht wahr.«

»Elin hat unter Schwermut gelitten. Erinnere dich, wie traurig sie ausgesehen hat, als sie im Heim gewesen ist. Sie haben einen Sohn gehabt und ich bin der Ersatz für ihren toten Erik geworden, weil ich ihm geähnelt habe. Sie haben mich gewählt, aber nicht um meinetwillen, Odd. Ständig haben sie mich bei seinem Namen gerufen, in seine Sachen gesteckt, als sei ich ihr auferstandener Sohn.«

»Du lügst.« Seine Stimme bebt. Ich spüre, wie seine Gegenwehr abnimmt. Er legt das Messer auf Lucas Brust ab, wischt sich über die Augen und blickt auf sie herunter.

»Bitte, tu ihr nichts. Sie ist ein wundervoller Mensch.«

Statt zu antworten, ergreift er das Messer und umklammert es fest. Ist das die Antwort?

In winzigen Schritten habe ich mich weiter auf ihn zubewegt, stehe direkt unter dem Felsen, auf dem er ungefähr zwei Meter oberhalb von mir kauert. Fast kann ich seinen Fuß packen.

Der Wind zerrt an uns, das Gewitter tobt unnachgiebig über die Insel, immer wieder fangen Blitze Zerrbilder seines Gesichtes ein, konservieren sie für einen Atemzug, bis neue Momentaufnahmen folgen. Sie zeigen Luca, die ihm ausgeliefert ist, das funkelnde Messer in seiner Hand.

Ich öffne den Mund, die Worte sind aus Verzweiflung geboren, doch nicht weniger stammen sie aus tiefstem Herzen. »Auch ich habe dich geliebt, Odd. Du hast mir mehr als alles auf der Welt gefehlt, ich habe mir Sorgen gemacht und ständig von dir gesprochen, habe zu dir gewollt. Einige Male bin ich davongelaufen, um dich zu suchen. Kurze Zeit später haben sie meine Ausbrüche nicht mehr ertragen und mir erzählt, du seist von einem Paar mit Kindern adoptiert worden und glücklich. Ich müsse dich dein Leben leben lassen, damit du in deiner neuen Umgebung ankommen kannst.«

Kurz halte ich inne und sage: »Bitte bedenke, ich

bin doch selbst noch ein Kind gewesen. Wie du.«

Unsere Blicke treffen sich und er fängt an zu schluchzen. Aus dem Wimmern erwachsen Töne, die ich nie vorher bei einem Menschen wahrgenommen habe, ein tiefes Jaulen, voller Qualen und Hoffnungslosigkeit.

»Komm herunter, Odd«, sage ich und strecke ihm die Hand entgegen. »Gib mir Luca, bitte. Ich werde dir nichts tun.« Zum Beweis werfe ich die Pistole hinter mich auf den Strand.

Er zuckt zusammen, sein Gesicht erstarrt. »Nein, Halli! Es ist zu spät!« Wie unter Krämpfen schüttelt er den Kopf und blickt in den Himmel. »Du musst mich erschießen!«

Gleich verliere ich den Verstand. »Warum? Hast du das alles deshalb getan? Damit ich dich umbringe?«

Er nickt und ich bekomme keine Luft mehr. Er hat mir Schmerz zufügen wollen, bis ihm mein Hass sicher gewesen ist und ich ihn töte? Fast ist ihm das gelungen und ein Teil von mir will das noch immer. Doch der Groll gegen ihn hat sich in Trauer verwandelt. Frida ist gestorben, damit ich seinem Leben ein Ende setze? Das ist absolut krank.

»Du bist verrückt geworden«, rufe ich. »Die Wahrheit ist, ich bin hergekommen, um dich in die Hölle zu schicken, aber das werde ich nicht. Was immer du geplant hast, wird nicht geschehen.«

Ich drücke meinen Körper an den Felsen, stelle mich auf die Zehenspitzen und schiebe eine Hand langsam zu seinem Schuh.

Er blickt auf mich herab. »Du musst! Und du hast jeden Grund, mich hier und jetzt zu töten! Siehst du das Messer? Ich werde es benutzen, wenn du es nicht tust. Du bist Polizist, mach deine Arbeit!«, fleht er.

Kurz bevor ich seinen Fuß packen kann, erhebt er sich

ächzend mit Luca in den Armen. Doch sein Griff ist nachgiebig, immer weiter rutscht sie herunter, bis ihr Kopf in seiner Armbeuge hängt. Ist es Absicht oder verlassen ihn die Kräfte?

»Odd, was machst du? Das willst du doch gar nicht. Es gibt keinen Grund, ihr etwas anzutun. Bitte, sie kann nicht atmen. Niemand muss heute sterben.«

»Es ist zu spät!« Er sieht mich aus verzweifelten Augen an, dreht sich taumelnd um und stößt Luca hinter den Felsen ins brodelnde Meer.

»Nein!« So schnell ich mich bewegen kann, stürze ich ins tiefere Wasser, tauche unter in die Schwärze, während die Wellen über mir zusammenschlagen. Meine Hände durchkämmen jeden Zentimeter der Stelle, an der sie untergegangen ist. Die vollgesogene Kleidung zieht an mir, nur in Zeitlupe komme ich voran.

Meine Füße verlieren den Kontakt zum Untergrund, die Brecher knallen mich gegen den Felsen, ich spüre keinen Schmerz. Kurz hole ich Luft, tauche unter und greife ins Nichts. Immer wieder.

Atemlos reiße ich den Kopf aus den bitterkalten Fluten und erkenne im Licht eines Blitzes ihr rotes Top einige Meter vor mir unter der Wasseroberfläche. Mit ganzer Kraft kraule ich los, fühle etwas Weiches an den Fingerspitzen, packe es und ziehe daran. Es sind ihre Haare, in die ich meine Hand gekrallt habe. Keuchend presse ich ihren Körper mit einem Arm an mich und schwimme mit der Brandung ans Ufer.

»Luca, hörst du mich?«, frage ich bebend, drücke rhythmisch auf ihren Brustkorb, lege meine Lippen auf ihre, beatme sie. »Wach auf, du musst sofort aufwachen, Pizza. Bitte!«

Ich habe Sorge, ihre Rippen zu brechen, und presse dennoch mit Kraft auf ihre Brust. Wasser schießt in einem Schwall aus ihrem Mund. Sie hustet, ich reiße ihren Oberkörper hoch, lege meine Arme fest um ihren Rücken und halte sie.

»Karl«, wispert sie, ihre Zähne schlagen aufeinander, »mir ist so kalt.«

»Alles wird gut! Du bist eine Ferrari, enttäusch mich nicht! Du schaffst das, Luca!« Was rede ich?

Auf meine Basisfunktionen reduziert, umgreife ich ihren Körper, hebe ihn auf und laufe die ungefähr 80 Meter zurück durch den vom Regen aufgeweichten Schnee, bis zu der Stelle, an der das Polizeiboot im brodelnden Fjord ankert. Ich blicke mich um, aber es ist zu dunkel, um zu erkennen, ob Odd hier irgendwo auf uns lauert. Bevor ich ins Wasser wate, werfe ich mir Luca über die Schulter, um auf das Boot zu kommen. Nach einigem Hin und Her in den Wellen gelingt es mir.

In der Kabine lege ich sie auf die Bank, ziehe ihr Schuhe und die nasse Hose aus, hülle sie in alle Decken, die ich finden kann. Dann rufe ich Mats an, er geht immer ans Telefon, egal, wie spät es ist.

»Karl, endlich! Sag mal, wo steckst du, verflucht?«, meldet er sich mit verschlafener Stimme.

»Hör zu, Mats. Ich bin mit Luca am Strand von Ramberg. Es ist mir egal, wie du es zustande bringst, ich brauche einen Hubschrauber der Küstenwacht. Sie muss ins Krankenhaus, sie ist kaum bei Bewusstsein und stark unterkühlt!«

»Du hast Luca gefunden? Ich versuche, was ich kann, das Wetter ist ziemlich beschissen. Keine Ahnung, ob die überhaupt abheben.«

»Hast du gehört, was ich gesagt habe? Sie liegt im Polizeiboot und kämpft um ihr Leben. Die sollen alles schicken, was da ist, ist mir egal, sie braucht sofort Hilfe!«

»Okay, Chef. Ich werde alle Hebel in Bewegung setzen«,

ist das Letzte, was ich höre, bevor ich die Verbindung trenne.

Zurück bei Luca fühle ich ihren Puls, sehe Blut über ihre Finger rinnen und entdecke einen Schnitt in der linken Handinnenfläche. Er hat es fast geschafft. Verflucht, Odd!

Hastig reiße ich den Verbandskasten auf und verbinde ihre Hand, betrachte ihre schlanken Finger und begreife nicht, wie er Luca hat Schmerz zufügen können. Warum es ihm möglich gewesen ist, ihnen allen wehzutun.

»Bald ist Hilfe da, hörst du? Alles kommt in Ordnung.« Sanft drücke ich ihren Arm. Ihre Verletzung wird heilen, aber nichts wird dieses Erlebnis zum Verschwinden bringen.

Das Boot schaukelt umher, wir hocken frierend in der engen Kabine und das Gewitter tobt mit unverminderter Heftigkeit über der Insel.

Ich will bei ihr bleiben, aber ich muss gehen! Entschlossen ziehe ich mir eine Öljacke an, schlüpfe in die dazugehörige Hose, greife nach der Taschenlampe im Cockpit und zähle dreimal bis 100. Es kann nicht mehr lange dauern, bis jemand kommt.

»Luca, gleich wirst du zu Dr. Angelik gebracht. Pass auf, er wird dir seltsame Geschichten erzählen, aber er ist ein guter Arzt.« Ich weiß nicht, was ich noch sagen soll.

Ihre Augenlider zucken, vermutlich hat sie kein Wort gehört, aber es drängt mich hinaus. Draußen vernehme ich ein Motorengeräusch aus der Ferne herannahen und springe erleichtert ins Wasser.

Odd hat Unfassbares getan, um mich zu bestrafen und mit Hass zu zersetzen. Der nächste Gedanke schmerzt, auch ich habe die Ohnmacht nicht mehr ertragen. Seit Petters Tod habe ich mich hilflos gefühlt. Um noch einmal tatenlos daneben zu stehen, dazu hat mir die Kraft gefehlt. Der Verschlag des verbrannten Rorbus kommt mir in den Sinn, ich sehe den kleinen Jungen darin kauern, seine Finger aufritzen und die ungezählten Blutflecken an den Wänden, die er dort in endlosen Jahren hinterlassen hat.

Nie werde ich ihm vergeben, was er getan hat. Wie viele Menschen hat er in all den Jahren getötet? Schlimmstenfalls mehr, als wir bisher identifiziert haben. Doch Gunnar hat recht, ich bin nicht sein Richter. Aller Wahrscheinlichkeit nach wird er den Rest seines Lebens in der geschlossenen Psychiatrie verbringen. *Einmal mehr eine Kammer für Odd.*

Entschieden schlucke ich den Schmerz hinunter, denn ich werde dafür sorgen, dass er dorthin kommt.

Im Schein der Taschenlampe erkenne ich seine Fußspuren im aufgeweichten Schnee, wie ein Roboter folge ich ihnen und fühle mich trotz allem wie ein Verräter.

»Odd«, rufe ich immer wieder. Er schweigt, nur das Grollen des Unwetters lärmt unvermindert und der Himmel weint riesige Tränen, schlägt sie mir wie zur Strafe ins Gesicht.

Die Spuren enden an der Ruine des Kinderheimes, der Tür zu unserer Kindheit. Nochmal stakse ich über das morsche Holz, betrete den alten Speisesaal und leuchte mit der Taschenlampe durch den Raum. Bevor ich ihn entdecke, höre ich seine Stimme:

»Weißt du noch? Hier haben wir gesessen, Halli. Du auf der linken Seite, um mich vor Arn, dem Gefräßigen, zu beschützen. Ich werde nie vergessen, wie du ihm die Gabel in die Hand gestochen hast, als er versucht hat, meinen Stockfisch zu stehlen.« Seine Stimme ist erfüllt von Erinnerungen. Kurz leuchte ich in sein Gesicht, seine hellgrünen Augen glitzern wie von innen angestrahlt. Er sitzt auf seinem alten Platz, hat unsere beiden

Stühle und den Tisch wieder aufgestellt.

»Das hat er sich danach nicht noch einmal getraut«, sage ich leise und die Bilder werden sofort lebendig, bekommen Farbe und ich spüre, die Gabel in meiner Hand, die durch Arns Haut gedrungen ist.

»Ich glaube, Herr Kydland hat dich nie entsetzlicher mit seinem Gürtel gezüchtigt als an diesem Tag. Die Wunden auf deinem Rücken sind noch wochenlang sichtbar gewesen«, sagt er mit Wehmut und Schmerz in der Stimme, die mich durchdringt.

»Es ist das letzte Mal gewesen, dass er mich verdroschen hat. Der Gürtel ist gerissen und er hat scheinbar keinen anderen gehabt«, sage ich und muss bei der Erinnerung lachen, was wie ein unglückliches Jaulen klingt.

Odd schweigt. Statt einer Antwort höre ich ihn zwischen dem pfeifenden Wind und dem Donner weinen, wie einen traurigen Geist.

»Bitte, komm mit mir«, sage ich sanft.

»Warum, Halli? Willst du mich einsperren?«

Plötzlich springt er auf, rennt hinkend an mir vorbei und ist fort. Es ist vollkommen irrational, ich habe ihn als den kleinen Jungen aus meinen Erinnerungen gesehen, mit dem roten Shirt, das er nie hat ausziehen wollen, weil ich es ihm geschenkt habe.

»Odd, warte«, rufe ich und folge ihm hinaus in das laute Getöse des Sturmes. Draußen bleibe ich stehen und leuchte die Umgebung ab. Er scheint sich in Luft aufgelöst zu haben. Einige Zeit renne ich panikartig in alle Richtungen, bis ich Spuren am Fuße des kantigen Felsens über dem Fjord entdecke. Zögerlich hebe ich den Blick und sehe ihn im Licht des zuckenden Himmels auf dem Rand der Klippe kauern.

»Odd!«, schreie ich, doch er hört mich nicht.

Was hat er vor? Alles in mir sträubt sich, hinaufzuklettern, bloß der Gedanke dreht mir den Magen um.

Als sei er von meinem Willen abgelöst bewegt sich mein Fuß auf den Felsen und ich klettere los. Der Drang ihn retten zu müssen, ist seit unserer Kinderzeit in mir verankert.

Die ersten Meter sind leicht zu bewältigen, dann wird es zunehmend steiler. Wind reißt an mir, das Gestein ist rutschig, doch es zieht mich hinauf zu ihm. Bei jedem Donner erzittert der Felsen unter mir, je höher ich klettere, desto intensiver durchdringt mich entsetzliche Furcht.

Trotzdem wuchte ich mich Stück für Stück hinauf. Ich muss verrückt sein. Irgendwann geht es nicht weiter und ich schiebe mich auf das Plateau, robbe stückweise näher zu Odd, der sein Gesicht abrupt zu mir dreht.

»Halli«, sagt er bebend, »was machst du hier?«

»Das Gleiche frage ich dich?«

»Ich bin nie vorher auf einen der Felsen gestiegen.« Wieder spricht er mit der Stimme eines Kindes und jagt mir Schauer über den Rücken.

»Und fürs erste Mal suchst du dir so ein Wetter aus?« Mit klammen Fingern wische ich mir den Regen von den Augen.

Er nickt. »Hier oben fühle ich mich Gott nah. Spürst du ihn auch?«

»Nein, mir ist kotzübel.«

»Sag sowas nicht, du bist immer der Mutigere von uns gewesen«, sagt er mit Bewunderung in der Stimme und lächelt.

Aber was ist Mut wert, wenn er niemanden retten kann? Ich scheiße auf den verdammten Mut. Er hat keiner Seele geholfen oder mir Superkräfte verliehen, damit ich verhindere, was geschehen ist.

»Halli, es tut mir leid.« Tränen laufen über seine Wangen

und vermischen sich mit dem Regen. »Alles, verstehst du?«

»Ja«, sage ich und der Sturm in mir tobt in der gleichen Heftigkeit wie der äußere. Mit »alles« meint er Frida, Lasse, Freydis, Tobi und ebenso, was er Ragna und Luca angetan hat. Alles schließt auch mich ein.

Eine schlichte Entschuldigung. Alles. So banal und in einer Sekunde aus seinem törichten Mund vorgebracht. Ich will auf ihn einprügeln, ihn bestrafen für alles. Aber ich glaube ihm.

Überwältigt vom Schmerz schlage ich die Hände vors Gesicht, kann meine Gefühle nicht zurückhalten.

»Bitte, Halli«, stößt er weinend hervor, sieht mich bestürzt an, nie hat er mich so erlebt.

»Schon gut, Odd. Ist schon gut«, stammle ich, von allen Empfindungen gleichzeitig bedrängt.

»Wirst du mich einsperren?«, fragt er mit aufgerissenen Augen.

Ich nicke, denn es ist die Wahrheit.

»Kannst du mich dort besuchen?« In seiner Stimme liegt Hoffnung, als ob er es dann aushalten könnte.

»Natürlich«, sage ich reflexhaft.

»Das sagst du nur. In Wirklichkeit hasst du mich«, schreit er plötzlich, als sei er aus einem Traum erwacht.

»Liebe und Hass liegen manchmal nah beieinander. Komm, lass uns von hier verschwinden, Lillebror.« Behutsam strecke ich ihm die Hand entgegen. Er blickt mich an und ergreift sie.

Ich umschließe seine Finger und sehe Frida. Ich halte die Hand, mit der er sie getötet hat, die ihr die Haare vom Kopf geschnitten hat.

»Wirst du wirklich zu mir kommen?«, will er noch einmal wissen und sieht mich angstverzerrt an.

Ich wünschte, ich würde es wollen, es können oder

wenigstens in Erwägung ziehen. Alles in mir sperrt sich dagegen.

»Aber ja, Odd. Nun komm schon«, sage ich gepresst und versuche zu lächeln.

»Nein!« Er reißt sich von mir los und jault wie ein geprügelter Hund.

Habe ich zu lange gezögert, hat er mir die Gedanken vom Gesicht abgelesen?

»Bitte, Odd, wir müssen weg. Komm«, sage ich sanft und krieche ein Stück in seine Richtung.

Er stellt sich schwankend auf die Füße. »Du wirst mir nie verzeihen. Ich habe es gewusst, es ist zu spät.« In kleinen Schritten weicht er zurück und schluchzt mit der ganzen Verzweiflung seines glücklosen Lebens.

Beklommen robbe ich ihm hinterher, blicke in die Tiefe auf die zerklüfteten Klippen, die am Fuße des Felsens jeden Fehler, der hier oben gemacht wird, gnadenlos bestrafen.

»Es ist nicht zu spät, Odd. Du darfst nie die Hoffnung verlieren, auch wenn es unmöglich aussieht«, brülle ich, als könnte ich mit höherer Lautstärke aufwiegen, was mir an Glauben fehlt.

Er schüttelt den Kopf, ich erreiche ihn nicht.

»Lillebror, ich lasse dich nicht im Stich«, schreie ich verzweifelt, die Angst erreicht immer tiefere Ebenen in mir, bis ich nicht mehr weiß, wo oben und unten ist, ich mich fürchte, vom Felsen zu fallen.

»Und wie du das wirst!«, heult er, taumelt einen weiteren Schritt rückwärts und rutscht wie in Zeitlupe über die Kante.

»Nein!«, brülle ich. Meine Hals schnürt sich zusammen, bis ich keine Luft mehr bekomme. Bitte, Gott, lass ihn nicht fallen, bete ich und hoffe, er oder das Universum, irgendeine Macht, möge mich jetzt erhören.

Im letzten Moment umgreift er mit beiden Händen die Kante und blickt panisch zu mir hoch. »Halli, hilf mir, bitte hilf mir.«

»Lass nicht los«, rufe ich keuchend, krieche zum Rand des Felsens, umgreife seine Hände und ziehe an ihnen. Adrenalin treibt mich an, kurz habe ich das Empfinden, sein Körper scheint viel zu leicht zu sein, als wäre er ein Kind. Doch der Eindruck täuscht, meine Arme zittern und ich schnappe nach Luft, während ich an ihm reiße.

Er sieht zu mir hoch, in seinen hellen Augen liegt Vertrauen, so leuchtend und unermesslich, wie in den Tagen unserer Kindheit, wenn ich ihn beschützt habe.

»Ich liebe dich, Halli«, sagt er, atmet ein und schließt die Augen.

Im gleichen Augenblick knallt es markerschütternd, mein Herz bleibt stehen. Alles wird in gleißendes Licht getaucht, so hell und silbrig, dass ich nichts mehr sehen kann. Meine Hände öffnen sich, ich werde auf den Rücken geschleudert, fühle einen fernen Schmerz. Es donnert so laut, als würde die Erde zerbrechen, und ich nehme den scharfen Geruch von Ozon wahr.

Dann wird es still.

25. Wunden

Wieder träume ich vom letzten Moment auf dem Felsen, von Odds Worten, seinem beseelten Blick, dem gleißenden Blitz, meinen leeren Händen und dem Schrei, den ich nur in der Vorstellung ausstoße.

Danach existiert nichts als Dunkelheit und Stille, wie in einem Kokon, aus dem ich mich nicht befreien kann und will.

Ein Geräusch drängt sich in die Ruhe. Ich blinzle, nehme einmal mehr den Geruch von Desinfektionsmitteln wahr, eine Nadel, die in meinem Arm steckt, und ahne, was als Nächstes kommen wird. Dr. Angelik wird auf mich einreden. Ich irre mich.

»Karl?«, höre ich eine sanfte Stimme von weit her wispern. »Bist du wach?«

Es ist Luca. Ich bleibe ruhig liegen und wünsche, sie möge weiter sprechen. Sie legt ihre Hand auf meine und erleichtert stelle ich fest: Sie ist mollig warm. Mehr möchte ich nicht wissen, bin so müde, als habe ich eine Woche nicht geschlafen, alles tut weh.

Einen Augenblick später klopft es an der Tür und es wird leider nichts mit dem Wegdämmern.

»Kommt herein, ich glaube, er ist wach und versucht,

das vor uns zu verheimlichen«, sagt Luca.

Schritte nähern sich und ich stöhne innerlich auf. Die Realität will mich zurück, aber ich fühle mich nicht bereit.

»Er schläft doch schon seit drei Tagen, oder?«, sagt Mats vom Fußende her.

»Na, lass du dich mal von einem Blitz treffen und werde wiederbelebt«, sagt Ingvill mit ihrer rauen, doch immerhin mitfühlenden Stimme.

»Er hat echt Glück gehabt, aber an seine Glatze muss ich mich gewöhnen«, sagt Mats.

Ich habe keine Haare?

Benommen öffne ich die Augen, fasse mir an den kahlen Kopf und schaue in drei sorgenvoll blickende Gesichter.

»Ist ja gut, Leute«, krächze ich.

»Hei, Karl«, skandieren sie gleichzeitig.

»Ja, hei. Gibt es hier was zu trinken?«

Luca reicht mir die geliebte Schnabeltasse und ich nehme ein paar Schlucke. Sie beobachten jede meiner Bewegungen, als sei ich ein Primat im Zoo.

»Wie geht es dir?« Ingvill beugt sich langsam zu mir und streichelt meine Wange. Sie ist die Einzige, die das ungestraft machen darf.

»Als sei ich von einem Blitz getroffen worden«, höre ich mich nuscheln. Alles dringt wie durch Watte zu mir, selbst meine eigene Stimme klingt weit weg.

»Du bist nicht totzukriegen«, sagt sie meinen Arm tätschelnd und ich fasse das als Kompliment auf.

»Wenn es euch nichts ausmacht, ihr habt euch überzeugt, dass ich noch existiere, aber ich bin durch. Danke für den Besuch«, sage ich an Mats und Ingvill gewandt.

»Du bleibst bitte, Luca.« Ich hebe die Hand, um den Ärmel ihres Bademantels zu greifen.

»Wohin soll ich gehen? Ich residiere im Bett neben

dir.« Sie lächelt, aber ihre Augen tun es nicht.

»Gute Besserung«, sagen Ingvill und Mats erneut wie aus einem Mund und schleichen sich davon.

Luca sieht furchtbar aus. Es ist nicht so sehr ihr Äußeres, sie ist blass, hat ein paar Schrammen abgekriegt und die linke Hand ist verbunden. Es ist der verletzte Ausdruck auf ihrem Gesicht, der mehr offenbart, als ich aushalten kann.

»Wie geht es dir?«

»Ich komme zurecht«, antwortet sie ausweichend. »Dich hat es schlimmer erwischt.«

»Mit Zurechtkommen meinst du wohl eher grauenvoll? Ich komme auch zurecht, glaube ich zumindest.«

Ein winziges Lächeln huscht über ihr Gesicht.

»Seit wann sind wir hier?« Ich habe kein Zeitgefühl, habe nichts mitbekommen, auch nicht, dass wir uns das Zimmer teilen.

»Vor drei Tagen hat man uns gebracht. Mich mit dem Boot, für dich hat es einen Hubschrauber gegeben.«

Während sie spricht, schießen die Bilder in mein Bewusstsein. Odd, der Felsen, das Gewitter und … die Frage, die ich nicht aussprechen will und unweigerlich muss. »Ist er tot?«

Sie nickt und wir wissen nichts zu sagen. Stumm laufen Tränen über ihr Gesicht und ich möchte etwas tun, nehme ihre Hand, halte sie, bis sie es nicht mehr erträgt.

Anschließend herrscht nerviges Kommen und Gehen in unserem Zimmer. Als Erster kommt Dr. Angelik herein, am liebsten möchte ich mich schlafend stellen, aber es ist zu spät.

»Karl, du bist ja wieder unter uns«, brüllt er mich an. »Kannst du mich überhaupt hören?«

»Dreh die Lautstärke runter, ich höre dich sehr gut.«

»Gut, das ist ja hervorragend. Dann lass uns mal überprüfen, ob dein Herz wieder einen guten Takt gefunden hat.«

Er zieht das Stethoskop vom Nacken, wärmt den Trichter mit der Hand an, reißt die Decke weg und drückt ihn auf verschiedene Stellen meiner Brust.

»Wie der Beat astreinster Rockmusik«, sagt er begeistert und ich wünschte, ich könnte die Ohren einklappen.

»Ich schicke einen Pfleger, der den Katheter zieht. Ich glaube, das bekommst du jetzt wieder alleine hin, oder?« Er nickt mir zu, als wäre das die beste Nachricht des Tages.

Zwanzig Minuten später kommt der Besagte, zieht den Vorhang ums Krankenbett und hinterlässt mich mit einem Gefühl von … egal.

Pünktlich um 18 Uhr wird das Abendbrot gebracht. Appetitlos kauen Luca und ich darauf herum und reden belangloses Zeug.

Nach dem Essen stehe ich das erste Mal wackelig auf den Beinen und nehme eine Dusche. Der Anblick im Spiegel ist reichlich haarlos, auch der Bart ist weggesengt, keine Wimpern und ein kümmerlicher Rest Augenbrauen. Über die Brust schlängelt sich eine lange Brandwunde. Es tut weh, aber das alles ist nichts im Vergleich zu dem Schmerz in meinem Inneren.

Gegen 20 Uhr öffnet sich die Tür und ein lächelndes Gesicht wird sichtbar. Es ist Gunnar und ich freue mich, ihn zu sehen.

»Guten Abend.« Er wirft mir einen mitfühlenden Blick zu.

»Hei Gunnar«, antworten Luca und ich zur gleichen Zeit. Komische Sache.

»Schön dich zu sehen, Karl. Bist du heute aufgewacht?«

Während ich ihn anblicke, fühle ich eine unerwartete

Verbundenheit zu ihm. »Die Kollegen sind hier gewesen, ich habe keine Wahl gehabt.«

Er lacht trocken. »Wenn es dir nichts ausmacht, nehme ich jetzt deine Kollegin mit und danach komme ich zu dir.«

Luca ist aufgestanden, nickt mir zu, die beiden verlassen das Zimmer und ich bin unendlich froh, dass er mit ihr spricht, weil ich es nicht kann.

Eine gute Stunde später kommen sie zurück. Luca hat rotgeweinte Augen und legt sich stumm ins Bett.

»Karl, schaffst ein paar Schritte? Das Gesprächszimmer liegt nur drei Türen entfernt.«

»Sollte ich hinbekommen.« Ich werfe einen Blick auf Luca, den Gunnar auffängt, und mich beschwichtigend ansieht.

»Darf ich?« Er reicht mir seine Hand, ich greife sie und wir gehen gemächlich in den bewussten Raum. Was für Unterhaltungen hier wohl in den Jahren stattgefunden haben? Traurige? Hoffnungsvolle? Das Zimmer wirkt nüchtern und glatt, als würde jedes gesprochene Wort bald wegdesinfiziert werden, das hier geklungen hat.

»Setz dich«, sagt er sanft und ich nehme ihm gegenüber Platz auf einem der unbequemen Stühle, die um einen runden Tisch aufgestellt sind.

»Jetzt verrate mir, wie es dir tatsächlich geht.« Seine verschiedenfarbigen Augen bohren sich in meine.

»Nicht gut wäre untertrieben«, sage ich ehrlich.

»Eine andere Antwort würde mich wundern. Ich möchte mich nur davon überzeugen, dass du nicht durchdrehst oder dir etwas antust.« Er blickt mich forschend an.

»Durchgedreht bin ich wohl schon vorher, aber ich werde mir sicher nichts antun, Gunnar.«

»Ich sehe dich und deine Kollegin Luca, beide versucht ihr, eine Fassade aufrecht zu halten, die ich verstehe, aber mir gegenüber absolut nicht nötig ist.«

Als er Luca erwähnt, kann ich meine Sorge nicht unterdrücken. »Bitte sag mir: Wie geht es ihr? Hat sie dir erzählt, was er mit ihr gemacht hat?«

Er sieht mich an und die Falte zwischen seinen Augenbrauen vertieft sich. »Das hat sie. Wie du wird sie Zeit brauchen, um das Erlebte zu verarbeiten. Doch ich habe den Eindruck, sie ist zäh. Sie wird das Krankenhaus morgen verlassen. Wenn sie vernommen worden ist, wird sie zurück nach Bergen gehen und erstmal beurlaubt sein. Ich habe ihr eine Kollegin empfohlen. Sie kommt wieder auf die Beine, Karl.«

Diese Neuigkeit muss ich verdauen. Verdammt, ich will nicht, dass sie fortgeht, und gleichzeitig verstehe ich, es ist der beste Weg, um Abstand zu gewinnen.

Gunnar legt seine Hand auf meinen Arm. »Das setzt dir zu, um das zu erkennen, muss ich kein Sherlock sein.«

»Sie hat mich ein paarmal gefaltet und mir hat's gefallen.« Einige dieser Situationen kommen mir in den Sinn und unweigerlich lächele ich.

Er nickt. »Ja, sie hat eindeutig Persönlichkeit.«

»Ich wünschte, sie würde nicht gehen. Wenn sie mich so in Erinnerung behält, wird sie nie wieder einen Fuß auf die Inseln setzen.«

»Irrtum, sie hat einiges über dich gesagt, das ihre Wertschätzung zeigt.« Er lächelt mich aufmunternd an, aber ich kann mir nicht vorstellen, dass Luca etwas Positives über mich gesagt haben soll.

»Und wie kommst du klar, Gunnar?«, wechsle ich das Thema.

»Du weißt, es geht nicht um mich.«

»Das ist mir vollkommen egal.« Ich beuge mich vor, lasse ihm keinen Raum, um auszuweichen.

»Sicher besser als dir und Luca, ich verarbeite es.«

Im Fassadenbauen ist er mindestens ein Meister.

»Aber wenn du schon fragst, Karl, übermorgen wird Frida in Gravlund beerdigt.«

Unsere Blicke treffen sich und ich kämpfe mit den Gefühlen. Frida wird beigesetzt. Ich schüttle den Kopf, weil ich die Tatsache nicht akzeptieren will.

»Sie hat uns nicht gehört, Karl. Mir schon lange nicht mehr und dir wohl nie wirklich. Aber bei Gott, ich habe sie geliebt.« Er sieht mich eindringlich an, es liegt kein Vorwurf in seinem Blick.

»Und sie hat dich geliebt«, sage ich und hoffe, er nimmt mir die Worte nicht übel.

»Kommst du?«, fragt er mit glänzenden Augen. »Ich bin sicher, es würde Frida gefallen, ihren Ex-Mann und Ex-Liebhaber zusammen auf ihrem Begräbnis zu sehen.«

Plötzlich lacht er, er lacht so irrsinnig, dass ihm Tränen übers Gesicht laufen und er sich nicht beruhigen kann. Dafür will ich ihm eine reinhauen und zur gleichen Zeit für seinen eigenwilligen Humor küssen. Manchmal ist Ironie die einzige Rettung.

Er zieht ein Taschentuch aus der Hemdtasche, tupft sich übers Gesicht und sein Ausdruck wird ernst. »Karl, ich muss es dich fragen.« Er hält inne und rutscht auf dem Stuhl umher. »Hast du ihn …?«

»Nein«, sage ich bestimmt, »ich habe es gewollt, aber nicht getan. Irgendwann erzähle ich dir, was passiert ist, doch nicht heute.«

Irgendwann, an einem anderen Tag.

»Bleib wenigstens bis Heiligabend, Luca. Wir feiern mit der ganzen Mannschaft im *Ragnarök*«, flehe ich am nächsten Morgen. »Es würde mir viel bedeuten und den anderen auch.«

Sie schüttelt den Kopf. »Ich würde gern, aber ich kann

nicht. Bitte richte allen meine herzlichen Grüße aus.«

Hin- und hergerissen zwischen dem Wunsch, sie nicht gehen zu lassen, und Verständnis für den notwendigen Rückzug höre ich auf, sie zu bedrängen. »Ich verstehe dich.«

Desillusioniert setze ich mich aufs Bett, sie tut es mir gleich und wir sehen uns schweigend an. Sie sieht traurig aus, das Licht in ihren Augen ist fort. Ich will sie nicht gehen lassen. Nicht so.

Doch sie hat ihre Sachen gepackt, in einigen Minuten wird sie von Mats abgeholt.

Nie bin ich gut darin gewesen, mich zu verabschieden, und suche nach Worten, etwas, damit sie die Zeit auf den Inseln nicht nur als furchtbare Erinnerung speichert. »Du bist eine tolle Partnerin gewesen und ich ein grauenhafter. Niemand wird die Lücke, die du hinterlässt, ausfüllen können. So ziemlich jeder hat sich in dich verliebt.«

Da habe ich wohl nicht die richtigen Worte gewählt, denn sie schaut mich irritiert an, kurz darauf lächelt sie.

»Ich mich auch, in euch. Ihr seid ein fantastisches Team«, sagt sie leise. »Pass auf dich auf, Karl.«

»Und du auf dich.« Es ist ein Abschied und wie es aussieht, ein endgültiger.

Unvermittelt springt sie auf und drückt mir einen Kuss auf die Wange. »Du hast mir das Leben gerettet. Danke.«

Ich will etwas erwidern, aber mein Kopf ist leer. Als mir eine Antwort einfällt, ist der Moment vergangen.

Sie dreht sich um, greift die Tasche vom Bett und marschiert aus dem Zimmer.

Augenblicklich bereue ich, ihr nicht gesagt zu haben, wie sehr sie nicht irgendwem fehlen wird, sondern insbesondere mir.

Erschöpft lege ich mich ins Bett und starre auf ihres,

das jetzt leer ist. Selbst das öde Krankenhauszimmer ist erträglicher mit ihr gewesen. Die kahlen Wände gaffen mich vorwurfsvoll an. Wieder habe ich es nicht geschafft. Menschen, die mir etwas bedeuten, stehlen sich auf die eine oder andere Weise aus meinem Leben und ich bin nicht in der Lage, sie festzuhalten.

Der Tag vergeht mit unzähligen Untersuchungen und Fragen, ob ich mich an alles erinnern kann, mein Hirn nicht doch gegrillt worden ist.

Der einzige Lichtblick ist Emilie, die mit einem Korb nach Zimt duftendem Julbrøt auftaucht und weint, als sie meinen kahlen Kopf bemerkt.

»Es sieht schlimmer aus, als es ist, die wachsen wieder«, tröste ich sie.

Zusammen besuchen wir Ragna, die nicht mehr auf der Intensivstation liegt. Sie sitzt aufrecht im Bett und strahlt uns an, als wir das Zimmer betreten. Mir fallen tonnenweise Steine vom Herzen. Sie schaut noch etwas blass aus, aber ihre Augen leuchten. Gemeinsam machen wir uns über Emilies Gebäck her.

Am nächsten Morgen schneit Dr. Angelik ins Zimmer, heute trägt er grüne Kontaktlinsen, passend zur Fliege an seinem Hals.

»Es grenzt an ein Wunder, du hast keine größeren Schäden davongetragen, Karl. Wenn du möchtest, kannst du dich anziehen und nach Hause, ausnahmsweise mit meinem Einverständnis.« Er lächelt, als sei ihm besonders der letzte Punkt eine Freude.

»Ich habe schon befürchtet, nie wieder rauszukommen.«

»Lass es langsam angehen, Karl.«

»Das werde ich. Danke für alles, Doktor.«

Er hebt die Hand zum Gruß und verlässt das Zimmer.

26. Abschied

Draußen rufe ich mir ein Taxi und lasse mich zurück in mein Rorbu nach Gimsøya bringen. Dort ziehe ich mir warme Sachen an und wandere ein Stück an der Küste entlang.

Alles wirkt so ruhig und unaufgeregt, als habe es nie einen Sturm gegeben. Nur wenige Meter entfernt jagt ein gewaltiger Seeadler im Sturzflug ins Wasser, krallt sich einen Fisch und fliegt mit gemächlichen Flügelschlägen davon.

Für einen Moment gebe ich mich der Illusion hin, alles ist ein beschissener Traum gewesen, ziehe das Handy aus der Jacke und rufe Frida an. Die Mailbox meldet sich, ich höre ihre konservierte Ansage und weine.

Am nächsten Morgen fahre ich früh in die noch unbelebte Wache. Alles ist weihnachtlich geschmückt, aber ich nehme nur den leeren Schreibtisch von Luca wahr. Daran will ich mich nicht gewöhnen und meine erste Handlung ist, ihn ins Büro von Mats und Ingvill zu schieben.

Doch als ich vor ihrem Dienstzimmer stehe, stelle ich fest, sie haben bereits einen neuen auf den leeren Platz gerückt. Also ziehe ich den Sekretär wieder zurück und werde mich wohl doch an den Anblick gewöhnen müssen.

Mein E-Mail-Postfach quillt über vor ungelesenen Nachrichten. Unmotiviert scrolle ich herum, bis ich die Untersuchungsergebnisse des Orcazahns entdecke. Die DNA von sechs weiteren Menschen ist im Hohlraum gefunden worden. Es handelt sich um die nie aufgeklärten Funde von Toten, die in den letzten Jahren aus dem Meer gefischt worden sind.

Ich lese die Informationen, aber ihre Tragweite will nicht in mein Bewusstsein.

Die nächste Mail befasst sich mit dem Grab auf Mosken und der skelettierten Leiche, die an der Kiefer gehangen hat. Die Überreste werden dem Ehepaar Fatland zugeordnet, ihr Ableben auf einen Zeitraum von vor 20 oder 30 Jahren geschätzt. Die Blutflecken im Schlafzimmer des alten Rorbus stammen von Ruth Fatland, wie Luca es vorausgesagt hat. Die Blutabdrücke aus der Kammer stimmen mit einer der genetischen Erbinformationen aus dem Walfischzahn überein, es ist Odds Blut. Auch meine DNA ist aus dem Zahn extrahiert worden. Das Tier-Erbgut hat sich als Schafsblut herausgestellt.

Meine Hände flattern, ich will nicht weiterlesen, weil ich keine Idee habe, wohin ich mit diesen Mitteilungen soll. Luca anrufen? Sie hat den Abgleich mit den ungeklärten Todesfällen veranlasst, vielleicht interessiert es sie, dass sie richtig gelegen hat? Irgendwann rufe ich sie an. Aber nicht heute.

Dafür habe ich einen anderen Einfall, der vermutlich nicht besonders klug, aber unausweichlich ist.

Entschlossen werfe ich die Wagentür zu und gehe mit großen Schritten in die Räumlichkeiten des Instituts für Rechtsmedizin. Ob die liebe Svenika heute Dienst hat?

Hinter der offenstehenden Bürotür entdecke ich sie. Mit einem Becher Kaffee in der Hand, scheint sie gerade erst wachzuwerden.

»Guten Morgen. Entschuldige den Überfall. Es gibt jemanden, den ich mir ansehen möchte.«

Sie nickt mir zu. »Hab schon darauf gewartet, dass du aufkreuzt. Übrigens, du siehst zum Weglaufen aus. Wenn du auf einem der Tische liegen würdest, wäre ich sicher, es hat seine Richtigkeit.«

»Na danke, dann passt ja endlich alles zusammen bei mir.« Diese Frau ist eine Klasse für sich. »Wo liegt er?«

»Letzter Tisch links. Ist nichts für zarte Gemüter.«

Mit gestrafften Schultern betrete ich den Sektionssaal, ich muss ihn sehen, um mit der Vergangenheit abzuschließen.

Ich atme tief ein, nähere mich dem Obduktionstisch, auf dem er eingepackt in einem Leichensack liegt. Genau hier habe ich ihn vorfinden wollen. Tot. Nun ist es real und ich kann keine Befriedigung fühlen.

Behutsam öffne ich den Reißverschluss, bis ich sein verbranntes, durch den Sturz entstelltes Gesicht sehe. Auch wenn ich flüchten will, zwinge ich mich, ihn anzuschauen. So verharre ich einige Zeit, betrachte die Wunden, fühle seinen Schmerz und versuche, ihm zu vergeben. »Ich hoffe, du bist dort, wo du hingewollt hast, Lillebror«, flüstere ich und schließe den Sack wieder.

»Ein Freund?«, fragt Svenika, die lautlos an mich herangetreten ist.

Ich nicke, denn das ist er einmal gewesen.

Auf dem Rückweg kaufe ich Kuchen für die Mannschaft. Wahrscheinlich wird Gebäck nicht genügen, um sie aufzumuntern, aber einen Versuch ist es wert. Mit Süßkram zu bestechen, ist eigentlich nicht die feine Art.

Aber was sonst kann ich in diesem Moment tun? Ich will das Team zusammenhalten und ihnen das Gefühl geben, dass wir daran wachsen werden.

Als ich die Wache betrete, haben sich alle um den Rechner von Emilie versammelt und diskutieren lautstark über etwas und fluchen.

Dann schnappe ich einen Namen auf und will den Kuchen in die Ecke pfeffern. Bent Brekke, das Arschloch, wird Fridas Nachfolger? Ich kann nur hoffen, er ist zu beschäftigt, um sich an mich zu erinnern. Sonst wird es bald eng für mich oder die ganze Truppe.

Trotzdem setzen wir uns zusammen und essen das Backwerk, obwohl es nach dieser Nachricht nicht besonders schmeckt.

Die Wache wirkt, als habe sie einen Sturm erlebt, den ersten. Nichts hat sich äußerlich verändert, aber die Atmosphäre ist anders geworden. Niemand lacht mehr. Wir haben Luca verloren, die uns dazu animiert hat. Ich hoffe inständig, sie kommt wieder in Ordnung.

Mats und Ingvill räumen ihr Büro auf, entfernen die Landkarten und starren danach stumm auf die leere Wand.

Auch ich sammle alle Fotos, die Luca auf Mosken aufgenommen hat, ein und stopfe sie in die Akte mit der Aufschrift *Mikael Hamsum*.

Die Kollegen beschäftigen sich mit mehr oder weniger sinnlosen Dingen. Niemand scheint heute motiviert zu sein, sich mit den üblichen Bagatellen zu befassen. Also rufe ich sie zusammen und erzähle ihnen, was sie sich nicht zu fragen getraut haben, und davon jedes Detail.

Sie wirken mitgenommen, als ich fertig bin, vielleicht sind sie entsetzt über mich, oder alles, was passiert ist.

Am nächsten Tag erscheint ein Kollege aus Bodø und

nimmt meine Aussage auf. Seine Fragen gehen kaum in die Tiefe, Odds Taten sind zu schwerwiegend. Sicher hat Lucas Bericht dafür gesorgt, dass keine umfassende Untersuchung in die Wege geleitet wird.

Und selbst, wenn ich es gern wollen würde, auch ein Karl Rasmussen ist nicht imstande, Blitze entstehen zu lassen.

Die Nachricht von der Ermordung der Polizeichefin überdeckt alle anderen und viele Augen blicken in diesen Tagen auf unsere kleine Wache, die im ganzen Land traurige Berühmtheit erlangt hat. Eine Außenaufnahme des Hauses mit dem tiefsinnigen Graffiti *»Fuck the Police«* kursiert in den Gazetten Norwegens. Ohne Frida, die ihre Hand über die Mannschaft hält, kann eine Entscheidung in Oslo dafür sorgen, dass das alte Haus abgerissen wird. So einfach können Probleme beseitigt werden. Hoffentlich sehe ich Gespenster.

27. Filmriss

Noch eine Stunde bis Mats mich abholt. Ich stehe vor dem Kleiderschrank und suche etwas, für die Beerdigung meiner Freundin.

Wie Gunnar es angestellt hat, vor der Öffentlichkeit zu verbergen, dass Frida heute in Gravlund auf den Inseln begraben wird, ist sein Geheimnis. Niemand außer uns ist darüber informiert.

Meine Wahl fällt auf ein dunkelblaues Hemd, das sie an mir gemocht hat, und eine schwarze Jeans. Die Klamotten riechen, wie alles in dieser Behausung, nach Fisch. Aber das wird heute wohl niemand bemerken.

Der blinde Spiegel in der Schranktür lässt mich vorteilhafter aussehen, als es der Realität entspricht. Es wird Zeit, mir ein echtes Zuhause zu suchen und meine Sachen, vor allem die Plattensammlung, aus Oslo zu holen und endlich zu leben. Der Zeitpunkt für dieses Vorhaben ist vermutlich nicht der beste, ich fühle mich von innen nach außen gedreht. Aber wer weiß? Vielleicht ist es gerade deshalb ein geeigneter Moment für etwas wie einen Neuanfang. Ich habe es satt, auf der durchgelegenen Matratze zu liegen, den Kamin satt, der alles einräuchert, und den Geruch nach Fisch. Vielleicht habe ich auch die Insel satt, auf die es mich verschlagen hat. Bald werde ich mir eine neue suchen, denn Inseln gibt es hier zuhauf.

Zurück in den alten Job nach Oslo in die Mordkommission zieht es mich nicht mehr, Leichen habe ich genug gesehen. Hin und wieder könnte ich mit Bjorn angeln und mich um einfache Fälle kümmern, wie sie hier üblich gewesen sind. In der Wache Leknes, mit Menschen, die mehr für mich geworden sind als Kollegen.

Niedergeschlagen ziehe ich den Mantel an, schiebe mir die Wollmütze auf den kahlen Kopf und will ausblenden, wohin mich der Weg jetzt führt. Obwohl ich weiß, dass Frida nicht mehr da ist, drängt sich diese Tatsache ständig von Neuem in mein Bewusstsein.

Mats steht in der Auffahrt und haut auf die Hupe. Ich eile zum Wagen, in dem Anni, Emilie und Ingvill sitzen, zwänge mich zu den beiden jungen Frauen auf die Rückbank. Nur Ingvill hat Frida persönlich kennengelernt, das liegt Jahre zurück. Die anderen begleiten wohl vor allem mich zu dieser traurigen Zusammenkunft.

Schweigend fahren wir nach Gravlund, der dunkle Himmel scheint dem Empfinden im Inneren nicht widersprechen zu wollen.

Auf dem Schotterparkplatz steigen wir aus dem Auto und gehen still den kurzen Weg zum Friedhof, der sich knapp bis an das Meeresufer ausdehnt und auf der anderen Seite des Fjordes von majestätischen Gipfeln gesäumt wird. In einiger Entfernung erhebt sich Mosken wie ein Mahnmal aus dem Meer. Aufgewühlt gehe ich ein paar Schritte Richtung Küste. Nie werde ich vergessen, was dort geschehen ist. Den Geruch der Kammer, was Odd ausgestanden hat, und vor allem nicht, was er getan hat. Entschlossen wende ich mich ab und schließe mich den Trauernden an.

Gunnar steht vor dem ausgehobenen Grab, daneben

ein mit Rosen bedeckter Sarg. Stumm umarme ich den Mann, der mir ein Freund geworden ist. Er lächelt dankbar und begrüßt die Kollegen mit freundlichen Worten.

Ein weiteres Fahrzeug hält auf dem Parkplatz, mit Erstaunen erkenne ich Alice Storstrand, Lasse Hallgrims Verehrerin. Ganz in schwarz gekleidet steigt sie aus dem Wagen und nimmt wie selbstverständlich neben Gunnar ihre Position ein. Sie begrüßen sich herzlich und ich nicke Alice zu.

Einen Moment legt sich Stille über uns. Ich habe keine Ahnung, was gerade in den Köpfen der Anwesenden vorgeht, aber ich sehe Frida, wie sie in ihrem goldenen Kaschmirmantel am Fjord steht, der Wind ihr blondes Haar zerzaust und wie sie uns zulächelt.

Gunnar tritt vor die kleine Gruppe. »Danke, für euer Kommen. Auch wenn einige von euch Frida nicht persönlich gekannt haben, werdet ihr sicher manches über sie gehört haben, über ihren äußerst lebendigen Geist, ihre leuchtende Persönlichkeit und die Hingabe, mit der sie gearbeitet hat. Sie ist eine Inspiration für Menschen in ihrem Umfeld und weit darüber hinaus gewesen. Eine Draufgängerin, die konventionelle Sichtweisen gesprengt und sich damit nicht nur Freunde gemacht hat. Doch wer sie zur Freundin gehabt hat, den hat sie mit ganzer Kraft unterstützt. Über ihre Gegner, und davon hat es einige gegeben, schweige ich. Nur so viel, es ist eine dumme Idee gewesen, sich dieser Frau in den Weg zu stellen.« Er hält inne und lächelt versonnen. »Doch vor allem, ist sie ein bezaubernder Mensch und eine wunderschöne Frau gewesen, deren Licht uns auf dieser Welt fehlen wird.«

Gunnar rührt alle zu Tränen und bringt uns mit Anekdoten aus ihrer gemeinsamen Zeit immer wieder zum Lachen. Er findet die richtigen Worte.

Nur ein Tag bis Heiligabend und ich habe noch nicht ein Geschenk für irgendwen. Entweder nehme ich das hin oder mir fällt sofort etwas ein.

Leider ist mir nichts eingefallen und so habe ich das *Vinmonopolet* gegenüber der Wache in letzter Sekunde um einige Flaschen Wein erleichtert. Ziemlich abgedroschen. Immerhin werde ich sie jedem mit ein paar persönlichen Worten überreichen. Für Luca habe ich einen ausgezeichneten italienischen Wein ausgesucht und zur Post gebracht. Er wird wohl nicht rechtzeitig ankommen, aber sie soll wissen, dass ich an sie gedacht habe.

Heiligabend ist das *Kafe* vollgestopft wie nie. Ragna hat sich ein goldglitzerndes Kleid angezogen, ein zartes Tuch bedeckt ihre Narbe am Hals. Sie strahlt heller als der riesige Weihnachtsbaum, der in der Mitte des Lokales aufgestellt ist.

Alle sind da, wirklich jeder scheint sich auf den Weg gemacht zu haben, um den Heiligen Abend im *Ragnarök* zu verbringen. Zwischen unbekannten Gesichtern entdecke ich Bjorn, Alice, Gunnar und die ganze Mannschaft der Wache, allesamt haben sich in Schale geworfen. Natürlich sind auch Collin und James da, die sich als Weihnachtsmänner verkleidet haben und den Laden am Laufen halten.

Zudem registriere ich ein paar Leute, die ich hier nicht erwartet habe, wie Dr. Angelik, der einen knallroten Anzug trägt, und seine Kollegin Catalina Andreassen in einem bodenlangen lila Seidenkleid. Welche Farbe haben wohl ihre Schuhe? Sie lächelt mich fast freundlich an, als sie mich erkennt.

Schließlich fällt mir die Kinnlade ganz herunter, weil ich inmitten des Getümmels Svenika Nielsen erkenne, die sich gesellig unter die Leute gemischt hat. Sie trägt die honigblonden Haare offen, ihre Wangen sind gerötet, vielleicht vom halbleeren Cocktail, den sie in der Hand hält.

Der Kontrast zu den vergangenen Tagen erscheint mir wunderbar und unerträglich zugleich. Vor 48 Stunden haben wir Frida beerdigt und heute feiern wir? In meiner Vorstellung ist es ein nettes Beisammensein gewesen und keine Party aberwitzigen Ausmaßes.

Dazu muss ich eine Haltung finden, verlasse das *Kafe* und setze mich in den frostigen Wagen. Kaum bin ich fünf Minuten drin und versuche, mich selbst zu überreden, Spaß zu haben, wird die Beifahrertür geöffnet und Catalina nimmt neben mir Platz.

»Hei Karl, frohe Weihnachten«, sagt sie, als seien wir beste Freunde.

»Catalina?«, frage ich entgeistert.

»Mir ist klar, dass du keine Lust auf mich hast. Tut mir leid, das mit dem Phantombild. Da bin ich sauer gewesen.«

»Sauer? Das ist die Erklärung, warum du mich eines Mordes bezichtigt hast?« Was passiert eigentlich, wenn sie richtig wütend ist?

Sie nickt. »Japp, so ist das gewesen.«

»Was willst du von mir?«

»Ich habe den Typen, der die Polizeichefin getötet hat, im Wagen nach Leknes mitgenommen. Das habe ich dir nur erzählen wollen.«

»Du hast Mikael Hamsum zu dir steigen lassen?«

»Er hat gesagt, sein Name sei Isaak. Er ist nachts an der Straße entlanggelaufen. Ist ein Reflex gewesen, warum ich angehalten habe. Erst habe ich ihn wie gewohnt bei euch abliefern wollen, aber er hat ein riesiges Loch in der Hand gehabt.«

Ein Loch in der Hand? Ich versuche, mich zu erinnern,

doch ich sehe seine Hände nicht, als habe ich dieses Bild verloren.

»Hat er dir etwas getan?«

»Nein, nur merkwürdig verhalten hat er sich und mich seinen Engel genannt.« Sie schüttelt den Kopf, wolle sie diese Bezeichnung loswerden.

»Du hast Riesenglück gehabt, Catalina.«

»Japp, das habe ich mir auch gedacht, und zu deiner Info, du kannst es dir zukünftig sparen, zum Krankenhaus zu fahren und in meinen Kofferraum zu glotzen.« Sie zuckt mit den Achseln und grinst unverschämt.

»Du hörst auf mit dem Quatsch? Das hebt meine Laune ins Unermessliche.«

»Kommst du jetzt rein? Hier ist es eiskalt. Wir könnten einen Drink darauf nehmen, was?«

Kaum hat sie das ausgesprochen, fängt es an, dickbauchige Flocken zu schneien. Und unverhofft habe ich sowas wie eine neue Freundin. Vielleicht. Wenn etwas so Undenkbares möglich ist, werde ich es auch schaffen, unter die Leute zu gehen und einen passablen Abend zu verbringen.

Kaum habe ich einen Fuß ins *Kafe* gesetzt, stülpt Mats mir eine Weihnachtsmütze über den Kopf. Was bildet er sich eigentlich ein? Er hat selbst eine Glatze.

»So schaut das erträglicher aus, Karl.« Er grinst und sieht zu, dass er Land gewinnt.

Wir bekommen das beste Essen serviert, welches ich seit Langem genossen habe, es wird gescherzt und gelacht. Bevor der Alkohol das Regiment übernimmt, verteile ich den Wein, drehe anschließend die Musik leise, stelle mich auf einen Stuhl und warte, bis Ruhe eingekehrt ist.

»Frohe Weihnachten miteinander.«

Von allen Tischen wird der Gruß erwidert und ich

nicke ihnen reihum zu. »Zu Beginn möchte ich der Frau danken, die diesen Abend ermöglicht hat. Du hast dich selbst übertroffen, Ragna!«, rufe ich ihr zu und enthusiastischer Applaus bricht aus.

Sie lächelt gerührt und wirft mir eine Kusshand zu.

»Dann möchte ich natürlich dem Team der Wache Leknes danken. Ich bin stolz auf euch, Leute!«

Ingvill springt auf und ruft: »Wenn du uns nochmal den Schreibtisch klaust, ist was los, Karl!«

»Ehrenwort drauf, Ingvill«, sage ich und kreuze die Finger. »Lasst uns auf Luca anstoßen, die leider nicht hier sein kann, was ich sehr bedauere.«

Alle erheben die Gläser, ich steige vom Stuhl und setze mich. Ragna dreht die Musik wieder laut und wir lassen uns von weihnachtlichen Klängen einlullen.

Später stoße ich mit meinem Team an, natürlich auch mit Ragna, James und Collin und allmählich spüre ich die Wirkung des Alkohols. Aber der Abend hält noch einige Überraschungen parat.

Die erste betrifft Gunnar und Alice, die scheu wie Teenager unter dem Tisch Händchen halten. Er blickt mich an und grinst verschmitzt. Das muss doch schon vor längerer Zeit begonnen haben, mit den beiden. Sie wirken glücklich und das freut mich.

Anni flirtet mit den Weihnachtsmännern und ihr herzförmiges Feengesicht strahlt. Erst hat sie James an der Angel und einige Zeit später sehe ich sie mit Collin schäkern. Catalina unterhält sich angeregt mit Bjorn, legt ihm die Hand auf den Arm, was ihm zu gefallen scheint, und Dr. Angelik tanzt mit Ingvill vor dem Weihnachtsbaum. Das muss der Geist der Weihnacht sein oder die Eiseskälte, welche die Herzen empfänglich macht.

Ragna wechselt die Musik, ein bunter Mix aus

vergangenen Jahrzehnten erfüllt das *Kafe*. Irgendwann kommt Petters Song, der mich zurück an den Abend in der Bar versetzt, als er zum letzten Mal zu seinem Lieblingslied getanzt hat. Er fehlt mir jeden verdammten Tag.

Ich hebe das Glas, proste ihm in Gedanken zu, greife nach Emilies Hand, die rote Wangen bekommt, und bewege mich mit ihr zu den Klängen von den *Bangles*. Wäre Petter jetzt hier, er würde mittanzen und die Damen durch den Raum wirbeln.

Stunden danach grölen wir bei jedem Stück hingebungsvoll mit, die Tische sind zur Seite geschoben, damit wir Platz zum Tanzen haben. Nüchtern ist niemand und ich bin es auch nicht mehr. Irgendwann schwofe ich mit Ragna. Nie werde ich vergessen, wie laut sie dabei gelacht hat, weil ich fast in den Weihnachtsbaum gefallen bin. Für dieses Lachen bin ich dankbar, auch sie hat ihr Leben fast verloren.

Nach allem, was geschehen ist, habe ich mir nicht vorstellen können, dass sich dieser Abend so entwickeln würde. Er hat uns zusammengebracht, mit Lametta behängt und für einige Stunden alle Ereignisse vergessen lassen.

Ich kann es nicht erklären, ich freue mich auf das, was vor uns liegt. Auf die alte Stockflecken-Wache, mein unschlagbares Team und auf den Inseln zu sein. Hier, wo alles seinen Anfang genommen hat.

Womöglich bin ich aber auch nur betrunken.

Epilog

Zwei weitere Überraschungen soll es für mich geben, die jedoch erst am nächsten Morgen eintreffen, als ich ahnungslos die Augen aufschlage und irritiert wieder schließe. In der Hoffnung, ich habe mich getäuscht, öffne ich sie erneut. Doch, egal wie oft ich das Spiel wiederhole, das ist nicht mein Bett und ich habe keine Idee, wo ich mich befinde. Das leise Schnarchen neben mir wird zweifellos aufklären, wo oder vielmehr bei wem ich gelandet bin.

Auf einiges gefasst drehe ich mich ein Stück, sehe blondes Haar auf dem Kissen neben mir und halte inne. Anni Lund, unsere Phantombildzeichnerin? Das wäre ein Unding, sie ist viel zu jung.

Ist es Ingvill? Bitte nicht, sie hat einen Ehemann. Sie kann es nicht sein, sie hat schwarze Haarspitzen.

Verflucht, wer liegt da neben mir? Stückchenweise hebe ich den Kopf und das Herz rutscht mir in die Hose. Vorsichtig ziehe ich die Decke hoch und stelle fest, ich trage keine.

Hat sich jemals irgendwer getraut, Svenika Nielsen anzufassen?

Verdammte Scheiße, wie ist das denn passiert? Eigentlich will ich es nicht so genau wissen. Wenn ich mich schnell anziehe und davonschleiche, wird sie sich vielleicht nicht einmal daran erinnern. Das ist charakterlos. Trotzdem will ich etwas anhaben, sobald sie aufwacht.

Eilig schlüpfe ich in die Klamotten und hebe das auf dem Boden liegende Handy auf. Was ist denn los? Zehn verpasste Anrufe, alle von der gleichen Nummer.

Auf Zehenspitzen schleiche ich in die Küche und das Telefon klingelt erneut.

»Karl? Endlich!«, höre ich eine aufgeregte weibliche Stimme.

»Ja, wer ist da?«, frage ich mit trockenem Mund.

»Charlotte Weißensee.«

Sie gibt mir einen Moment, um das zu verdauen. Ich habe ihre Stimme schon nach ihrem ersten *Karl* erkannt, nur verarbeitet habe ich es nicht.

»Hör zu, ich rufe nicht an, um dir frohe Weihnachten zu wünschen. Ist Anna bei dir angekommen?«

»Anna? Wieso? Was meinst du mit *bei mir angekommen*?«

»Bestimmt hast du dich gefürchtet, dass dieser Tag irgendwann kommen wird. Sie hat ihren Vater kennenlernen wollen und ist vor zwei Wochen mit ihrer Freundin Rebekka auf die Fähre nach Oslo gestiegen, um durch Norwegen zu reisen, und sie hat vorgehabt, dich an Weihnachten zu besuchen. Seitdem habe ich nichts mehr von ihr gehört. Du kannst es nicht wissen, aber das ist nicht ihre Art. Sie meldet sich immer. Und bevor du fragst, Rebekka erreiche ich auch nicht«, schreit sie ins Telefon und fügt dann etwas verhaltener hinterher: »Ich habe mich nur noch nicht bei dir gemeldet, um ihr die Überraschung nicht zu versauen. Aber jetzt flippe ich gleich aus!«

»Charlotte, das habe ich nicht gewusst. Sie ist einfach

los, ohne dass du mich wenigstens darauf vorbereitet hast?«

»Das ist ihr Wunsch gewesen«, sagt sie aufgelöst.

»Hast du die Polizei informiert, eine Vermisstenanzeige aufgegeben?«

»Was ist das für eine Frage? Natürlich! Aber ich bin in Deutschland, vergessen? Ihr muss etwas zugestoßen sein, Karl.« Sie schluchzt und mein Herz zieht sich zusammen.

Anna, meine Tochter, die ich nie kennengelernt habe, ist verschwunden. Und sie hat zu mir gewollt.

»Bitte beruhige dich, Lottie. Ich finde unser Kind und bringe Anna zurück zu dir, das verspreche ich!«

Plötzlich reißt Svenika, nackt, wie Gott sie erschaffen hat, die Küchentür auf und starrt mich entsetzt an.

Ende

Prolog Band 2:
Vaterblut

Mein Herz will explodieren, kann nicht atmen. Immer verbissener kratze ich im Eis, bis die hellblau schimmernde Oberfläche trüb von meinem Blut ist. Lächerliche Kerben, mehr bewirke ich nicht. Betrachte meine Hände, sie sind machtlos gegen das hartgefrorene Wasser. Doch ich kann nicht ablassen, wie ein Roboter, ohne Schmerzempfinden, scharre ich kniend weiter. Haut reißt, blutige Fetzen haften auf tiefgekühltem Grund.

Ein Stück darunter sehe ich lange braune Haare. Es sind Annas Haare. Eine blaue Jacke, ausgestreckte Arme, ihren Körper. Gefangen wie ein Insekt im Bernstein. Erstarrt im undurchdringlichen Eis. Der Riss in mir wächst zur klaffenden Wunde.

Eine Hand versucht mich gewaltsam fortzuziehen. Bin besessen, kratze weiter. Fingernägel reißen. Ich brülle, versinke in Verzweiflung.

Meine Tochter ist tot.

Ich habe das Versprechen gebrochen.

Danksagungen

Liebe Leserin, lieber Leser,

ich hoffe, du hattest eine gute Zeit mit Karl & Luca und den weiteren DarstellerInnen im Sündenmeer. Wenn ja, kannst du dich bald auf den zweiten Band freuen, der zum Teil noch ein Stück höher im Norden auf der norwegischen Insel Spitzbergen spielen wird. In diesem Band geht es um Karls verschollene Tochter Anna.
Ein nervenzerreißender Wettlauf gegen die Zeit erwartet dich in »Vaterblut«. Natürlich gibt es auch ein Wiedersehen mit dem Team der Wache, den weiteren DarstellerInnen und dem *Kafe Ragnarök*. Es steht viel auf dem Spiel und wird aufregend. Versprochen!

Folge mir auf Amazon und verpasse keine Neuerscheinung. Und natürlich freue ich mich sehr, wenn du dir kurz Zeit nimmst, die Geschichte zu rezensieren.

Vielen Dank und herzliche Grüße
Cookie Ellerdahl

P.S. Kennst du schon meinen Endzeit-Thriller **»Der Rasmus-Effekt«**? Eine spannende Apokalypse erwartet dich. Hinter den Danksagungen findest du den Klappentext und eine Leseprobe.

Und noch ein Dankeschön!

Von Herzen möchte ich meinem Mann danken. Wie immer, wenn ich die Story plane, betreiben wir gemeinsames »Gedanken-Ping-Pong«. Immer bist du an meiner Seite, unterstützt mich, bist mein größter Fan und mein Cover-Sklave. Du bist unersetzlich!

Danke an meine wunderbare Lektorin!

Was für eine fantastische Zusammenarbeit, liebe Anne! Du hast das Sündenmeer mit deinen Ideen, Impulsen und deinem wunderbaren Gefühl für Atmosphäre (»du musst alle Sinne ansprechen, Cookie«) bereichert. Ich bin ein Fan von dir, du hast einen tollen Job gemacht und das Lektorat zu einem Fest! Wie sagt man so schön? Gerne wieder!
Nimm hier Kontakt auf, wenn du auf der Suche nach einer großartigen Lektorin und Korrektorin bist:
https://tintenfeder.com/

Danke an meine TestleserInnen!

(Hier kommt ein wenig unbezahlte Werbung für all die kreativen Menschen, die mich unterstützt haben).

Ich habe ein Riesenglück mit euch! Ihr habt mich ermutigt, auf fehlende Details aufmerksam gemacht und die Geschichte bereichert. Doch vor allem:

Ihr habt mir Mut gemacht!

Liebe Charlotte Charonne, du bist mir zugleich Freundin und Motivatorin. Ich kann mich glücklich schätzen, dich an meiner Seite zu haben. Du bist eine atemberaubende Autorin und ein fantastischer Mensch. Danke von Herzen für deine Ermutigung, wertvollen Gedanken und Anstöße.

Liebe Virginie Storm, du schreibst nicht nur exzellente Romane, du bist auch eine spitzenmäßige Testleserin, Freundin und Weggefährtin für mich. Von Herzen danke ich dir für deine immer herzliche Unterstützung!

Lieber Jörg Häusler, deine Rückmeldung zur Geschichte war zugleich riesen Motivation und Freude für mich. Deine Offenheit für unkonventionelle Protagonisten und dein Aufschrei *»Du bist verrückt, doch nicht Frida!«* haben mich unheimlich gefreut. Ich schätze dich sehr! Danke für deine Unterstützung, die weit übers Testlesen hinausgegangen ist, lieber Dr. Gunnar Hansen. :-)

Und jetzt kommen die Crime-Stars!

Kurz zur Erklärung – bevor ich angefangen hatte das Buch zu schreiben, hatte ich unter meinen FollowerInnen bei Instagram ein Darsteller-Casting durchgeführt. Eigentlich waren nur zwei Rollen zu vergeben, aber dann kamen sie, die tollen Ideen für Figuren und so habe ich ganze zwölf DarstellerInnen ins Sündenmeer geschickt. Euch gebührt mein besonderer Dank, eure MitspielerInnen haben mich total inspiriert, und ich habe sogar eine von den DarstellerInnen »umbringen« dürfen. Das konnte ich mir natürlich nicht zweimal sagen lassen.

In zufälliger Reihenfolge:

Ein Gott mit verschiedenfarbigen Augen! Lieber Jörg Häusler, in Dr. Gunnar Hansen habe ich Freund und Feind in einer Person erhalten. Dieser Mann hat ganz besondere Qualitäten, ist unverzichtbar für diese Geschichte geworden. Wer seine letzten Nougateier mit dem einstigen Rivalen teilt, kann nur ein gutes Herz besitzen. Ich bin ein Riesenfan von ihm und danke dir für diese umwerfende Vorlage!

Liebe Alex J. Nitrak, kommen wir zum genialen, Smørrebrød kauenden Bjorn Hagebak. Ich hatte so viel Spaß mit ihm! Besonders das Verhör war spannend zu schreiben und die Überraschung, wer er in Wirklichkeit ist. Ich danke dir für diesen inspirierenden Darsteller, der eine unerwartete Offenbarung gemacht hat.

Vielen Dank, liebe Bridget Lionhill für Collin Brooks, diesen mutigen Darsteller, der im *Kafe Ragnarök* jobbt und in Norwegen weilt, »um den Kopf zu lüften«. Er hat Karl von der Insel gerettet und Ragna aufgefangen. Es war mir eine große Freude, ihn ausleihen zu dürfen!

Liebe Kati, ein herzliches Danke für Catalina Andreassen, die gern Touristen und Betrunkene in den Kofferraum ihres Golfes geworfen hat und Kaution für sie kassieren wollte. Sie hat mir echt Spaß gemacht, dieser spezielle Engel. Und natürlich hat auch Karl seine besondere Freude mit ihr gehabt!

Weiter auf der nächsten Seite!

Liebe Karla, ich danke dir für die Gerichtsmedizinerin Svenika Nielsen. Sie hat mein Herz im Sturm erobert, mit ihrer besonders »herzlichen« Art. Und hat Karl anfangs noch gedacht, dass er sie zu spröde findet, hat die Weihnachtsfeier für eine Überraschung gesorgt. Sie hat gern ihr Ding gemacht, während ich geschrieben habe. Großartig!

Wer möchte nicht von Dr. Angelik Sinason behandelt werden, wenn der Blitz bei ihm eingeschlagen hat? Liebe Marlene, sofort, als ich von deinem Darsteller gelesen habe, war ich begeistert! So ein schräger und liebenswerter Mann. Karl hatte gleich dreimal das Vergnügen mit ihm. Ein toller Mitspieler! Und natürlich du, die immer an meiner Seite ist. Ich danke dir von Herzen für deine Unterstützung, du bist umwerfend!

Die gute Seele der Wache, die herzliche Emilie Dahl! Liebe Lilie Schoschanna, wenn alle gegen Karl waren, Emilie hat immer zu ihm gestanden. Eine Freude war es, sie dabei zu haben. Sie hat viel im Hintergrund gewirkt, damit sich alle wohlfühlen. Aber wenn jemand etwas gegen Karl hatte, ist auch mal ein Becher geflogen! Ich danke dir für diese tolle Darstellerin!

Wer flirtet da schon wieder? Das kann nur James Lumi sein! Liebe Jamie Coyson, dein Bildhauer und Barmann James ist mir sehr sympathisch. Kein Kind von Traurigkeit, aber zur Stelle, wenn man ihn braucht. Einige von euch hätten ganze Geschichten füllen können. Ich danke dir für diesen liebenswerten Mitspieler!

Liebe Rivka, deine Ragna Toov hat gleich zwei Rollen im Buch bekommen. Die erste in der Vergangenheit als Buchhändlerin und die zweite als Wirtin des *Kafe Ragnarök*. Sie war sehr inspirierend für mich, eine äußerst herzliche Darstellerin, die verletzt wurde, aber ihren Mut nicht verloren hat. Vielen Dank für die Inspiration und bitte kannst du mir gleich einen Tisch im *Ragnarök* reservieren?

Und jetzt kommen wir zu Tobi Ragnarsdóttir, der einzigen Darstellerin der Crime-Stars, die gestorben ist. Liebe Daniela Schneiderheinze, das ist mir so schwergefallen, doch du warst im Casting die Einzige, die bereit war, ihren Charakter sterben zu lassen. Da konnte ich nicht anders. Für Odd hat sie eine große Bedeutung gehabt, ist ein Licht gewesen. Ich danke dir von Herzen für die wunderbare Tobi!

Liebe Fenja van York, ich danke dir für Alice Storstrand, der Stalkerin mit verwelkten Narzissen auf dem Hut. Ich fand sie sehr berührend in ihrer unerfüllten Liebe zu Lasse Hallgrim. Und am Ende hat sie einen tollen Mann an ihrer Seite, Gunnar Hansen. Ich hoffe, du hast Freude mit ihr gehabt, ich auf jeden Fall!

Eine feenhafte Phantombildzeichnerin mit Flirtkünsten? Das muss Anni Lund sein! Liebe Annissa C. Spencer, vielen Dank für Anni, die zwei perfekte Phantombilder erschaffen hat! Das war keine leichte Aufgabe für sie. Sie hat das Ensemble auf charmante Weise verstärkt und das Team der Wache vollständig gemacht. Es ist mir eine große Freude, sie dabei zu haben!

Mehr von Cookie Ellerdahl

Endzeit-Thriller: Der Rasmus-Effekt

Die Apokalypse.
Auf der Erde und im All.
Rasant. Atemberaubend. Realistisch.

2035 – die Lösung des Welthungerproblems mit Hilfe von Superfruits scheint greifbar nah. Doch todbringende Ereignisse verselbstständigen sich zu einer Kettenreaktion, die das Ende der Menschheit bedeuten könnte.

»Fünfter Tag auf der ISS, Dr. Richard Marks, Eintrag für die Nachwelt, falls es eine geben wird: Sie sind alle tot. Ein Mitglied der Crew ist weiterhin unauffindbar. Meine Beobachtungen aus der Aussichtskuppel nehmen mir jeden Tag ein Stück Hoffnung. Seit dem letzten Überflug leuchten Teile von China blau. Kara bedroht mich mit wachsender Aggression. Sie weint, um kurze Zeit später Amok zu laufen. Vielleicht werde ich sie aus der Gefangenschaft befreien, auch auf die Gefahr, dass sie versucht mich zu töten. Sie ist vermutlich der letzte Mensch, den ich zu Gesicht bekommen werde.«

Als die Katastrophe über die schwedische Kleinstadt Bollnäs hereinbricht, befindet sich Rasmus bereits am Tiefpunkt seines Lebens. Die eigenwillige Gigi kapert sein Wohnmobil und zwingt ihn zur gemeinsamen Flucht vor dem tödlichen Feind. Abgeschreckt von ihrem energischen Wesen und flippigen Erscheinungsbild will er zunächst nichts lieber, als sie loszuwerden. Doch die Ereignisse überschlagen sich und Rasmus muss sich mit Gigi arrangieren – auf Leben und Tod.

Vier durch das Schicksal miteinander verbundene Menschen kämpfen in dieser weltumspannenden Story ums Überleben.

Ein packender Endzeit-Thriller über fatale Entscheidungen, Menschlichkeit, Freundschaft und Liebe. Beklemmend, mitreißend und hochspannend erzählt.

Zitat People-Magazin GALA:
»Achtung: Der Rasmus-Effekt könnte Ihnen den Schlaf rauben!«

Leserstimmen:

»Wenn ich den Roman in drei Worten beschreiben sollte, wären es diese: Rasant, intensiv, aufwühlend. Definitiv keine Standardkost - unbedingt lesen!«

»Atemberaubendes Tempo, ein ungewöhnlicher, hoch spannender Plot und Protagonisten, die über sich selbst hinauswachsen. Anschnallen, festhalten und los geht's! Sag nicht, ich hätte dich nicht gewarnt.«

»Verdammt! Ich lese viel zu wenig. Aber wie viel ist eigentlich zu wenig? Wenn Du »Der Rasmus-Effekt« von Cookie Ellerdahl nicht gelesen hast, dann ist es zu wenig.«

»Kurzum, bevor ich noch zu einem unreflektierten Fanboy mutiere: »DER RASMUS-EFFEKT« ist eines meiner Lesehighlights 2020 und wird mir noch lange im Gedächtnis bleiben!«

»Wenn ich gekonnt hätte, ich hätte ihn in einer einzigen Nacht verschlungen, dieses fesselnde Endzeit-Sci-Fi-Roadmovie!«

Bei Amazon erhältlich.

Prolog

15. Mai 2035

»Verdammt, Richard, Sie haben Scheiße gebaut!«

Sie hatte die Tür zu meinem Büro aufgerissen und stand schwer atmend vor dem Schreibtisch, während ich damit beschäftigt war, Beweise aus der Welt zu schaffen. Zu spät. Erschrocken riss ich den Kopf hoch, unfähig, etwas zu meiner Verteidigung hervorzubringen, was offenbar weiteres Öl ins Feuer goss.

»Ich weiß ja, welchen Ruf Sie haben, Dr. Marks, aber dass Sie dermaßen verantwortungslos gehandelt haben, ist nicht nur beschämend, es ist eine Tragödie.« Sie presste die Lippen zusammen, ihre Augen sprühten Funken.

Irgendetwas musste ich entgegnen, also sagte ich, ohne nachzudenken: »Geena, tragen Sie einen neuen Lippenstift? Korallenrot. Steht Ihnen.« Hatte ich den Verstand verloren?

Sie schüttelte den Kopf, sah mich an, als wollte sie mir meinen augenblicklich abreißen. »Und hören Sie auf, die Unterlagen zu manipulieren. Ich hasse es, wenn ich unterschätzt werde, Richard.«

Sie war eine große Frau, nicht nur äußerlich. Ich respektierte sie für ihre Entschlossenheit und ihren Weitblick. Zugleich umgab sie eine Aura, die mich einschüchterte. Geena war ein Mensch mit Format und Prinzipien. Unantastbar.

Sie stützte die Hände auf den Schreibtisch, lehnte sich vor, bis ihr Gesicht wenige Zentimeter von meinem entfernt war. Ich vermied es, ihr in die Augen zu blicken, weil ich die Enttäuschung darin nicht ertragen hätte. Stattdessen konzentrierte ich mich auf die gezackte Ader an ihrer Schläfe, die an einen gewundenen Flusslauf erinnerte.

»Sie sind erbärmlich, Richard. Wenn es die Situation zuließe, würde ich Sie augenblicklich feuern, aber ich habe eine bessere Idee. Sie werden in Ordnung bringen, was Sie angerichtet haben!«

Die höchste Befehlsgewalt der NASA hatte mir diese herzerwärmenden Worte entgegengeschleudert und einige mehr. Vierundzwanzig Stunden später verfrachtete mich ein übermüdeter Pilot nach Florida und ein allzu gesprächiger Fahrer zur Cape Canaveral Air Force Station.

Ich wurde in einen Raumanzug gezwängt, der nicht für mich angefertigt worden war, und begab mich auf eine Reise, für die eine systematische Vorbereitung, ein einwandfreies psychologisches Kompetenzprofil und unerschütterlicher Wille unentbehrlich waren. Konnte ich irgendetwas davon vorweisen?

Etwas Verheerendes hatte sich auf der ISS ereignet, und Geena Snyder, die NASA-Administratorin, war davon überzeugt, dass das meinem Fehlverhalten zu verdanken war.

Ich fürchtete, sie hatte recht.

Der Weltraumbahnhof Cape Canaveral empfing mich mitten in der Nacht. Die hektischen Anweisungen eines schlecht gelaunten Ingenieurs prasselten auf mich ein, während er mich zur Abschussrampe führte und ich, von unguten Gefühlen bestürmt, einen Fuß in die Raumkapsel setzte.

Mein Körper passte nicht in den vorhandenen Sitz. Das war nicht verwunderlich, denn er war nicht für mich angefertigt worden, sondern für den Astronauten Flemming de Jonge, der vor vier Tagen mit der Astronautin Kara Brooks und dem Weltraumtouristen Donald Parker auf die internationale Raumstation geflogen war.

Die Kapsel war so eng, dass die Sitzplätze auf die Körpermaße der startenden Crew zugeschnitten wurden. Auf diese Annehmlichkeit würde ich in den nächsten Stunden verzichten müssen.

Machte es einen Unterschied, ob man bequem saß, wenn man mit sechsundzwanzig Millionen PS ins All katapultiert wurde? Vielleicht. Aber nicht für mich. Ich ging ohne Vorbereitung hinauf, musste mich in der Schwerelosigkeit bewegen und handlungsfähig bleiben. Was mich dort erwarten würde, wusste nur Gott oder Kara Brooks. Einer von beiden wusste es, da war ich mir sicher.

Die Ingenieure der NASA hatten die Kapsel nach ihrer Rückkehr zum Weltraumbahnhof mit einer Notbesetzung gewartet, was sich als schwierig erwiesen hatte, da jeden Tag weniger Mitarbeiter zum Dienst erschienen. Das galt auch für das Johnson Space Center in Houston, in dem ich mehr als acht Jahre die psychologischen Qualifikationstests der künftigen Astronauten durchgeführt hatte. Nicht nur die US-Raumfahrtbehörde war von dem plötzlichen Mitarbeiterschwund betroffen, auch im Space Center wurden die Büros und Konstruktionshallen täglich leerer. Auf dem gesamten Planeten ging etwas Albtraumhaftes vor, und immer mehr Menschen fielen der Tragödie zum Opfer. Ersten Erkenntnissen zufolge handelte es sich um ein Virus, das sich rasend schnell um den Erdball ausbreitete. Eine Pandemie, deren Ursprung noch nicht erforscht werden konnte, weil alle Wissenschaftler im Laufe ihrer Untersuchungen selbst infiziert worden waren.

Der Tod hatte einen Rhythmus entwickelt. Das Grauen forderte unzählige Menschenleben. Für mich erweckte es den Anschein, als wäre das nur die Ouvertüre einer mörderischen Komposition, deren Schlussakkord die Menschheit vernichten würde.

Während dieser Katastrophe sollte ich auf Anordnung der Administratorin zur ISS fliegen. Ausgerechnet ich, der kaum qualifiziert für diesen Trip war. Ich hatte nur eine Schmalspurversion des Basistrainings für Astronauten absolviert und einen Parabelflug, um die Schwerelosigkeit zu erleben. Mehr Training war nicht vorgesehen gewesen, um die Gesetzmäßigkeiten auf der ISS nachvollziehen zu können.

Bis zum heutigen Tag hatte ich mir eine Menge darauf eingebildet, mich den Anwärtern gegenüber kompetent gefühlt, als wäre ich ein verfluchter Major Tom. Aber zu meinem Bedauern lag die Übung bereits acht Jahre zurück, und ich begriff, dass ich nichts hatte, worauf ich mich auf dieser Reise würde berufen können.

Wollte Geena mich bestrafen, oder sie hatte keinen Astronauten gefunden, der bereit war, seine Familie in einer Zeit zurückzulassen, in der niemand wusste, ob es Aussicht auf Rettung gab? Praktischerweise hatte ich keine familiären Verpflichtungen, und sie hatte mich buchstäblich an den Eiern gepackt.

Der Ingenieur warf mir einen mitleidigen Blick zu, ehe er die Luke dichtmachte und die Kapsel mit einem Ruck von außen verschloss. In den letzten Minuten hatte er wiederholt darauf hingewiesen, ich dürfe keine der technischen Gerätschaften berühren. Alles würde automatisiert ablaufen, hier war kein Zutun eines Astronauten mehr nötig, nicht einmal für das Andockmanöver an der Raumstation.

Seit der Weltraumtourismus zu einer einträglichen Finanz- und Prestigequelle geworden war, konnten die Flüge durchs All mit gewöhnlichen Menschen wie mir stattfinden. Es war fast so einfach wie Achterbahnfahren. Oder auch nicht.

Als junger Bursche hatte ich mich von meinen Freunden zu einer Achterbahnfahrt überreden lassen. Natürlich wollte ich nicht als Hosenscheißer dastehen, der ich damals fraglos war, und setzte mich selbstgefällig posierend in den Waggon, als wäre das Ganze sterbenslangweilig für einen Kerl wie mich. Aber nachdem der Sicherheitsbügel in meinem Magen gelandet war, der Zug sich in Bewegung gesetzt hatte und einen steilen Buckel hinaufgezogen wurde, wollte ich raus, bekam weiche Knie und die Befürchtung, einen Riesenfehler gemacht zu haben. Genauso fühlte ich mich jetzt auch.

Eine tiefe Stimme drang aus meinen Kopfhörern: »Start in fünf Minuten, Richard. Sind Sie okay?«

Das konnte ich nicht bestätigen. Der Anzug engte mich ein, der Helm beschlug, weil ich zu schnell atmete. Ich hockte zusammengequetscht in Embryonalhaltung auf dem Sitz und wünschte mir menschlichen Beistand in diese Sardinenbüchse.

Alle Astronauten nahmen wenige persönliche Dinge mit auf die Reise. Fotos ihrer Familie zum Beispiel. Ich hatte nichts dergleichen, meine Korona bestand aus lockeren Affären, die eine Halbwertszeit von wenigen Wochen besaßen. Ich vermutete, keine meiner zahlreichen Ex-Freundinnen hätte mir ihr Bild zukommen lassen, damit ich mich in diesem Moment daran hätte wärmen können. Ein Umstand, den ich nun bedauerte.

Die Kapsel begann zu vibrieren, und ich hielt die Luft an.

»Richard, heben Sie die Hand, um zu bestätigen, dass alles in Ordnung ist.«

Gott, hier war irgendwo eine Kamera auf mich gerichtet. Ich hob meine Hand. Auch wenn sie wie ein Aal zitterte, wollte ich nicht den Eindruck erwecken, dass ich mich gerade in meine Bestandteile auflöste.

»Five. Four. Three. Two. One. Zero.«

Die Kapsel vibrierte heftig. Lärm fraß sich durch meine Eingeweide wie ein Bass, der keinem Takt folgte. Ich kniff die Augen zusammen und lauerte auf den Moment, in dem die Achterbahn sich in Bewegung setzen würde.

Er überfiel mich mit einer Gewalt, die meine wildesten Fantasien übertraf. Die Hölle brach aus. Ich wurde brachial in den Sitz gedrückt, als hätte sich ein Riese auf mich geworfen, der im Sinn hatte, meinen Körper zu einem maßgeschneiderten Sessel für sich zu formen. Mir wurde schwindelig, das Atmen fiel mir schwer, und meine Zunge drängte nach hinten in meine Kehle. Der Lärm nahm so irrsinnige Ausmaße an, dass mein Kopf explodieren wollte.

Erzeugte der Start ein euphorisches Gefühl, wenn man ein jahrelanges Training hinter sich und überaus viel Glück gehabt haben musste, um hier zu sitzen? Ich vermutete es. Für mich war dieser Irrsinn nicht die Erfüllung meiner Träume. Vielmehr war ich die nächsten acht Minuten damit beschäftigt zu überleben. Acht Mal sechzig Sekunden Todesangst, Einsamkeit und Bedauern. Acht Minuten können verdammt lang sein. Meine Gedanken waren bei Kara. Das war verrückt und unbegreiflich. Ich wollte sie ausblenden und sah das rote Kleid, es flimmerte vor meinen Augen wie eine Fata Morgana.

Endlich befand ich mich im All, und die Schwerelosigkeit empfing mich sanft. Mein Herz beruhigte sich um ein paar Schläge. Die Bullaugenfenster zeigten kleine Ausschnitte der Schwärze, durch die ich mit 28.000 km/h jagte. Nie hatte ich mich abgeschnittener von menschlicher Nähe gefühlt.

»Richard, wie war der Start? Haben Sie ihn genossen?«

Die unvermittelte Kontaktaufnahme jagte meinen Puls erneut in die Höhe.

»Hören Sie, egal was auf der Raumstation passiert ist, Sie krümmen Kara kein Haar. Haben Sie mich verstanden?«

»Ja, Geena.« Was zur Hölle sollte das bedeuten? Hatte sie Sorge, ich könnte der Astronautin etwas antun? Wie kam sie auf so einen absurden Gedanken?

»Ausgezeichnet. Ich wünsche Ihnen eine gute Weiterreise, Doktor. Sobald Sie angekommen sind, loggen Sie sich bezüglich weiterer Anweisungen in den Hauptrechner ein.«

»Geena?« Mein Ruf verhallte ungehört.

Auf eine wenig erbauliche Art schien sie mein Debakel zu genießen. Hätte ich an ihrer Stelle genauso reagiert?

Ich hätte jemanden wie mich nicht auf die Raumstation geschickt. Bestrafung konnte nicht der Grund sein. Wog meine psychologische Ausbildung die fehlende Erfahrung in der Raumfahrt auf? Sie musste ihre Entscheidung, mich zu entsenden, gut begründet haben. Oder hatte sie wirklich keine weitere Option gehabt?

Die nächsten Stunden vergingen in Stille, ich verlor das Zeitgefühl, döste ein. Irgendwann öffnete ich die Augen und sah etwas am rechten Bullauge vorbeiziehen. Die ISS.

Unerwartet fühlte ich mehr Faszination als Angst. Die riesigen Sonnensegel reflektierten das Licht der untergehenden Sonne. Gebannt starrte ich durch die Fenster der Kapsel, die nur winzige Puzzleteile des Gesamtbildes erkennen ließen. Das Andockmanöver dauerte eine Dreiviertelstunde, dann war ich mit der Raumstation verbunden und konnte die Kapsel durch die obere Luke verlassen.

Meine Reise war beendet. Ich hoffte, es würde ein Zurück für mich geben. Die wenigen Menschen, die mich vor meinem unerwarteten Aufbruch verabschiedet hatten, schienen nicht an ein Wiedersehen zu glauben. Fürchteten sie ihren eigenen Tod oder meinen? Ich wusste es nicht, aber ich wollte jeden Einzelnen von ihnen sehen, sobald ich wieder auf der Erde gelandet wäre. Daran klammerte ich mich. Hoffnung ist ein mächtiges Konstrukt, genau wie die Rakete, die mich hierher befördert hatte.

Bevor ich die Luke öffnete, atmete ich einmal durch. Dann entriegelte sie sich und offenbarte eine diffuse Sicht in den engen Schleusengang der ISS.

Die Architektur der Raumstation ist vorstellbar wie ein Gebilde aus mehreren miteinander verbundenen Containern, vollgestopft mit technischem Equipment.

Diese Module sind in Arbeits- und Wohneinheiten gegliedert. Neben den Forschungsbereichen gibt es sechs Schlafquartiere. Der Aufbau unterteilt sich in aktuell zweiundvierzig Module. Vergleichbar mit einer über vierhundert Quadratmeter großen Wohnung oder dem Innenraum eines Jumbojets. Obwohl ihr Ende mehrfach besiegelt zu sein schien, weil sie mit ihren über fünfunddreißig Jahren nicht mehr als sicher galt, wurde das Programm weitergeführt, in ihre Nachrüstung und Erhaltung investiert. Immerhin handelt es sich um das bisher bedeutendste Bauwerk der Menschheit.

Mühsam entledigte ich mich des Raumanzuges. Ohne den gewohnten Bodenkontakt kippte ich dabei in alle Richtungen und stieß an die Wände der Raumstation. Das würde noch interessant werden.

Ehe ich registrieren konnte, was mich am Ende des Schleusenganges erwartete, stach mir ein metallischer Geruch in die Nase, schwerfällig süß und mariniert mit Verderblichkeit.

Einen Moment befürchtete ich, rückwärts hinzuschlagen, doch es existierte keine Schwerkraft, die mich zu Boden zog. Haltsuchend schnappten meine Hände ins Leere. Im selben Augenblick spürte ich Feuchtigkeit, die dumpf auf meine Haut traf. Reflexartig wischte ich mir übers Gesicht, fühlte den sonderbaren Charakter der Flüssigkeit. Etwas Dunkles regte sich in mir, eine abwegige Assoziation versetzte mich in Panik. Ich riss die Augen auf, versuchte, etwas zu entdecken, doch die Dunkelheit verhüllte ihren Ursprung. Der Geruch zermürbte mich, je länger ich ihn inhalierte.

Wo steckte die Crew? Auch wenn ich von Geena auf eine desaströse Situation vorbereitet worden war, hatte ich nicht damit gerechnet, dass mich hier niemand in

Empfang nehmen würde. Meine Ankunft konnte unmöglich übersehen worden sein, obwohl seit zwei Tagen kein Kontakt zur Mannschaft mehr bestand. Sämtliche Kommunikationssysteme und die Überwachungskameras waren deaktiviert worden.

Ich wollte nicht glauben, dass sie dafür verantwortlich sein sollte, und doch hatten die letzten Bilder Kara gezeigt und danach nichts mehr.

Atemlos glitt ich durch den Schleusengang, stieß mich etappenweise voran, bis sich der enge Durchlass weitete und ich mich entscheiden musste, ob ich nach rechts oder links beziehungsweise oben oder unten wollte. Obwohl mir die Architektur der ISS halbwegs vertraut erschien, fiel mir die Orientierung schwer.

Überwältigt von den Ereignissen der letzten Stunden und bedrängt von der Enge, brachte ich keinen klaren Gedanken zustande, kämpfte mit Übelkeit, die sich jeden Moment entladen wollte.

»Flemming, hören Sie mich? Viktor?« Meine Rufe gingen in der Geräuschkulisse der Lüftungsventilatoren unter. Stück für Stück zog ich mich durch das Wohnmodul und spürte erneut Tropfen auf dem Gesicht. Im hell erleuchteten Sektor schienen sie einträchtig ihrer Entdeckung zu harren. Unzählige rote Tropfen füllten den Innenraum des Navigationsmoduls, hingen bewegungslos wie Seifenblasen im Raum.

Blut. Massenweise Blut, das wie ein im Niedergang erstarrter roter Regen im Modul schwebte. Etwas Unvorstellbares musste hier vorgefallen sein, und ich begriff, ich war in einen Albtraum hineingeraten.

Kopflos strampelte ich umher, je mehr ich den Tropfen ausweichen wollte, umso tiefer geriet ich in sie hinein. Eine zornrote Aura der Vernichtung umfing mich, das Blut drang mir in die Augen und den Mund. Ich wollte schreien. Es gelang mir nicht, meinen Körper zu koordinieren, und mein Magen entleerte sich jäh.

Keuchend beobachtete ich, wie sich mein Erbrochenes mit den schwebenden Blutstropfen vermischte. Mein irres Treiben hatte alles in Schwingung versetzt. Die abstoßende Ansammlung von Flüssigkeiten prallte gegen die Steuereinrichtungen, Trainingsgeräte und jegliche Begrenzung, blieb dort haften, ohne herunterzutropfen.

Die fehlende Schwerkraft verlieh der Szene einen surrealen Effekt. Die physikalischen Gesetze dahinter begriff ich, doch auf diesen Anblick war ich nicht vorbereitet.

Das war noch nicht das Finale. Jetzt entdeckte ich Blut im russischen Swesda-Modul, es überzog die Wände, das Inventar und Gerätschaften, als hätte hier ein wahnsinniger Schlachter gewütet. Ich stieß mich ein Stück weiter hinein und betrachtete das Blut aus der Nähe. Es wirkte älter, die Flecken sahen wie getrockneter Lack aus.

Nie hatte ich so viele gegensätzliche Regungen zugleich empfunden. Ich wusste nicht, was hier passiert war, aber auf eine unerträgliche Art sollte ich dafür verantwortlich sein.

In der blanken Alu-Verkleidung des Lagerraumes entdeckte ich die verzerrte Spiegelung einer Gestalt, meiner eigenen. Garniert mit Blutflecken und Erbrochenem taxierte mich ein desolat aussehender Mann mit düsterer Miene. Trotz meiner 1,90 Meter schien ich winzig, als wäre ich angesichts des Grauens zu einem Wicht geschrumpft. Mein Gesicht war abstoßend beschmiert und wirkte älter als neununddreißig.

»Kara? Alles in Ordnung? Wo sind Sie?« Meine

Stimme klang gedämpft und mir selbst fremd.

Schweigen.

Vorsichtig zog ich mich durch die Module. Wieder trafen mich Blutstropfen, und ich presste die Lippen zusammen. Nacheinander öffnete ich vier der sechs Schlafquartiere und steckte den Kopf hinein. Keine Spur. Nun verblieben nur noch wenige Bereiche, in der sich die Besatzung aufhalten könnte. Meine Hände schwitzten, jede Berührung der Einrichtung hinterließ Spuren meiner Anspannung.

Unvermittelt vernahm ich leises Wimmern. Es klang gedämpft, als sei der Mund, dem es entstammte, geknebelt. Die Schluchzer wirkten seltsam kindlich, mich schauderte es, und jeder Muskel meines Körpers straffte sich in der Erwartung, was als Nächstes geschehen würde. Gleichzeitig registrierte ich aus den Augenwinkeln eine Bewegung in der russischen Node 1 Unity.

Ich wirbelte herum, stieß mich durch den blutbefleckten Gang und versuchte, die Szenerie zu begreifen. Weiß Gott was hier passiert war. Hier füllte sich erneut alles mit Blutstropfen, die sich warm auf meiner Haut niederließen.

Einen Augenblick später entdeckte ich sie. Sie kauerte weinend am Ende der Passage. In den Armen hielt sie einen reglosen Körper. Viktor. Kara umfing ihn beinahe mütterlich, schien ihn zu trösten, presste ihn an sich. Sie bemerkte mich nicht, war völlig in ihr Tun vertieft. Jetzt konnte ich ihr Profil erkennen. Sie schien mit Viktor zu sprechen, ihre Kiefer mahlten lebhaft.

Grauen erfasste mich. Etwas stimmte an diesem Bild nicht.

»Kara?« Wachsam näherte ich mich. »Kann ich helfen? Ist er verletzt?«

Sie hob den Kopf und durchbohrte mich mit ihrem Blick. Ihre Stimme zerschnitt die Stille. »Der Doktor höchstpersönlich, ich bin beeindruckt.« Ihr Lachen klang wie ein Knurren. »Willst dir einen Nachschlag holen? Armer Schatz, die ganze Reise umsonst. Verpiss dich!«

Ihr Tonfall senkte die Raumtemperatur, als würde sie Frost speien. Gänsehaut ätzte über meinen Nacken, meine Hände zitterten. Um Kontrolle bemüht, wollte ich ihr nicht zeigen, wie sehr mich ihr Anblick entsetzte: »Tut mir leid, draußen ist es kalt, und ich habe meine Handschuhe vergessen.«

»Verpiss dich, noch mal sag ich es nicht.«

Ich erkannte diese Frau nicht wieder, aber sie durfte mich nicht in die Defensive treiben. »Das kränkt mich, schließlich bin ich gerade erst angekommen. Übrigens schön, Sie zu sehen, Kara.«

»Verlass die Station. Hau ab!«

»Ich kann nicht.«

»Geh, Richard, geh!«

Die letzten Worte kreischte sie wie eine Furie. Bevor ich reagieren konnte, stieß sie sich mit beiden Füßen blitzschnell von der Wand ab und schleuderte mir Viktor entgegen. Ich prallte gegen die Decke des Moduls. Kara schoss auf mich zu, verpasste meinem Brustkorb einen Tritt, ich hörte Rippen knacken und bekam keine Luft mehr. Dann verschwand sie.

Ächzend krümmte ich mich zusammen, segelte haltlos durch die Einheit. Die Schmerzen prügelten auf mich ein, doch die Details, die ich nun zusammenfügte, rissen mich in abgrundtiefe Schwärze. Während Viktors lebloser Körper mir stumme Gesellschaft leistete, rebellierte mein Verstand gegen die furchtbaren Bilder. Ich presste die Lippen aufeinander, um nicht zu brüllen.

Nachdem Kara sich von Viktor gelöst hatte, hatte ich flüchtig ihr Gesicht sehen können. Ihr gottverlassener Gesichtsausdruck schockierte mich. Eben hatte sie um Viktor geweint, aber als sie mich fixiert hatte, wirkte ihr Blick wie abgeschottet. Doch nicht ihre Augen trieben mich in den Wahnsinn, es war ihr blutiger Mund. Auch ihre Wangen, das Kinn und alles darunter waren blutverschmiert.

»Was hast du getan, Kara?«, fragte ich tonlos und betrachtete Viktor. Sein weißes Mister-Spock-T-Shirt war zerrissen und tiefrot durchtränkt, in seinem Hals klaffte ein riesiges Loch.

Printed in Poland
by Amazon Fulfillment
Poland Sp. z o.o., Wrocław

22784510R00151